Tintenküsse

*Dieses Buch widme ich Irmgard,
der weltbesten Freundin, die man sich nur vorstellen kann.*

Und für Bianca Post (von B.P. Illustration), die zehn wunderschöne Illustrationen für „Tintenküsse" gezeichnet hat. Aus ihrer Feder stammt die Idee vom Edlen Tropfen. Die Vampire und ich heben dort die Gläser und stoßen auf dich an. Auf dich, Bianca, danke für deine Zeit und dein kreatives Talent.

Und für euch, liebe Leserinnen und Leser. Besonders für Manuela Engelhardt. Ein großes Fledermaus-Danke für die vielen lieben Nachrichten, dass ihr einem neuen Buch von mir entgegenfiebert. Hier ist es. Ich hoffe, dass sich das Warten gelohnt hat und es euch vom ersten bis(s) zum letzten Satz gefällt.

*Seid ihr bereit für eine Reise in Draculas Heimat?
Dann macht in euren Gedanken den Vorhang jetzt auf ...*

ANNA MATHEIS

Tintenküsse

Bibliografische Information der Deutschen Nationalbibliothek:
Die Deutsche Nationalbibliothek verzeichnet diese Publikation
in der Deutschen Nationalbibliografie; detaillierte bibliografische
Daten sind im Internet über dnb.d-nb.de abrufbar.

TWENTYSIX
Eine Marke der Books on Demand GmbH

© 2022 Anna Matheis

Satz, Herstellung und Verlag:
BoD – Books on Demand, Norderstedt

ISBN: 978-3-7407-0613-5

Inhalt

Ein Brief von Zsófia Szalay für Dich	9
1. Kapitel	11
Herzlich willkommen in der Tintenwelt	
2. Kapitel	20
Der Seminar-Start	
3. Kapitel	27
Weitere Notlügen und ein Abstecher nach Hause	
4. Kapitel	37
Die Reise in Draculas Heimat beginnt	
5. Kapitel	42
Eine fliegende Begegnung	
6. Kapitel	51
Die Blutbezahlung	
7. Kapitel	60
Check-in im Dracula Resort	
8. Kapitel	68
Zsófias Geheimnis	
9. Kapitel	82
Die Karte von Transsilvaniens Dracula Park	
10. Kapitel	89
Draculas Neffe	
11. Kapitel	97
Den Vollmond als Wegweiser	
12. Kapitel	105
Tintenpost	
13. Kapitel	114
Ein falscher Verdacht	
14. Kapitel	124
Ein Retter in der Bären-Not	

15. Kapitel 133
   Vampir-Image vs. Bayerisches Königshaus
16. Kapitel 140
   Felia und ihr goldener Käfig
17. Kapitel 147
   Felias Farbe
18. Kapitel 157
   Herzschläge lügen nicht
19. Kapitel 164
   Ein blutiges Abendessen
20. Kapitel 173
   Die rechte Hand von Draculas Erben
21. Kapitel 182
   Drága szivem – Mein teures Herz
22. Kapitel 189
   Sonnenaufgang in Transsilvanien
23. Kapitel 198
   Bissgeschick zur Mittagszeit
24. Kapitel 206
   Tintenküsse
25. Kapitel 214
   Eine unerwartete Abreise
26. Kapitel 223
   Ein Pflock durch mein Bücherherz
27. Kapitel 234
   Mein zerplatzter Büchertraum
28. Kapitel 239
   Herzgeflatter vor der Abschlussfeier
29. Kapitel 247
   Interview mit einem Vampir
30. Kapitel 254
   Noch ein Brief von Zsófia Szalay für Dich
Danksagung 262

> »*Jeder schreibt seine eigene Geschichte,
> aber man findet nicht immer den Mut,
> um sie einem anderen Menschen vorzulesen.*«
> Christin Thomas

Ein Brief von Zsófia Szalay für Dich

Hallo liebe Leserin, hallo lieber Leser,
ich habe lange auf die gute Fee gewartet, die meinem Leben eine märchenhafte Wendung zaubert, aber sie kam nicht. Deshalb beschloss ich, das mit dem Happy End selbst in die Hand zu nehmen. Ich dachte mir, als Tochter eines berühmten Autors kann das nicht so schwierig sein. In meinen Adern fließt schließlich neben Blut auch erblich bedingt genügend Tinte, um die Dinge so zu formulieren wie ich sie dringend brauche. Aber ... Ist es überhaupt möglich, die Feder selbst in Hand zu nehmen und die eigene Geschichte umzuschreiben? Findest du es gemeinsam mit mir heraus? Ich könnte deine Unterstützung gut gebrauchen. Mach es dir gemütlich, wo auch immer du gerade auf dieser Welt bist, und hilf mir, dass bis(s) zur letzten Seite niemand mein Geheimnis erfährt.

Sicher möchtest du dafür erst einmal wissen, um was es geht. Ich werde es dir in diesem Buch schon bald verraten, versprochen. Ach ja, eine Sache noch, bevor es losgeht: Als meine Abenteuer-Begleitung solltest du die Nacht mögen und alles was in der Dunkelheit zu Hause ist. Es könnte nämlich sein, dass wir zwischen den Kapiteln Vampire treffen. Was? Du hast Angst vor den bluttrinkenden Geschöpfen? O nein! Klapp das Buch bitte nicht panisch zu und wirf es nicht weit weg von dir. Ich brauche dich hier. Ich bleibe auch bis zum letzten Buchstaben bei dir und beschütze dich, wenn dich jemand zum Anbeißen schön findet. Abgemacht? Dann treffen wir uns gleich auf der nächsten Seite am Starnberger See in der Nähe von München ...

Deine Zsófia

1. Kapitel

Herzlich willkommen in der Tintenwelt

Mit klopfendem Herzen kritzelte ich mit dem kristallbesetzten Kugelschreiber Spinnennetze auf die leere Seite des Notizblocks. Es war kaum zu glauben, aber der alles entscheidende Tag war gekommen und in wenigen Minuten würden wir die diesjährige Aufgabe des Tintenwelt-Schreibwettbewerbs erfahren.

Ich betete schon seit Tagen zu allen Göttern, die mir einfielen, dass es sich um ein Projekt im Genre Fantasy handeln würde, denn das würde mir einen gewissen Heimvorteil verschaffen. Seit jeher faszinierten mich Geschöpfe, die fernab von jenen waren, die uns im Alltag begegnen. Was maßgeblich daran lag, dass ich praktisch damit aufgewachsen war. Mein Vater hatte einst paranormale Aktivitäten studiert und als Forscher für übernatürliche Phänomene gearbeitet. Seine außergewöhnlichen Erlebnisse hatte er verschriftlicht und in gegenwärtige Literatur eingewoben. Seine Bücher verkauften sich millionenfach und bereiteten Menschen weltweit magische Stunden auf dem Papier und auf der Kinoleinwand. Nun war ich meinem Traum ein Stück näher und auf dem besten Weg, in seine Fußstapfen zu treten. Deshalb konnte und durfte ich so kurz vorm Ziel nicht scheitern.

»Sofia?«

Bevor ich schmerzende Erinnerungen an meinen Vater in meinem Gedächtnis wecken konnte, widmete ich Wilhelmina meine Aufmerksamkeit. Wie viele andere sprach sie meinen ungarischen Herkunftsnamen *Zsófia* deutsch aus. Richtig wäre das *Zs* wie ein *S* auszusprechen, das *ó* wie ein *oh* klingen zu lassen und mit einer Portion Dialekt zu betonen. Aber das machte mir nichts aus.

»Ja?«

»Weißt du, wie lange die Veranstaltung heute geht?«

Die *Veranstaltung*. Über ihre Wortwahl musste ich schmunzeln. Bei ihr klang es nicht danach, als würde ihre Zukunft davon abhängen, sondern lediglich wie eines der organisierten Charity-Events ihrer Mutter, bei denen sie zwar pflichtbewusst teilnahm, aber die Minuten zählte, bis sich die Gäste der Reihe nach verabschiedeten.

»Hast du es eilig?«, fragte ich augenzwinkernd und deutete auf ihr freizügiges rotes Kleid. Ihr Outfit ließ erahnen, dass sie sich für eine Party gestylt hatte. Oder von einer kam. Bei Wilhelmina wusste man das nie so genau. Sie kicherte.

»Hast du meine Instagram-Story nicht gesehen?«

O nein! Ich hatte völlig vergessen, mich auf den neuesten Stand zu bringen, weil ich mit Elly, unserer treuen Haushälterin, bis weit nach Mitternacht unsere Villa von Staub befreit hatte. Falls mir keine Ausrede einfiel, wenn mich einer von meinen Mitstreitenden spontan besuchen möchte. So könnte ich die Räume von ihrer schönsten Seite präsentieren und hoffen, dass niemanden auffiel, wie es hinter der Fassade meiner Welt wirklich aussah. Das wäre die Wahrheit gewesen, aber die konnte ich Wilhelmina natürlich nicht verraten.

»Leider nicht. Ich musste gestern mit meiner Mutter nach München auf eine Gala.«

Wilhelmina warf mir einen verständnisvollen Blick zu. »Ich kenne das. Meine Mutter brummt mir auch andauernd Termine auf. Erst kürzlich hat sie mir – ungefragt – eine neue Stylistin eingestellt. Es haben sich acht Leute beworben, *acht*, und ich musste mich von allen neu einkleiden lassen. Der ganze Tag war im Eimer.«

Gespielt mitfühlend stimmte ich ihr zu, als wären das die echten Probleme an diesem Morgen, und lenkte dann wieder von mir ab.

»Jetzt erzähl mir, was ich verpasst habe.«

»Erinnerst du dich noch, dass meine Eltern es dem Bavaria Filmstudio gestattet haben, auf unserem Schlossgelände Szenen für einen Kinofilm zu drehen? Es ist schon eine Weile her, dass die ganze Crew anrückt ist. Jedenfalls waren wir gestern auf der Premiere in Berlin eingeladen.« Sie stützte ihr Kinn mit den Händen ab und schwärmte. »Auf dem roten Teppich fühle ich mich einfach zu Hause. Ich stand mit den anderen Prominenten im Blitzlicht-Gewitter und wollte gar nicht mehr fortgehen …«

Zwischen meiner Aschenputtel-Nacht und dem luxuriösen Leben von Wilhelmina lagen wahrlich Welten.

»Du warst in Berlin?« Ich versuchte es beiläufig klingen zu lassen.

»Ja und ich bin erst vor zwei Stunden wieder in München gelandet. Warte, ich zeige dir die Fotos.« Wilhelmina kramte in ihrer hochwertigen Handtasche nach dem Smartphone. Währenddessen erzählte sie mir, dass sie gerade dabei war, einen Vollmond-Ball zu organisieren und er noch in diesen Sommerferien stattfinden sollte.

»Dann kann meine neue Stylistin gleich mal zeigen, was sie kann«, fügte Wilhelmina zwinkernd hinzu und lud mich zu ihrem Event ein. Ich holte gerade Luft, um dankend abzulehnen, doch in diesem Moment betrat die Literaturprofessorin Cilli Gmeiner mit einer ledernen Aktentasche das Klassenzimmer. Sie war die Leiterin der Elite-Schreibakademie Tintenwelt. Unwissentlich verschaffte sie mir Zeit, um mir eine glaubhafte Ausrede auszudenken, warum ich nicht auf Wilhelminas Ball gehen würde. Ich durfte allein deshalb schon nicht daran teilnehmen, weil ich niemals ein Outfit auftreiben könnte, das dem Dresscode gerecht werden würde. Ich würde in der geladenen Gesellschaft herausstechen wie ein Tretboot zwischen all den Yachten, die im Besitz von Wilhelminas Familie waren. Wilhelmina verstummte und hörte auf, in ihrer Tasche zu kramen. Erleichtert atmete ich aus.

»Reden wir später«, flüsterte ich meiner Schreibfreundin zu und sie nickte lächelnd. Als ich aufsah, bemerkte ich, dass Frau Gmeiner die anderen zwei Mitstreitenden gefolgt waren. Isabell hob zum Gruß schüchtern die Hand und beeilte sich, zu ihrem Schreibtisch links neben Wilhelmina zu gelangen. Magnus ließ sich rechts neben mir nieder und begrüßte mich mit einem knappen »Hallo.«

Wilhelmina zog die Augenbraue in die Höhe. *Ist der immer noch beleidigt?*, formte sie lautlos mit den knallrot bemalten Lippen. Ich zuckte mit den Schultern. *Wie es aussieht ...*

Schweren Herzens hatte ich ihm in den Osterferien während des Grammatik-Seminars einen Korb gegeben. Als wir in einer Partnerarbeit unsere Texte gegenseitig korrigieren mussten, gestand Magnus mir, dass er sich in mich verliebt hatte. Ich war ein Einzelkind, aber wenn ich einen beschützenden großen Bruder hätte, würde ich ihn mir wie Magnus vorstellen. Das hatte ich ihm auch genauso gesagt, weil ich ehrlich zu ihm sein wollte. Es war natürlich nicht die Antwort, die Magnus sich erhofft hatte. Deshalb verhielt er sich seitdem äußerst distanziert. Ich seufzte leise.

Außerdem gab es da noch mein Geheimnis, das weder er noch die anderen erfahren durften. Für mich war es am besten, dass ich seine Gefühle nicht erwiderte, somit konnte ich zumindest verhindern, dass er mir und meinem Leben zu nahekam. Es durfte nämlich unter keinen Umständen auffliegen, dass ich mir die unvorstellbar hohen Studiengebühren der Tintenwelt in Wirklichkeit gar nicht leisten konnte. Andernfalls würde ich in hohem Buchstabenbogen rausfliegen.

Cilli Gmeiner ergriff das Wort und ich konzentrierte mich auf sie.

»Meine Lieben, herzlich willkommen zurück in der Tintenwelt.«

Sie sah uns mit ihren freundlichen schilfgrünen Augen der Reihe nach an und ihr Blick blieb einen Augenblick lang an Wilhelmina hängen. Wilhelmina erwiderte diesen provozierend. Frau Gmeiner musterte ihre Aufmachung, entschied sich dann aber offenbar dagegen, diese zu kommentieren. Stattdessen schlenderte sie neben ihrem Pult auf und ab und meine innerliche Anspannung wuchs ins Unermessliche.

»Ihr alle habt erzählerisches Talent bewiesen. Jetzt kommt es darauf an, ob ihr dieses auch für ein breit gefächertes Publikum nutzen könnt. Die letzte Aufgabe wird uns zeigen, ob ihr Ideen für ein eigenes Buchprojekt entwickeln könnt, ob es euch gelingt, Figuren zum Leben zu erwecken und ihnen eine authentische Welt zu erschaffen. Traditionell prüfen wir das in Form eines Schreibwettbewerbs. Ihr alle bekommt dasselbe Genre mit einem oberflächlichen Plot vorgegeben. Verlangt wird, dass ihr dazu ein Exposé ausarbeitet und eine aussagekräftige Leseprobe von zehntausend Wörtern verfasst.«

Zehntausend Wörter in dieser kurzen Zeit? Ungläubig starrte ich die Literaturprofessorin an. Die letzten Studierenden hatten meines Wissens nach nur vier Stunden für die Aufgabe Zeit gehabt und weniger als ein Viertel des genannten Wortziels erreichen müssen! Wie sollten wir das schaffen? Das war unmöglich! Auch Isabell wirkte beunruhigt. Nervös drückte sie ihre Brille auf den Nasenrücken. Magnus würdigte mich keines Blickes, aber seine Hand krampfte um seinen Stift, dass die Knöchel hervortraten und einzelne Schweißperlen sammelten sich auf seiner Stirn. Nur bei Wilhelmina schien diese Neuerung nicht im geringsten Stress auszulösen. Sie betrachtete eingehend einen künstlichen Fingernagel nach dem anderen.

»Bevor jetzt Panik ausbricht – lasst mich ausreden«, meinte Frau Gmeiner beschwichtigend und fuhr fort. »Derjenige, der uns überzeugen kann, bekommt für dieses Projekt einen Verlagsvertrag von unserem marktführenden Tintenwelt-Buchkonzern. Obendrauf erhält der Gewinner das begehrte Einzelstudium, in dem er für die Ausarbeitung der Geschichte ein kompetentes Team an die Seite gestellt bekommt. Bisher wurde jeder Studierende mithilfe dieses Programms zu einem Bestseller-Autor gemacht. So weit, so gut.« Sie machte eine bedeutungsvolle Pause und zog eine schwarze Mappe aus ihrer Ledertasche.

»Wie ihr soeben feststellen konntet, wurde die Wortanzahl im Vergleich zu euren Vorgängern deutlich erhöht. Das liegt daran, dass in diesem Jahr die Ausarbeitungszeit auf vier Wochen verlängert wurde.«

Ich horchte auf, als Frau Gmeiner verkündete, dass es erstmals ein Zusatz-Seminar geben würde.

»Moment mal!« Wilhelmina sprang empört auf. Offensichtlich nahm sie diese Information nicht so gleichgültig zur Kenntnis wie die erste.

»Ein weiteres Seminar? Das soll wohl ein Scherz sein! Wieso sagen Sie uns das erst jetzt?«

Entschuldigend hob Frau Gmeiner die Hände. »Es tut mir äußerst leid, dass ich euch das nicht früher mitteilen konnte. Es war geplant, dass das Seminar erst für die kommenden Schreibschülern zur Verfügung gestellt wird, aber kurzfristig konnten wir alle Formalitäten klären und wir haben beschlossen, es euch nicht vorzuenthalten. Ich denke, ihr werdet für eure Zukunft – wie auch immer sie in der großen Bücherwelt aussehen mag – sehr davon profitieren können.«

»Findet dieses Seminar zumindest online statt?«

»Natürlich nicht.«

Wilhelmina schnaubte. »Das darf doch nicht wahr sein! Ich wollte diese Ferien nicht schon wieder in diesem ...«

Ich hielt die Luft an und Frau Gmeiner blickte sie erwartungsvoll an. *Bitte, Wilhelmina, sag jetzt nichts, was du hinterher bereust.* Was auch immer sie sagen wollte, sie umschrieb es Gott sei Dank neutral.

»In diesem *Haus* verbringen.«

Geduldig bedeutete Frau Gmeiner Wilhelmina wieder Platz zu nehmen und richtete sich an uns alle: »Niemand von euch ist gezwungen, an diesem Zusatz-Seminar teilzunehmen. Euch steht es frei zu gehen. Damit scheidet ihr automatisch aus dem Wettbewerb aus. Überlegt euch, wo ihr eure Prioritäten setzt. An Partys, die es auch noch nach diesem Seminar geben wird, oder für eure Karriere. Mir ist bewusst, dass ihr dieses Seminar nicht einplanen konntet, deshalb wird die Tintenwelt euch selbstverständlich alle Ausgaben für Flüge, Hotels oder andere Freizeitaktivitäten finanziell ausgleichen. Also, mit wem kann ich rechnen?«

Wilhelmina verschränkte die Arme und setzte eine mürrische Miene auf. »Dann bleibt mir ja wohl nichts anderes übrig!«

»Heißt das, du bleibst?«

»Ja.«

»Was ist mit dir, Isabell?«

Isabell lächelte verlegen. »Ich ... Ich bin sehr dankbar, dass Sie uns diese Chance geben, und freue mich sehr, dass ich sie ergreifen kann und ...« Sie lugte unsicher hinter ihren großen Brillengläsern hervor und räusperte sich. Wilhelmina schlug sich mit der Hand auf die Stirn.

»O Gott! Sag doch einfach in einem Satz, dass du weiterhin teilnimmst und fertig. Außerdem halte ich deine leise Pieps-Stimme echt nicht länger aus! Ich wäre froh gewesen, wenn ich sie ab heute nicht mehr ertragen ...«

»Es reicht!« Frau Gmeiner schnitt ihr in einem scharfen Ton das Wort ab. Wilhelmina schwieg, aber in ihren Augen tobte ein Sturm. Frau Gmeiner sah mich an und ich nickte ihr zu.

»Ich bin dabei.«

»Magnus?«

»Ich auch.«

»Sehr gut! Dann lasst und keine Zeit verlieren. Ich gebe nun das diesjährige Genre bekannt.« Frau Gmeiner wandte sich an die Tafel.

Bitte. Fantasy.

Sie nahm sich eine weiße Kreide aus dem Fach.

Bitte. Fantasy.

Sie setzte an und der erste Buchstabe war ein F. *Mit* angehaltenem Atem wartete ich, bis die weiteren sechs Buchstaben an der Tafel standen.

Ich schloss einen Herzschlag lang die Augen und atmete tief durch, um nicht jubelnd auf dem Schreibtisch zu tanzen. Wilhelminas Stimmung schien sich ebenso wieder zu heben, denn Fantasy war auch ihr insgeheimer Favorit. Wobei wir uns manchmal alle nicht sicher waren, ob sie tatsächlich selbst die Tastatur zum Glühen brachte oder einen Ghostwriter bezahlte, dem sie die Arbeit übertrug.

Die anderen zwei wirkten eher semi-begeistert. Magnus kaute an seiner Lippe und Isabell schrieb hektisch Notizen auf ihren herzförmigen Block. Sie blinzelte verhältnismäßig oft. Verkniff sie sich etwa Tränen? Ich zügelte mich wieder. Schließlich durfte ich mich auch nicht zu früh freuen. Selbst wenn Isabell ihre Feder bevorzugt in Tinte tauchte, um romantische Liebesgeschichten auf dem Papier zu verewigen und Magnus' Leidenschaft brutalen Verbrechen galt, so waren sie beide talentiert und ernstzunehmende Konkurrenten. Am Ende konnte nur einer von uns vieren gewinnen. Ich erinnerte mich an Ellys mahnende Worte heute Morgen, als ich das Haus verlassen hatte: *Gib auf dich acht, Sofia. Wenn Menschen erkennen, dass auf der Erfolgsleiter nur noch für einen Platz ist, können aus den besten Freunden die schlimmsten Feinde werden.*

Ich hoffte, dass das bei uns nicht zutreffen würde.

2. Kapitel

Der Seminar-Start

Frau Gmeiner ließ sich auf dem gemütlichen Sessel mit dem flauschigen weißen Überzug hinter ihrem Pult nieder und überkreuzte die Beine.

»Fantasy. Nun ist es raus. Wir wollen von euch eine Vorlage für einen Vampir-Roman. Die Vampire sollen sich in diesem Projekt an allen bekannten Klischees bedienen. Entsprechend soll die Handlung überwiegend vor der schaurigen Kulisse Transsilvaniens spielen. Und wo könnte man besser auf Ideensuche gehen als am Ort des Geschehens selbst?«

»Wir sollen nach Transsilvanien reisen?«, schlussfolgerte Magnus und schien über das Reiseziel nicht sonderlich erfreut, aber Frau Gmeiner sah über seine gequälte Miene hinweg.

»Ja, und hiermit lade ich euch zum Zusatz-Seminar zum Thema *Recherche* ein«, bestätigte die Literaturprofessorin und strahlte uns an. »In den vergangenen Pfingstferien haben wir uns intensiv mit der Umgebungsbeschreibung befasst. Wir knüpfen nun daran an.«

Ich erinnerte mich an das Seminar. Wie alle anderen war es passend auf die bayerischen Schulferien zugeschnitten gewesen. Am Ende eines jeden Seminars gab es Prüfungen und wer sie nicht bestand, wurde von der weiteren Teilnahme ausgeschlossen. Neben den Kosten zahlten wir Studierenden einen weiteren hohen Preis: Die Freizeit schrumpfte auf eine kleine Notizzettel-Größe. Mir machte das nichts aus. Kaum waren die Ferien vorbei, fieberte ich schon den nächsten entgegen und war gespannt, welche neuen Lerninhalte rund um das Thema *Buchautor werden* uns erwarten würden. Umso mehr freute es mich, dass es ein Zusatz-Seminar gab.

»Aus eigener Erfahrung kann ich sagen, dass euch der spätere Schreibprozess leichter von der Hand gehen wird, wenn ihr mit der Umgebung vertraut seid. Also – beginnt dieses Buchprojekt damit, dass ihr euch vom Schauplatz inspirieren lasst.«

Frau Gmeiner klappte die schwarze Mappe auf und nahm vier Karten aus einem Umschlag. »Jeder von euch erhält ein Ticket für den sagenumwobenen Dracula Park in Transsilvanien.«

In meinem Bauch begann es zu kribbeln. Wilhelmina und ich sahen uns mit offenen Mündern an und kreischten los. Vor Freude hüpfend fielen wir uns in die Arme. Als Vampirfan stand bei mir ein Besuch im Dracula Park ganz oben auf meiner Das-will-ich-unbedingt-machen-Liste. Mein Vater hatte mir diesen Wunsch vor fünf Jahren erfüllen wollen. Kurz davor erfüllte er sich als leidenschaftlicher Fallschirmspringer selbst noch einen Traum. Er reiste nach China, um mit einem Flügelanzug durch das Himmelstor zu fliegen. Ich durfte ihn leider nicht begleiten, weil die Schulferien zu diesem Zeitpunkt noch nicht begonnen hatten, deshalb war ich ihm nur über einen Video-Anruf zugeschaltet. Als er am Gipfel eines nahegelegenen Berges gestanden hatte, sendete er mir einen letzten Gruß.

»*Gleich werde ich wissen, wie sich Fledermäuse fühlen, wenn sie fliegen.*« Er winkte aufgeregt in die Kamera und drückte dann das Handy einem Mitarbeiter der Fluggesellschaft in die Hand, damit dieser das Erlebnis für mich mitfilmen konnte. Mein Vater bekam auf Englisch kurze Anweisungen und sprang dann von der Plattform. Wie auch bei seinen zweihundert Fallschirmsprüngen zuvor pausierte mein Herzschlag in dem Augenblick des freien Falls, ohne zu wissen, dass sich mein Leben für immer verändern würde, wenn es dieses Mal weiterschlug. Mein Vater war auf dem Bildschirm nur noch ein kleiner schlingender Punkt. Ein ungutes Gefühl überkam mich. War die Art, wie er flog, normal? Unter den Mitarbeitern machte sich Unruhe breit. Schließlich schrien sie in ihrer Landessprache wild durcheinander. Das Letzte, was ich sah, bevor das Handy fallen gelassen und der Bildschirm schwarz wurde, war wie mein Vater steil nach unten abstürzte. Er starb noch an der Unfallstelle.

Für einen Moment hielt ich in Gedanken die Welt an, ließ die Erinnerung zu und unterdrückte die Tränen, die schon lange darauf warteten, auszubrechen. Während mich Wilhelmina jubelnd an sich drückte, sah ich einen Wimpernschlag lang dankbar aus der Glasfront Richtung Himmel, auf dessen reiner hellblauer Leinwand an diesem Morgen nur wenige Wolkentupfer gemalt waren. Papa, *hast du das mit den Tickets von da oben aus eingefädelt? Irgendwann werden wir uns wiedersehen, da bin ich mir sicher. Und dann werde ich dir bis ins kleinste Detail berichten, was ich im Dracula Park erlebt habe ....*

»Habt ihr es jetzt dann?«, fragte Magnus gereizt und holte mich damit zurück in das Klassenzimmer.

»Ja«, erwiderte ich leise und löste mich aus der Umarmung.

»Ich würde nämlich gern weitermachen!«, setzte er hinzu und funkelte uns an.

»Wir haben es kapiert!«, giftete Wilhelmina zurück und wir rückten unsere Stühle zurecht. Frau Gmeiner klatschte in die Hände.

»Ich mache es kurz, damit wir anfangen können: Ihr werdet euch in Zweierteams auf den Weg nach Transsilvanien machen. Denkt daran: Auch die Reise kann bereits für besondere Erlebnisse sorgen, die ihr später in euere Handlung ausgeschmückt mit einflechten könnt. Haltet also eure Stifte und Notizblöcke jederzeit griffbereit.«

»Sofia und ich sind ein Team«, beschloss Wilhelmina und Frau Gmeiner schüttelte lächelnd den Kopf.

»Die Konstellation der Teams ist bereits festgelegt. Die Tintenwelt-Kommission und ich haben sie ausgelost.« Die Literaturprofessorin zog ihre Brille von der Stirn und setzte sie sich auf die Nase. Dann blätterte sie in ihrer Mappe, bis sie fand, wonach sie suchte. »Ah, hier habe ich es notiert. Wilhelmina und Isabell. Sofia und Magnus.«

Obwohl ich den anderen nicht in die Augen sah, wusste ich, dass sie gleichermaßen entgeistert dreinblickten wie ich. Frau Gmeiner ließ für Beschwerden keine Zeit. Eher einer von uns Luft holen konnte, um zu protestierten, fuhr sie unbeirrt fort. »Wilhelmina und Isabell, ihr beiden bekommt ein Auto zur Verfügung gestellt. Mit diesem werdet ihr gemeinsam nach Transsilvanien fahren.«

»Na schön, aber du fährst«, stellte Wilhelmina gegenüber Isabell klar. »Dann kann ich mich wenigstens nebenbei filmen und die Fahrt für meine Follower aufzeichnen.«

Isabell, die sich sichtlich unwohl bei der Vorstellung fühlte, mit Wilhelmina über einen längeren Zeitraum in ein und demselben Gefährt festzusitzen, nickte stumm.

»Gut, nachdem ihr das geklärt habt, bedenkt bitte, dass das Navigationssystem nicht vollständig bis zum Ziel funktionieren wird«, merkte Frau Gmeiner an.

»Wieso?«

»Es ist allgemein bekannt, dass in Transsilvanien ein großflächiges Funkloch herrscht. Ihr werdet besonders auf den letzten hundert bis zweihundert Kilometern bis zum

Ziel kaum noch Empfang haben, deshalb liegt im Auto eine aktuelle Landkarte für euch bereit.«

»Eine Landkarte?«, wiederholte Wilhelmina entsetzt und blickte Frau Gmeiner an, als wäre sie einem Mittelalter-Roman entsprungen.

»Das wäre sonst zu einfach gewesen. Ihr wollt doch etwas erleben, oder?«, erwiderte Frau Gmeiner. Seit ich Wilhelmina kannte, war es das erste Mal, dass ihr die Worte fehlten, denn sie sank ohne einen Kommentar in ihren Stuhl zurück und atmete laut aus.

»Und was ist mit uns?«, erkundigte sich Magnus, der den Moment des Schweigens nutzte und Frau Gmeiner informierte uns, dass wir mit dem Flugzeug von München nach Cluj-Napoca, der zweitgrößten Stadt Rumäniens fliegen würden und danach mit dem Vampirexpress bis zum Dracula Park fahren dürften. Laut Frau Gmeiner war der Vampirexpress eine Art Shuttlebus, der in regelmäßigen Abständen gelandete Passagiere die verbleibenden dreihundertzweiundzwanzig Kilometer zum Freizeitpark transportierte. Amüsiert teilte uns Frau Gmeiner das Wortspiel mit, mit dem das Unternehmen warb: Ihre Mitfluggelegenheit zum Dracula Park.

Okay, das werden wir verkraften, redete ich mir gut zu. *Auf der Fahrt müssen Magnus und ich nicht großartig zusammenarbeiten, um den Park zu erreichen.*

»Damit es fair bleibt, wird die Rückfahrt genau andersherum verlaufen. Wilhelmina und Isabell nehmen den Vampirexpress und fliegen nach München zurück und ihr beiden bekommt den Wagen. Magnus, das Fahren müsstet du übernehmen, weil Sofia erst sechzehn Jahre alt ist und noch keinen Führerschein hat.«

O je, da hatte ich mich zu früh gefreut ...

»Und wie lange werden wir dortbleiben?« Die Frage kam von Isabell.

»Dazu komme ich gleich.« Frau Gmeiner warf einen Blick auf ihre silberne Armbanduhr. »Es ist jetzt zehn Uhr. Der Flug von Sofia und Magnus geht um dreizehn Uhr fünfzehn. Ihr beiden«, sie deutete auf Wilhelmina und Isabell, »könnt direkt im Anschluss losfahren. Von hier aus sind es über tausend Kilometer bis Transsilvanien und mit aktuellem Verkehr gerechnet und ohne Stopps seid ihr circa fünfzehn Stunden unterwegs. Wenn es euch in einem Schwung zu viel ist, legt unbedingt eine Schlafpause ein. Ich habe euch schon Herbergen auf der Strecke rausgesucht und in der Landkarte markiert. Ihr braucht dort nur anrufen und ...«

Ich schluckte. Mindestens fünfzehn Stunden würde ich auf der Rückfahrt mit Magnus in einem Auto sitzen. Ich warf ihm einen verstohlenen Blick zu. Er wandte sich demonstrativ von mir ab. Ob sich seine abweisende Haltung mir gegenüber bis dahin ändern würde? Möglicherweise konnte ich spätestens da mit ihm reden, wenn er nicht weglaufen konnte und wir allein waren.

»Wenn ihr im Park ankommt, checkt im Dracula Resort ein. In diesem Hotel haben wir für jeden von euch ein Einzelzimmer gebucht, damit ihr nach abenteuerlichen Freizeitparkstunden ungestört arbeiten könnt.«

Dracula Resort. Wie aufregend der Hotelname schon klang.

Frau Gmeiner machte eine bedeutungsvolle Pause. »Dieses Zusatz-Seminar dauert vier Wochen. Die Türen des Tintenwelt-Ferienakademie bleiben in der Zeit geschlossen. Dafür sind die Tore in Transsilvanien für euch weit geöffnet. Die Antwort auf deine Frage, Isabell: Ihr werdet den vollen Umfang der Zeit dort verbringen. In regelmäßigen Abständen reiche ich euch Tipps zur Recherchearbeit ein und werde mit euch im engen Austausch über eure Fortschritte bleiben. Zur Abschlussfeier, bei der als Höhepunkt der Gewinner bekannt gegeben wird, versammeln wir uns allerdings wieder hier. Der Inhaber des Dracula Parks hätte uns zwar eine Genehmigung für eine Veranstaltung erteilt, aber wir haben uns letztendlich dazu entschieden, dass für die zahlreichen Gäste die An- und Abreise in Bayern leichter zu organisieren ist. Die Lage des Freizeitparks ist doch äußerst abgeschieden ... Umso mehr sind die Gäste auf euren anschließenden Bericht gespannt. Das war es von meiner Seite zum groben Rahmenprogramm. Jetzt seid ihr dran: Macht euch nun auf den Weg. Spitzt eure Federn und füllt eure Tintenfässer. Leere Blätter warten darauf, dass ihr sie mit einer Geschichte einkleidet.«

3. Kapitel

Weitere Notlügen und ein Abstecher nach Hause

»Sollen wir warten, bis dein Chauffeur dich abholt?«, wollte Wilhelmina wissen, als wir uns draußen in der Einfahrt des Tintenwelt-Anwesens versammelt hatten. Dort parkte bereits ein schicker schwarzer BMW, den wir für die bevorstehende Hin- und Rückfahrt nach Transsilvanien von der Tintenwelt zur Verfügung gestellt bekamen.

»Das ist sehr lieb von dir, aber ihr habt noch so einen langen Weg vor euch. Verliert wegen mir keine Zeit.«

»Quatsch. Erstens macht es mir nichts aus und zweitens dauert es bestimmt nicht lange. Dein Chauffeur müsste doch jeden Moment hier sein«, erwiderte sie.

Es ist als würde ich dich bitten, mir Gesellschaft zu leisten, bis der berühmte Zauberlehrling Harry Potter lebendig wird. Wir würden bis zum Sankt Nimmerleinstag in der Einfahrt der Tintenwelt verweilen, weil das nicht geschehen wird.

Ich hatte keinen Chauffeur von der Sorte, der in einem schicken Auto vorfuhr. Der fein gekleidet war und einem mit einem weißen Handschuh die Tür zum Einsteigen aufhielt. Stattdessen würde ich Elly kontaktieren, sobald ich mich außer Hörweite von den anderen befand. Wie auch schon die letzten Male würde sie zu einem vereinbarten Platz kommen, der ein Stück von der Tintenwelt entfernt lag, denn die anderen dürften das Transportmittel unter keinen Umständen zu Gesicht bekommen. Der klapprige, zum größtenteils von Rost übersäte Ford Fiesta, ein Modell aus den Siebzigern, machte nicht den Eindruck, als würden meine Mutter und ich noch ein Leben führen, in dem luxuriöse Standards herrschten, so wie es die anderen erwarteten. Leider musste ich meine Außenwelt aber in dem Glauben lassen, denn arme Leute konnten ihr Talent auf der Elite-Schreibakademie nicht beweisen.

Mein Vater, der mich zu Lebzeiten anmeldete, hatte die Anzahlung von zehntausend Euro getätigt, sonst wäre ich erst gar nicht als Studentin aufgenommen worden. In der Einladung hatte ein Vermerk gestanden, dass weitere Gebühren anfallen würden, deren Abrechnung erst am Schluss erfolgte, da sie der Gewinner nicht bezahlen muss. Ich machte mir darüber keine Sorgen, denn mein Vater hatte mir eigens dafür ein Sparbuch angelegt. Als meine Mutter nach seinem Tod seine finanziellen Rücklagen verschwenderisch ausgab, wollte ich es sicherheitshalber an mich nehmen. Doch es war zu spät. Sie hatte auch dieses Geld ausgegeben und mein Traum zerplatzte wie eine Seifenblase, die einen Buchumschlag berührte. Tagelang saß ich weinend neben dem Telefon. Ich traute mich nicht, Frau Gmeiner anzurufen und ihr zu beichten, dass ich die Rechnungen nicht begleichen konnte, wenn ich am Ende auf dem Siegertreppchen nicht ganz oben stand. Ich zögerte es solange hinaus, bis Elly mir mitteilte, dass ein Mitarbeiter der Tintenwelt mit seinem Wagen in der Einfahrt stand, um mich für das nächste Seminar abzuholen. In diesem entscheidenden Augenblick erinnerte ich mich an eine Widmung, die in einem Buch meines Vaters stand: *Für Zsófia. Schreib die Welt, wie sie dir gefällt, meine kleine Schriftstellerin.*

Kurzerhand beschloss ich, das Schicksal herauszufordern und einfach so zu tun, als würden wir uns die Tintenwelt-Gebühren leisten können. Dafür bastelte ich mir in der Realität eine Welt mit Worten, in der das möglich war. Ich erstellte mir sogar einen Blog in den sozialen Netzwerken und berichtete dort mit bearbeiteten Bildern von meinem Leben als einzige und allein erbende Tochter meines berühmten Vaters. Niemand zweifelte an dem Wahrheitsgehalt.

Trotzdem fällt es mir nicht leicht, dich und die anderen anzuschwindeln, weil du mit all deinen Eigenarten so etwas wie eine Freundin für mich geworden bist. Auch wenn ich tief im Inneren weiß, dass du einen weiten Bogen um mich machen würdest, wenn du sehen könntest, dass meine Realität von deiner ähnlich weit entfernt ist wie die Erde zum Mond. Ich hoffe, du kannst mir irgendwann verzeihen.

»Und genau deshalb kannst du ohne Bedenken losfahren. Ich werde jeden Moment abgeholt«, entgegnete ich und verstaute mein schlechtes Gewissen unter einem imaginären Stapel Bücher.

»Ich mache mir eher Sorgen wegen dem hier.« Mit einer Kopfbewegung deutete sie auf Magnus. »Ich bin mir nicht sicher, ob er wirklich nur mit Buchstaben mordet. Wenn ich mir seine Blicke anschaue, die dich regelmäßig treffen, bin ich davon überzeugt, dass er damit auch töten kann.«

»Ich komme schon klar. Ehrlich. Die restliche Fahrt muss ich auch irgendwie ...«, ich suchte nach Worten, »*überleben.*«

Sie kicherte.

»Mädels, ich kann euch hören. Wenn ich dieser Fähigkeit mächtig wäre, würde ich mit dir anfangen, Wilhelmina«, meinte Magnus gelassen, der unweit von uns entfernt an der steinernen Mauer lehnte und den Tabak seiner Zigarette inhalierte. Wilhelmina funkelte ihn wütend an und baute sie sich vor ihm auf.

»Hast du vergessen, dass die Familie meiner Mutter zum

ältesten adeligen Geschlecht Bayerns gehört? So redest du nicht mit einer Adeligen und so redest du auch nicht mit ihrer Freundin!«

»Verzeihung. Wie konnte ich nur«, erwiderte er gleichgültig.

»Beachte ihn einfach nicht. Sei froh, dass du mit Isabell in einer Gruppe bist«, sagte ich besänftigend und zog sie von ihm weg. Bevor es zu einem Streit kam, versicherte ich Wilhelmina mehrmals, dass ich ohne sie zurechtkommen würde. Es war für alle Beteiligten besser, wenn sich Magnus und sie sich nicht länger in Hörweite befanden. Schließlich ließ sie sich überzeugen. Wir umarmten uns zum Abschied und sie stieg in den schwarzen BMW, in dem Isabell schon auf sie wartete. Da das Fenster heruntergekurbelt war, hörte ich noch, dass Wilhelmina anordnete, ihr Schloss in München als erstes Ziel anzuvisieren, damit sie ihren Koffer abholen konnte. Selbstverständlich wurde dieser bereits von einer Angestellten gepackt. Wobei sie das Wort *Schloss* extra betonte und Richtung Magnus schleuderte. Als Isabell den Wagen aus der Einfahrt lenkte, wandte ich mich an Magnus. »Hast du die Flugtickets?«

Er zog den Geldbeutel aus seiner ausgeblichenen blauen Jeans und hob ihn zur Bestätigung kurz hoch.

»Super. Wir treffen uns dann direkt am Flughafen. Bis später.« Ich wandte mich zum Gehen. Er nahm noch einen Zug seiner Zigarette und rief mir dann hinterher: »Wo gehst du hin? Dein Fahrer ist doch noch gar nicht da.«

Ich schloss kurz die Augen und drehte mich wieder zu ihm um, als mir eine passende Erklärung einfiel. »Es wird wohl auch noch eine Weile dauern. Als ich ihn angerufen habe, hat er gesagt, dass er am Luise-Kiesselbach-Tunnel im Stau steht. Meine Mutter hatte einen Termin bei einem Star-Friseur in München. Sie befinden sich gerade auf dem

Rückweg, aber mir dauert das jetzt zu lange. Ich nehme den Zug und gehe das letzte Stück zu Fuß. Wir sind schließlich vier Wochen lang weg. Ich will mir selbst auch noch ein paar Sachen einpacken, bevor der Flug geht.«

Überrascht schaute er zu mir auf. »Ich hätte nicht gedacht, dass jemand wie du mit öffentlichen Verkehrsmitteln fährt.«

»Wieso nicht?«, entgegnete ich und wollte abermals losgehen. Ich hielt inne, als er mir anbot, dass er mich mitnehmen konnte.

»Ich bin mit dem Motorrad hier.«

Ein Annäherungsversuch. Von ihm aus? Ich war ohnehin überrascht, dass er mehr als ein Wort mit mir wechselte. Umso schwerer fiel es mir, ihn zurückzuweisen, aber ich musste mich zusammenreißen. Was wäre, wenn er mit in die Villa kommen wollte? Niemand dort war auf Besuch vorbereitet. Keiner wusste, dass die Bedingungen des Schreibwettbewerbs geändert worden waren. Sie rechneten frühestens heute Abend damit, dass ich jemanden mitbrachte. Elly las um diese Zeit gern ein Buch im Garten. Welche Erklärung hätte ich, dass unsere *Angestellte* es sich in der Hängematte gemütlich machte, anstatt verblühte Rosenblätter zusammenzufegen? Und wie sollte ich erklären, dass wir überhaupt nur eine Angestellte hatten und nicht ein Dutzend wie Wilhelmina? Oder was wäre, wenn meine Mutter in ihrer grauen Lieblingsjogginghose auf der Couch lag, auf dem Fernsehbildschirm Fotos durchlaufen ließ und der Zeit nachtrauerte, als sie sämtliche Privilegien durch den Reichtum meines Vaters genossen hatte? Meistens ertränkte sie ihre Gefühle in reichlich Rotwein. Mittlerweile war sie oft schon tagsüber betrunken. Die Wahrscheinlichkeit war hoch, dass sie auch in diesem Augenblick nicht mehr Herr über ihre gesprochenen Worte war. Wie leicht konnte sie sich verplappern und kurz vorm Ziel die Mauer, die ich jahrelang kraftvoll aufrechterhalten hatte, zum Einstürzen bringen? Das durfte ich nicht riskieren.

»Du brauchst nichts sagen.« Magnus' Gesichtszüge verhärteten sich. Die Enttäuschung stand ihm ins Gesicht geschrieben.

»Es tut mir leid«, flüsterte ich kaum hörbar und warte keine Reaktion ab, sondern sah, dass ich zügig Abstand zwischen uns brachte. Schnellen Schrittes ging ich an der hochgewachsenen Hecke entlang und bog um die Ecke. Nach wenigen Schritten vernahm ich das Brummen eines Motors. Nachdem Magnus an mir vorbeigebraust war, rief ich Elly an und bat sie, mich abzuholen.

Während ich auf dem abgenutzten Beifahrersitz saß und von Elly nach Hause gefahren wurde, quetschte sie mich über das Zusatz-Semester aus und ich erzählte ihr aufgeregt von der bevorstehenden Reise.

Sie lenkte den Wagen an eine abgelegene Stelle am Ufer des Starnberger Sees. Unsere Villa befand sich einige Kilometer von der Tintenwelt entfernt, in der Nähe vom ländlich gelegenen Possenhofen. Vor einer zugewucherten Einfahrt kam das Fahrzeug zum Stehen. Lediglich das Tor war zu sehen. Der verwilderte Waldgarten versteckte das ehemals prachtvolle Anwesen dahinter. Die Presse vermutete in sämtlichen Artikeln, dass wir absichtlich keine Gärtner mehr beauftragten, um vor neugierigen Blicken geschützt zu sein. In Wirklichkeit fehlte uns das Geld, um die Leistung zu bezahlen. Elly hatte anfangs versucht, die diversen Pflanzen zu pflegen, aber für eine Person allein, die sich auf dem Gebiet nicht auskannte, war das Areal nicht zu bändigen.

»Ich warte im Auto, in Ordnung?«, fragte sie und ich nickte.

»Ich beeile mich.«

Ich stieg aus und fand ein ähnliches Szenario vor, wie ich es mir vorgestellt hatte. Nur dass meine Mutter ihre Verfassung mit lauter Musik kombinierte, die mir bereits entgegendröhnte. Bedauernd sah mich Elly an.

»Du kannst ja nichts dafür«, sagte ich wie immer. Ich schob das quietschende Eisentor auf und lief den erdigen Weg entlang. Als das Blätterdach die Sicht auf die Villa freigab, erblickte ich meine Mutter, die mit einem Weinglas in der Hand vor der breiten Glasfront des Wohnzimmers stand. Als sie mich sah, gefror ihre Miene. Das Glas, das sie in der Hand hielt, fiel zu Boden und zerbrach auf dem Boden. Sie riss die Tür auf, stürmte die weißen Marmorstufen der Terrasse hinab und lief auf mich zu.

»Du kommst schon nach zwei Stunden zurück? Hast du dich denn gar nicht angestrengt?«

»Es ist nicht so, wie du denkst ... «, begann ich, aber sie ließ mich nicht ausreden.

»O je, was machen wir denn jetzt?« Sie hielt sich die Hände an die Stirn. »Elly soll sofort einen Immobilienmakler beauftragen. Wir müssen so schnell wie möglich die Villa loswerden. Von dem Erlös können wir die Rechnungen der Tintenwelt bezahlen. Wie schnell brauchen die das Geld?«

Sie wollte unser Zuhause verkaufen, an dem die Erinnerungen an meinen Vater hingen? Allein die Vorstellung versetzte mir einen Stich.

»Aber Mama, das ist nicht nötig, weil ...«

Unbeirrt fuhr sie fort und lief dabei panisch auf und ab. »Es gibt keine andere Möglichkeit. Aber wo sollen wir dann hin? Wir können doch nicht auf der Straße leben? Wieso hast du dir nicht mehr Mühe gegeben? Dann hätten wir diese Probleme jetzt nicht.«

Ich verbiss mir zu sagen, dass wir diese Schwierigkeiten

nicht hätten, wenn sie ihren Alltag in den letzten fünf Jahren ein kleines bisschen weniger prunkvoll gestaltet hätte. Jedoch sparte ich mir den Kommentar, da sie ihn ohnehin nicht beachtet hätte. Meine Mutter war nämlich eine Meisterin darin, die Schuld in sämtlichen Lebenslagen, so wie in dieser, auf andere abzuwiegeln. Auch wenn sie ungerechtfertigt war.

»In Budapest besitze ich noch meine alte Wohnung. Es ist zwar nur ein Einzimmerappartement, aber ...«

»Es ist nicht vorbei!«, schrie ich, um zu ihr durchzudringen. Sie schwieg und ich konnte ihr endlich von dem neuen Seminar erzählen.

»Also steht der Sieger noch nicht fest?«, fragte sie und ein Hoffnungsschimmer blitzte in ihren eisblauen Augen auf. Dieselbe Farbe hatte ich von ihr geerbt und auch die langen dunkelblonden Haare.

»Nein.«

»Warum hast du das denn nicht gleich gesagt?«

»Wollte ich ja, aber du ...« Ich brach ab. »Egal.«

Sie ging auch nicht weiter darauf ein. Nach der Erleichterung, dass ich noch Chancen auf den Gewinn hatte, war das Thema für sie erledigt. »Und ihr seid da wirklich vier Wochen lang nicht erreichbar?«

Misstrauisch blickte ich zu ihr auf. Es passte nicht zu meiner Mutter, dass sie sich Sorgen machte. Sie war stets so mit sich selbst beschäftigt, dass sie meine Erziehung und Aufsicht Elly überließ.

»Warum willst du das wissen? Über die Hotel-Rezeption ist es gewiss möglich zu telefonieren, aber wie gesagt, durch das Funkloch kann ich mein Handy dafür nicht nutzen.«

Sie winkte ab. »Ach, mach dir keine Umstände. Mir ist eine tolle Idee gekommen: Ich überlege schon eine Weile, mit welcher Begründung ich zu Friedrich von Falkenstein, dem Vater von Magnus, Kontakt aufnehmen könnte und das nehme ich jetzt zum Anlass. Ich rufe ihn gleich morgen früh an und frage nach, ob er gehört hat, ob ihr gut in Transsilvanien angekommen seid und ob wir während eurem Auslandsaufenthalt im Austausch bleiben können.«

Wie ich vermutete hatte, ging es ihr nicht um mich. »Du willst die besorgte Mutter spielen?«

Sie nickte eifrig. »Damit kann ich bestimmt bei Friedrich punkten. Wenn ich richtig informiert bin, ist er alleinerziehend und äußerst vermögend. An Angeboten auf dem Beziehungsmarkt wird es ihm sicher nicht mangeln. Ich will ihn mir schnappen, bevor mir eine andere zuvorkommt.«

Ich verdrehte die Augen. Wie immer begab sie sich dorthin, wo die Geldfahne wehte. Das war typisch für sie. Ich hoffte, dass Magnus' Vater nicht auf ihre Masche hereinfiel und ihre Absichten erkannte.

»Wie ist es mit Magnus heute gelaufen?«, erkundigte sie sich, als ich mich zu ihrem Vorhaben nicht äußerste. Ich seufzte.

»Nicht besonders gut. Verständlicherweise ist er immer noch gekränkt.«

Sie schüttelte den Kopf. »Nein, ich verstehe eigentlich überhaupt nichts. Du musst dich nicht einmal anstrengen, um auf dich aufmerksam zu machen, weil er in dich verliebt ist.«

»Ja, und? Ich erwidere seine Gefühle nicht!«

Meine Mutter klatschte in die Hände und hielt sie betend Richtung Himmel.

»Wie oft soll ich es dir noch sagen: Das ist gleichgültig – Hauptsache, er ist reich.«

»Ich werde Magnus nicht ausnutzen und auch sonst niemanden!«

Sie zuckte mit den Schultern. »Zsófia, dann kann ich dir

auch nicht helfen. Sieh zu, dass du gewinnst, sonst müssen wir die Villa verkaufen und nach Ungarn ziehen.«

Entsetzt blickte ich ihr hinterher, als sie zurück zur Villa stolzierte. Bevor sie die Stufen erreichte, wandte sie sich noch einmal um. »Entfernst du bitte noch die Glasscherben, bevor du gehst? Ich möchte Barfuß nicht drauftreten.«

In mir brodelte es. Sie formulierte es zwar als Frage, aber es war keine von der Sorte, auf die man eine Wahlmöglichkeit hatte. Als sie im Haus verschwunden war, spürte ich eine sanfte Berührung an den Schultern. Elly war offensichtlich in der Zwischenzeit aus dem Auto gestiegen.

»Komm, mein Mädchen, ich helfe dir. Pack du deinen Koffer und ich kümmere mich um das kaputte Glas und wische den Wein auf.«

Ich blinzelte und warf ihr einen dankbaren Blick zu.

Knapp zwei Stunden später lieferte mich Elly am Münchener Flughafen ab. Sie umarmte mich innig, als wir uns voneinander verabschiedeten und versprach mir zur Seite zu stehen, unabhängig davon, wie sich die Tintenwelt entscheiden würde.

»Ich weiß, dass wegen dem Verkauf der Villa ein großer Druck auf dir lastet, aber denk daran, dass das Schreiben von Büchern dein Traum ist und du dafür kämpfst.«

»Das mache ich. Danke.«

Trotz der Aussicht, was geschehen würde, wenn ich den Wettbewerb verlor, kam die Vorfreude wieder zum Vorschein. Möge das Abenteuer beginnen ...

4. Kapitel

Die Reise in Draculas Heimat beginnt

Magnus und ich trafen uns bei der Sicherheitskontrolle wieder. Höflich ließ er mir den Vortritt. Als wir zum Gate gingen, setzte er seine schwarzen Kopfhörer auf und gab mir damit zu verstehen, dass er an keiner Unterhaltung interessiert war. Somit schwiegen wir.

Auch als wir uns im Flugzeug auf unsere zugeteilten Plätze begaben, änderte sich das nicht. Bevor die Stewardess vor dem Abflug unser Handgepäck in den Fächern verstaute, kramte ich noch meinen Fantasy-Roman hervor. Ich nutzte die Zeit, um mich mit einer Geschichte auf die Vampire einzustimmen, während uns die Maschine über die Wolkendecke nach Cluj-Napoca brachte und wieder landete

Wir stiegen aus dem Flugzeug und mussten an der Kofferausgabe nicht lange auf unser Gepäck warten. Immer noch schweigend gingen wir nebeneinander durch den nächstgelegenen Ausgang. Da sich über uns dunkle Gewitterwolken gebildet hatten, verteilten sich die anderen Passagiere zügig in alle Himmelsrichtungen. Magnus richtete das Wort erst wieder an mich, als wir mutterseelenallein mit unserem Gepäck vor dem leergefegten Flughafengebäude in Cluj-Napoca standen.

»Weißt du, von welchem Standpunkt der Shuttle fährt?«

Ich hielt Ausschau nach einem Schild, konnte aber auf den ersten Blick auch keine entsprechende Haltestelle erkennen.

»Das muss hier irgendwo vom Busunternehmen ausgeschildert sein. Frau Gmeiner meinte doch, dass die Passagiere in regelmäßigen Abständen in den Dracula Park gefahren werden. Ich vermute, dass wir den falschen Ausgang gewählt haben. Wir werden wohl kaum die einzigen sein, die zu dem Park fahren wollen«, sagte ich, ließ meinen Koffer stehen und ging ein paar Schritte um die nächste Kurve. »Das muss hier irgendwo sein«, murmelte ich vor mich hin, aber auch da war nirgends ein Schild angebracht.

»Äh, Sofia?«

In diesem Moment vernahm ich ein Geräusch von quietschenden Bremsen. Ich drehte mich um meine eigene Achse und neben Magnus hielt ein Gefährt, bei dem ich Angst hatte, dass es in seine Einzelteile zerfiel.

»Das ist unsere *Mitfluggelegenheit*?« Ungläubig inspizierte ich unser Transportmittel. Das Shuttle machte den Eindruck, als wäre seine letzte Station der Schrottplatz gewesen. Optisch war er mit einem älteren Model eines VW-Busses zu vergleichen, der einst in weiße Farbe getaucht worden war. Ein blutroter Schriftzug zierte die Seiten. Die Buchstaben wirkten, als wären sie mit den Jahren vom Regen verwischt worden. Trotzdem waren die Wörter noch einigermaßen zu entziffern: *Autobuzul vampirilor*.

»Den Shuttle habe ich mir ein kleines bisschen komfortabler vorgestellt«, kommentierte ich mit hochgezogenen Brauen. Ich war bei allen Schreibfedern dieser Welt nicht ängstlich, jedoch machte dieser Bus keinen besonders vertrauenserweckenden Eindruck. Allein die abgefahrenen Reifen sahen aus, als würden sie nur noch mit der Hälfte der Schraubenanzahl an der Achse befestigt sein.

Magnus zuckte mit den Schultern. »Ich auch, trotzdem müssen wir den Shuttle nehmen, oder willst du zu Fuß gehen? Also ich nicht ...«

»Dreihundertzweiundzwanzig Kilometer spaziere ich natürlich auch nicht allein durch ein fremdes Land.«, erwiderte ich. In diesem Moment betätigte der mürrisch dreinblickende Fahrer einen Kopf, woraufhin sich die Tür des Shuttles öffnete. Dabei löste sie sich fast aus der Halterung. Ich zog Magnus reflexartig zurück.

»Pass auf, nicht, dass du erschlagen wirst.«

»Ach, du hättest was dagegen?«

»Wie kannst du so etwas sagen? Ob du es glaubst oder nicht, mir liegt etwas an dir. Auch wenn ich nicht in dich verliebt bin.«

So. Nun ist es raus.

Magnus schien einen Herzschlag lang drüber nachzudenken und meinte schließlich entschieden: »Ich glaube es dir nicht.«. Ruckartig nahm er seine Reisetasche in die Hand und stieg hoch erhobenen Hauptes in den Bus. Dieser Kerl machte es einem aber auch nicht leicht! Ich atmete tief durch und ging ihm hinterher. Ein modriger Geruch wehte mir entgegen. Der Mann, der hinter dem Lenkrad saß, war ähnlich wie sein fahrbarer Untersatz in die Jahre gekommen. Er brummte etwas in seiner Landessprache.

»*Bună dimineața!*«

Ich vermutete, dass es sich um eine Begrüßung handelte. So etwas wie *Guten Tag*. Gestikulierend gab er uns zu verstehen, dass wir unser Gepäck im hinteren Teil des Wagens verstauen sollten. Überrascht stellte ich fest, dass wir die einzigen Touristen waren.

Nacheinander stellten wir unser Gepäck ab und Magnus ging schnurstracks nach vorne, um direkt auf dem Einzelsitz hinter dem Busfahrer Platz zu nehmen. Ich ließ mich in der hintersten Reihe nieder, um den größtmöglichen Abstand zwischen uns zu bringen. Na ja, ich *wollte* mich auf dem schwarzen Polster niederlassen, das unglaublich gemütlich aussah. Aber als ich mit meinen vier Buchstaben den Sitz berührte, bohrte sich eine spitze Feder in mich. Ich presste die Lippen aufeinander und unterdrückte einen Schmerzenslaut. Bevor ich mich wieder setzte, schob ich meine taubenblaue Handtasche mit dem goldenen Federanhänger zwischen mich und das Polster. Währenddessen ließ der Fahrer den Motor an. Mehrere Versuche waren nötig, um ihn zum Laufen zu bringen. Endlich rollte der Wagen los und aus dem Auspuff ertönte ein maschinengewehrartiges Knallen. Unwillkürlich tastete ich nach dem Sicherheitsgurt, aber es war keiner vorhanden. Schnell stellte ich fest, dass das auch gar nicht nötig war, denn das das Wort *Express* war bei diesem rumänischen Shuttle-Unternehmen offenbar nicht mit einer rasanten Geschwindigkeit definiert.

In einem gemächlichen Tempo tuckerten wir vom Flughafengelände. Ich wollte die vorbeiziehende Landschaft begutachten, um die ersten Eindrücke der Gegend aufzunehmen, aber bedauerlicherweise war die Scheibe so vergilbt, dass ich lediglich Umrisse erkennen konnte. Innerlich strich ich den Punkt *auf der Fahrt schon spannende Erlebnisse für die Geschichte sammeln* durch.

5. Kapitel

Eine fliegende Begegnung

Als die Sonne hinter der Wolkendecke hervorlugte, stand sie bereits tief am Himmel. Dämmerung legte sich über das Land und unser Ziel rückte immer näher. Der grimmige Busfahrer gab uns zu verstehen, dass wir eine Pause einlegen würden, bevor wir die letzten fünfzig Kilometer zum Dracula Park fuhren. Wenn ich es mir richtig zusammengereimt hatte, wollte er noch Gäste einsammeln. Kaum hatte er es ausgesprochen, brachte er den Shuttle quietschend zum Stehen. Lautstark donnerte der rechte Seitenspiegel gegen die Scheibe, als das Fahrzeug zum Stillstand kam. Erschrocken zuckte ich zusammen. Der Busfahrer deutete auf seine lederne Armbanduhr und zeigte mit den Händen eine Zehn. Für die zehnminütige Rastpause konnten wir das Fahrzeug verlassen. Das ließ ich mir nicht zweimal sagen. Ich erhob mich und stieg aus dem Shuttle.

Intensiver Geruch nach frischem Regen und herben Holz wehte mir entgegen, als meine Füße den weichen, moosbesetzten Boden berührten. Dankbar füllte ich meine Lunge mit tiefen Atemzügen, um den Gestank von dem Inneren des Shuttles zu vertreiben.

»Ich habe gegoogelt. Erstmals wurden die Tore des Dracula Parks am 18. Mai 1897 für Besucher geöffnet. Der Shuttle macht den Eindruck, als käme er ebenfalls aus dieser Zeit«, meinte Magnus, als er sich zu mir gesellte.

»Ohne je eine Werkstatt von innen gesehen zu haben«, fügte ich hinzu und musste bei dieser Vorstellung lachen. Magnus' Miene blieb ernst.

»Bleibt uns nur zu hoffen, dass wenigstens Gelder übrig waren, um euren gefeierten Freizeitpark regelmäßig zu renovieren. Ich wollte nämlich keinen Ausflug in die Vergangenheit machen!«

Ich schüttelte den Kopf. »Ich kann mir nicht vorstellen, dass er jährlich Millionen Besucher anlocken würde, wenn dort noch immer Bedingungen herrschen, die vor hundert Jahren üblich waren.«

»Aber wissen tust du es auch nicht, oder? Ich habe nämlich gelesen, dass keiner der Besucher vorher weiß, was ihn in dem Park, der auch als dunkle Version von Disneyland bezeichnet wird, erwartet. Am Eingang gibt es wohl eine Übersichtskarte, die ist auch im Internet veröffentlicht, aber eingezeichnet sind nur wenige Merkmale zur Orientierung. Die meisten Attraktionen sind nicht sichtbar, um für die Besucher den Grusel- beziehungsweise Spannungsfaktor zu erhöhen. Im Park ist es auch verboten zu fotografieren, damit keine Infos nach außen dringen.«

»Das weiß ich und gerade das reizt viele Menschen. Mich auch. Ich kann unsere Ankunft kaum erwarten, um ...« Ich unterbrach mich, weil in diesem Moment mein Handy einen eingehenden Anruf ankündigte. Ich zog das Smartphone mit der goldenen Hülle aus meiner Handtasche. *Wilhelmina*, zeigte es auf dem Display an.

»Oh, da muss ich kurz rangehen«, erklärte ich Magnus, wischte über die Touch-Funktion das grüne Symbol zur Seite und hielt mir das Telefon ans Ohr. »Ja?«

»Ha... wie... fi... en... w...«

Es rauschte in der Leitung und ich konnte kein vollständiges Wort vernehmen.

»Wilhelmina? Ich kann dich leider nicht verstehen. Die Verbindung ist sehr schlecht.«

»J... un... a... b...«

Kein Wunder! Ich sah auf das Display und stellte fest, dass ich kein Netz hatte.

»O Mist. Ich habe hier keinen Empfang.«

Schwer atmend stieg der Fahrer aus dem Shuttle und zeigte mit dem Finger auf mein Gerät. Er deutete hinter mich und ich folgte der Richtung mit einem fragenden Blick. Eingebettet in jungen Laubbäumen erspähte ich eine urige Hütte, deren Fassade aus Brettern bestand. Einzelne Stellen ließen erahnen, dass sie ursprünglich kastanienfarben gewesen waren. Ein winziger Ausschnitt deutete auf ein Fenster hin. Das hexenhutförmige Dach war mit getrocknetem Schilf eingedeckt. Wollte der Fahrer mir damit zu verstehen geben, dass er Empfang dort drüben besser war, oder handelte es sich möglicherweise sogar um eine Telefonzelle? Ich beschloss, nachzusehen und wandte mich dankend an ihn. »Okay, ich bin gleich wieder da.«

Eilig bahnte ich mir einen Weg über den Wurzeln der Bäume, die sich an der Erdoberfläche aussteckten, zwischen heruntergefallenen Ästen und wich Überbleibsel des Regens aus, dessen Wasser vom Boden nicht aufgesaugt worden war. Ein paar Schritte später erreichte ich unversehrt die Hütte. Auf den Brettern war ein Schild angebracht. *Toalet*a, stand darauf. *Eine Toilette?* Platz war maximal für ein einziges Klo und aufgrund der Lage nahm ich an, dass darin auch kein hygienisches Wasserklosett vorzufinden war. Unwillkürlich rümpfte ich mir die Nase. Somit hatte sich die Sache mit der Telefonzelle erübrigt. Unverzüglich hielt ich mir das Handy ans Ohr und hoffte, den Kontakt mit meiner Freundin herstellen zu können.

»Wilhelmina? Kannst du mich jetzt hören?«

Am anderen Ende der Leitung herrschte Stille. Ich streckte meinen Arm mit dem Telefon in der Hand Richtung Himmel, doch auch so bekam ich kein Signal. *Hier geht es noch nicht.* Ich fixierte das Empfang-Symbol und schritt mit erhobenem Blick weiter, ohne darauf zu achten, wohin ich trat.

»Vorsicht, junges Fräulein«, warnte mich eine Männerstimme, als ich hinter der Hütte angelangt war und ich zuckte vor Schreck zusammen. Meine Wildleder-Stiefelette war nur noch wenige Zentimeter von einem Fernglas entfernt, das der Herr in der Hand hielt, der mich angesprochen hatte. Ich schätzte ihn auf Ende dreißig. Er lag auf dem Boden, weil er offenbar nach etwas Ausschau hielt. Der Mann erhob sich und klopfte die Erde von seiner Pfadfinder-Kluft. Auf seinem olivfarbenen Wanderhut war in weißer Schrift der Name *Franz* eingraviert. Entschuldigend sah er mich aus seinen warmen haselnussbraunen Augen an.

»Grüß Gott. Wir sind die Tiroler Reisegruppe. Gleich sind wir so weit. Du bist bestimmt von dem Busunternehmen, oder?«

»Äh nein, ich ...« Ich deutete auf den Bus, doch der Mann hatte mich offenbar überhört.

»Kleinen Augenblick«, meinte er und drehte sich um seine eigene Achse. »Mädels, Jungs, packt zusammen. Jeder schaut, dass er sein Zeug beieinanderhat. Nicht, dass wieder einer sein Fernglas vergisst ... Hansi, du denkst bitte an den Sturmkocher und ...«

Erst da bemerkte ich, dass sich hinter ihm auf dem Waldboden getarnt noch Kinder- und Jugendliche im Alter von zwölf bis vierzehn Jahren befanden. Ich zählte durch. Mit ihm waren es *acht* weitere Personen, die noch in den Shuttle passen sollten?

»Auf gehts!«, rief der Mann, der offensichtlich Franz hieß und synchron schnallten sich die Österreicher jeweils einen überproportionalen Rucksack um und zogen der Reihe nach an mir vorbei. Ich dachte an die begrenzte Platzkapazität des Shuttles und ergänzte meine Frage: Wie sollte die Reisegruppe samt ihrem Gepäck im Vampirexpress Platz finden?

»Danke, dass wir so spontan mitfahren dürfen. Oder passender ausgedrückt: Danke, dass wir so spontan *mitfliegen* dürfen«, witzelte er. Ich wollte ihn darauf hinweisen, dass er sich von dem Transportmittel nicht zu viel erhoffen sollte, aber er fuhr bereits fort: »Wir sind eine Woche mit einem Wildhüter in den Karpaten gewandert und waren auf einer Braunbären-Beobachtungsmission unterwegs. Obwohl die meisten Braunbären von Europa in diesem Gebirge beheimatet sind, ist uns kein einziger begegnet. Damit die Kinder nicht enttäuscht nach Hause fahren, hat uns die Organisation Tickets für den Dracula Park spendiert. Angeblich soll es dort ein Bärenreservat geben. Genaueres wissen wir aber nicht, weil sie wie alle anderen zur Verschwiegenheit verpflichtet sind«, erklärte Franz und winkte mir freundlich zu, ehe er sich seinem Trupp anschloss.

Ich blickte ihnen kurz nach und stellte mich wieder hinter die Hütte. Plötzlich vernahm ich einen Hilferuf. Alarmiert hielt ich mir das Handy ans Ohr, aber das Ende der Leitung war stumm. Er hallte merkwürdig. Als würde ein Mädchen allein in einer leeren Kirche stehen und rufen. Kam das aus dem Inneren der Hütte?

»Hallo, ist da jemand?«, fragte ich und klopfte gegen das morsche Holz der Tür. Vielleicht hatte der Mann einen seiner Schützlinge dort vergessen. Es antwortete niemand. *Hm, seltsam.*

»Aus dem Weg!«, schallte es plötzlich zwischen den Baumkronen hervor. Als ich mich umdrehte, sah ich, wie ein tennisballgroßer brauner Ball auf mich zu brauste. Ein Funkenregen sprudelte aus ihm hervor, ähnlich wie der angezündete Sternenwerfer, den mir Elly jährlich an Silvester um Mitternacht in die Hand drückte. Zischend schoss das Teil durch die Luft und ich sprang gerade noch rechtzeitig zur Seite, ehe ihn die Hütte mit einem dumpfen Aufprall bremste. Ich wollte gerade den Übeltäter ausfindig machen, der den Ball geworfen hatte und mich fast getroffen hätte, da vernahm ich wieder die mädchenhafte Stimme.

»Autsch.« Als die Stimme weitersprach, hörte sie sich zittrig an. »Bitte. Bitte tu mir nichts.«

Ich kniff die Brauen zusammen. »Wer spricht da?«

»Ich.«

Ich drehte mich zu allen Seiten. Die österreichische Reisegruppe ging unbeirrt weiter und auch sonst konnte ich zwischen den Baumstämmen, die hoch in den Himmel ragten, niemanden ausfindig machen. *Aber es muss jemand hier sein.*

»Wo bist du?«

»Hier unten.«

Ich war zu allem bereit. Nur auf den Anblick, der sich mir bot, war ich nicht gefasst. Der braune Ball entpuppte sich als kleine Fledermaus. Eingeschüchtert kauerte sie dicht an den Brettern der Hütte und sah mit großen Glubschaugen zu mir empor.

»Bitte tu mir nichts«, flehte sie abermals und ihr kleiner Körper bebte. Schützend hob sie einen Flügel vor ihr Gesicht und lugte dahinter hervor. Augenblicklich wurde mein Herz weich. Ich kniete mich vor das Tierchen und begutachtete erstaunt dieses niedliche Wesen. Plötzlich hielt ich inne.

»Moment mal? Hast du mit mir geredet?« Fragte ich ernsthaft eine Fledermaus, ob sie sprechen konnte? Hoffentlich bekam das niemand mit. Hatte mich der Fantasy-Roman, den ich im Flugzeug gelesen hatte, so sehr in seinen Bann gezogen, dass ich mich noch in ihm befand?

»Ja.«

Meine Augen weiteten sich, als sich der winzige Mund bewegte und ein verständlicher Laut daraus hervorkam. Konnte mich mal jemand kneifen? Wie ist das möglich?

»Gibt es etwa Fledermäuse, die wie Papageie sprechen können?« Es war die einzig logische Erklärung. Zögerlich nickte die Fledermaus.

»Ja, so etwas in der Art.«

»Unglaublich! Die Papageie, denen ich bisher begegnet bin, konnten nur auswendig gelernte Wortkombinationen herunterleiern. Du hingegen verstehst, was ich sage und kannst sogar in ganzen Sätzen antworten.« Ich war mir immer noch nicht sicher, ob ich träumte oder ob dieses Erlebnis tatsächlich in der Realität stattfand. Fasziniert musterte ich das Tierchen. Offenbar wirkte ich dadurch nicht besonders vertrauensvoll, denn die Zähnchen der Fledermaus klapperten aufeinander.

»Hey. Bitte beruhige dich. Du brauchst dich vor mir nicht zu fürchten. Hast du dich bei dem Aufprall verletzt?« Ermutigend lächelte ich die Fledermaus an und versuchte möglichst unauffällig zu prüfen, ob sie eine Wunde hatte oder eines ihrer Körperteile deformiert aussah. Auf den ersten Blick konnte ich jedoch nichts erkennen.

»Es geht schon wieder«, meinte sie und hüpfte auf ihren winzigen Füßchen auf und ab, wie um selbst zu testen, ob sie sich etwas gebrochen hatte.

»Ich heiße Zsófia. Hast du auch einen Namen?«, erkundigte ich mich. Satt ihrer Antwort hörte ich das vertraute, maschinengewährartige Knallen, das ankündigte, dass der Motor des Shuttles gestartet wurde. Ruckartig sprang ich auf.

»O nein! Ich muss los.«

»Halt! Warte«, rief sie. »Fährst du zum Dracula Park?«

»Ja, kommst du von dort?«, fragte ich neugierig und sie bestätigte es.

»Es klingt vielleicht seltsam, aber ich muss das Fliegen erst noch üben, wie du soeben feststellen konntest. Heute habe ich keine Kraft mehr, um zurückzufliegen. Ich müsste mich erst ausruhen, doch die Nacht bricht bald herein. Ich wäre leichte Beute …«

Mir fielen Franz' Worte ein, dass die meisten Braunbären in Europa in diesem Gebiet lebten.

»Das wäre viel zu gefährlich. Wie ich hörte, gibt es hier Bären. Soll ich dich mitnehmen?«

»Wenn ich nicht sterben will, ist es die einzige Option, die ich habe. Versprichst du mir, dass du mich unbemerkt in den Bus schleust und den anderen Menschen nichts von mir, deinem blinden Passagier, preisgibst?«

Sie ahnte nicht, wie gut ich Geheimnisse für mich behalten konnte.

»Natürlich verrate ich niemanden etwas.« Wie könnte ich sie transportieren? Mein Blick fiel auf die Handtasche, die ich mir umgehängt hatte. Um keine Zeit zu verlieren, nahm ich sie mir von der Schulter, öffnete die Knöpfe und platzierte sie neben der Fledermaus. »Du kannst die Fahrt in der Tasche verbringen.«

Sie warf mir einen dankbaren Blick zu und tapste auf ihren Beinchen in das Innere. Als sie es sich zwischen dem abgenutzten Stifte-Behälter und dem Geldbeutel gemütlich machte, schloss ich die Knöpfe wieder und ließ einen Spalt für die Luftzufuhr offen.

»Bekommst du genügend Luft?«

»Ja, es ist alles in Ordnung.«

»Okay, sag mir Bescheid, wenn du etwas brauchst.« Ich ging um die Ecke der Hütte und traute meinen Augen kaum. Der Shuttle war eingehüllt in einer Rauchwolke und nurmehr die Rücklichter waren zu erkennen. *Waren die ernsthaft ohne mich losgefahren?*

6. Kapitel

Die Blutbezahlung

»Halte dich gut fest. Es könnte ein bisschen wackelig werden.«
Ich warnte meinen Insassen vor und rannte dem Shuttle hinterher, so schnell mich meine Füße trugen. Zugegeben, es war keine sportliche Höchstleistung dafür erforderlich, weil ich das Gefährt durch die niedrige Geschwindigkeit, die es zurücklegte, rasch einholen konnte. Ich begab mich auf die Höhe der Scheibe, hinter der der Fahrer hockte, und winkte wild mit beiden Händen, um auf mich aufmerksam zu machen. Gemächlich blickte er zu mir herüber und widmete sich wieder dem Schotterweg, über den er den Wagen lenkte. Es schien ein paar Sekunden zu dauern, bis er verarbeitet hatte, was er sah und sein Kopf schnellte wieder zur mir herüber. Er erkannte mich und betätigte ruckartig die Bremse. Quietschend kam der Vampirexpress zum Stehen und ich konnte einsteigen.

Der brummige Fahrer murmelte etwas von einer Entschuldigung und setzte das Fahrzeug krachend wieder in Bewegung. Ich hielt mich an einer Stange fest, denn ich war ganz schön aus der Puste. Während ich meine Sauerstoffzufuhr wieder regulierte, blickte ich mich nach einem Sitzplatz um. Alle Plätze waren belegt. Auf jeden Einzelplatz waren zwei Personen gequetscht. Auf einem sogar drei, weil ein jugendliches Mädchen auf dem Schoß von einem Jungen saß. Die einzigen, die sich nicht einengen mussten waren Franz, der Gruppenleiter und mein Kumpane Magnus.

»Ich bitte vielmals um Verzeihung. Ich dachte, du bleibst dort, weil du nicht mit uns mitbekommen bist«, meinte Franz.

Ich winkte ab. »Schon gut, das konnten Sie ja nicht wissen.« Magnus hingegen funkelte ich wütend an. »Aber du! Warum hast du dem Fahrer nicht gesagt, dass er warten soll?«

»Es ist ja noch mal gut ausgegangen«, erwiderte er und ich schnaubte. Magnus fügte hinzu, dass er in dem Getümmel schlichtweg den Überblick verloren habe. Er hatte gedacht, dass ich schon längst eingestiegen wäre.

»Du kannst dir nicht vorstellen, was hier los war, als der Trupp eingestiegen ist.«

»Jetzt tu nicht so als hättest du mich im Olympia-Stadion zwischen siebentausend Menschen ausfindig machen müssen!«

Er unterdrückte ein Lachen. »Stell dich nicht so an. Du bist ja jetzt hier. Abgesehen davon war es schon ein bisschen witzig, wie du uns nachgelaufen bist.«

Ich kniff die Brauen zusammen. »Schön, dass es dich so amüsiert! Franz hat mir erzählt, dass es in dieser Region Bären gibt. Was wäre, wenn ich einem begegnet wäre?«

»Du glaubst doch nicht wirklich, dass hier ein Bär frei herumläuft.« Nun lachte Magnus schallend. Das Lachen erstarb jedoch abrupt, als er die bösen Blicke der Pfadfinder bemerkte, die nun alle auf ihn gerichtet waren. Seit Tagen hatten sie den Tieren aufgelauert und es zum Ziel ihrer Reise gemacht, einen Bären in freier Wildbahn zu beobachten.

»Also echt – unter allen mannigfaltigen Stiften dieser Welt bist du ein einfacher blöder Bleistift«, kommentierte ich.

»Ich weiß, dass ich für dich lediglich ein Bleistift bin und keine edle Schreibfeder, die es würdig ist, von dir gehalten zu werden«, erwiderte er verbittet.

Die Gespräche der Jugendlichen waren in der Zwischenzeit alle verstummt und folgten unserer Unterhaltung interessiert.

»Jetzt ist wirklich nicht der richtige Zeitpunkt für dieses Thema«, zischte ich Magnus peinlich berührt zu. »Wo kann ich mich denn hinsetzen?«

Franz, der den ganzen Sitz mit seiner Statur ausfüllte, deutete auf seinen Schoß und hob entschuldigend die Hände. »Bei mir wäre noch Platz, aber das wäre wahrscheinlich ein bisschen unpassend, ihn dir anzubieten.«

»Danke trotzdem.«

Es blieb mir nichts anderes übrig, als mir den Einzelplatz mit Magnus zu teilen. Eingepfercht saßen wir nebeneinander. Es ließ sich nicht vermeiden, dass sich unsere Oberschenkel berührten, aber ich drehte mich mit der Schulter so weit ich konnte von ihm weg. Als würde eine weitere Berührung einen bleibenden Tintenfleck auf meinem weißen Langarmshirt hinterlassen. Meine Handtasche hielt ich dabei gut fest. *Ob es der kleinen Fledermaus gut geht?* Ich wagte es nicht, einen Blick in die Tasche zu werfen. Es war zu riskant, dass sie von den anderen Fahrgästen bemerkt wurde.

Mach dir keine Sorgen um mich. Es geht mir gut.

Ich riss die Augen auf. Das war nicht meine Gedankenstimme, die mit mir in meinem Kopf sprach, sondern die der kleinen Fledermaus.

Du hast mir nach meiner unsanften Landung gesagt, dass ich mich vor dir nicht fürchten brauche. Nun möchte ich dir sagen, dass du umgekehrt auch vor mir keine Angst haben brauchst. Ich möchte mich lediglich weiter mit dir unterhalten.

Ich schluckte und versuchte mir nicht anmerken zu lassen, dass es in mir brodelte. Ein Gemisch aus Schrecken und Unglaube braute sich mit einer Prise Heldenmut zusammen, die letztendlich dafür sorgte, dass ich mein gedachtes Wort wieder an sie richtete.

Wie ist das möglich? Papageie haben gewiss nicht so eine außergewöhnliche Fähigkeit.

Ich vernahm ein Kichern.

Ich bin ja auch kein Papagei. Ich bin mit der Vorstellung an der Reihe, oder? Gestatten? Ich bin Felia Estera Andoria von Flatterstein. Du kannst mich Felia nennen und ich habe die Gabe, mittels der Gedanken zu kommunizieren. Diese Fähigkeit ist dir bestimmt nicht fremd. Einige deiner Artgenossen können sich dieser auch bedienen.

Es ist also eine telepathische Fähigkeit, schlussfolgerte ich. Stimmt, das ergab Sinn. In der Tat war sie mir bekannt. Mein Vater hatte sie während seiner Forschung aus parapsychologischer Sicht nachweisen wollen. Es war ihm nicht gelungen, aber ich hatte Einblicke in die Methoden bekommen. Der Gedankenempfänger wurde beispielsweise von der Außenwelt in einem Raum isoliert und in einen entspannten Zustand versetzt. Die visuellen Reize wurden demjenigen durch eine entsprechende Brille genommen, damit sein Geist nicht von Außeneinwirkungen abgelenkt war, sondern frei und empfänglich für Nachrichten.

Ich war nicht darauf vorbereitet. Es erstaunt mich, dass ich deine Gedanken empfangen und meine wiederrum zurücksenden kann.

Das ist eine Frage des Trainings. Wenn der Gedankensender stark genug ist, funktioniert es, erklärte mir Felia und ich dachte an meinen Vater. Er würde vor Freude einen ganzen Roman darüber schreiben, wenn er an meiner Stelle wäre und die Telepathie so erleben würde, wie ich es gerade tat. So leicht. So einfach.

Möchtest du mehr von mir wissen?, fragte Felia und ich nickte. Erschrocken blickte ich mich um. Hoffentlich hatte diese Kopfbewegung niemand gesehen. Magnus sah anstrengt aus dem Fenster, obwohl man nicht hindurchschauen konnte. Franz schlief und die Jugendlichen waren in Gespräche vertieft oder hörten mit geschlossenen Augen über Kopfhörer Musik. Beruhigt ließ ich mich, soweit es mit der eingeschränkten Bewegung möglich war, zurück in den Sitz fallen und wandte mich in Gedanken wieder an die kleine Fledermaus. Felia. Felia war wirklich ein schöner Name.

Mich würde interessieren, ob du im Dracula Park lebst.

Ja, das ist mein Zuhause, kam es zurück. Aufgeregt biss ich mir auf die Lippe. Was würde mich im Park erst in seiner gesamten Darbietung erwarten, wenn Felia als einzelnes Wesen bereits für eine unvergessliche Begegnung sorgte? Ich konnte die Ankunft kaum noch abwarten.

Wo soll ich dich eigentlich nach unserer Ankunft freilassen?

Felia reagierte nicht gleich auf diese Frage, was mich vermuten ließ, dass sie selbst erst darüber nachdenken musste.

Hmm ..., vernahm ich nach einer Weile. *Kann ich dir etwas anvertrauen?*

Ja natürlich, gab ich zurück. Einen weiteren Moment schwieg Felia, als würde sie meine Worte prüfen. Schließlich entschied sie sich, ihr Geheimnis zu offenbaren.

Ich bin schon seit einer sehr langen Zeit in einer Burg eingesperrt. Der Käfig, in dem ich gefangen gehalten werde, ist nicht besonders groß. Ich konnte meine Flügel nicht einmal vollständig entfalten. Es ist ewig her, dass ich in Freiheit gelebt habe und fliegen konnte, wohin es mir beliebt. Das ist auch der Grund, warum ich erst wieder lernen muss, wie es geht .... Heute hat sich die einmalige Gelegenheit ergeben, dass ich fliehen konnte, und ich habe es getan.

In Felias Stimme schwang ein trauriger Klang mit und ihre Geschichte weckte mein Mitgefühl. Für die Betreiber des Parks galt die kleine Fledermaus mit ihren außergewöhnlichen Fähigkeiten gewiss als eine wertvolle Touristen-Attraktion.

Das ist furchtbar. Gibt es noch mehr Wesen deiner Spezies? Werden sie alle auch nicht artgerecht gehalten? Warum ist das noch keinem Tierschützer aufgefallen?

Sie seufzte.

Es gibt noch viele andere Fledermäuse in Transsilvanien, aber ich bin die Einzige, die so behandelt wird.

Ich vermutete, dass Felia auch die Einzige war, die entsprechend trainiert wurde. Trotzdem war das noch lange kein Grund, warum sie auf so engem Raum leben musste, wo sie noch nicht einmal ihrem Naturell entsprechend fliegen konnte.

Und du willst wirklich wieder in die Gefangenschaft zurückkehren?, hakte ich nach.

Ich habe heute festgestellt, dass es für eine Flucht noch zu früh ist. Die Welt außerhalb des Käfigs kenne ich nicht mehr. Es ist zu gefährlich. Damit ich sie in Zukunft kennenlernen kann, darf niemand von meinem Ausflug erfahren. Dafür muss ich unbemerkt zurück in den Käfig gelangen. Hilfst du mir dabei? Allein schaffe ich das nicht.

Ich unterdrückte den Impuls zu nicken.

Sag mir, wie ich dir helfen kann.

Nachdem Felia mir dankte, sagte sie mir, dass sie mir Informationen über die Gedankenübertragung zukommen lassen würde und mich dorthin lotsen würde, sobald wir angekommen waren.

Ich hatte jegliches Zeitgefühl verloren, als der Shuttle anhielt und der Fahrer das Ende der Fahrt verkündete. Ich bahnte mir einen Weg zu meinem Gepäck und verließ das Fahrzeug. Magnus gesellte sich zu mir. Wir standen unter einem beleuchteten Haltestellen-Schild mit der Aufschrift: *Autobuzul vampirilor.* Mittlerweile war die Dunkelheit hereingebrochen und wir folgten den Pfeilen, die zum Eingang des Parks führten. Auf beiden Seiten des Schotterweges waren schwarze Straßenlaternen angebracht, deren mehrarmige Leuchter mit Kerzen bestückt waren. Ein regelechtes Lichtermeer erstrecke sich bis zum Eingang und erhellte uns den Pfad.

»Allein hier langzugehen gehen ist schon etwas Besonderes«, sagte ein Mädchen aus Franz' Gruppe ehrfürchtig. Aufgeregt dränge sie sich mit ihrer Freundin an uns vorbei. Ich war auch schwer beeindruckt. Wir gingen um eine weitläufige Kurve und gelangen schließlich an einen Berg mit einem höhlenartigen Eingang, der als ein geöffneter Mund mit spitzen Eckzähnen dargestellt war. Darüber waren in Frakturschrift Buchstaben angebracht, die blutrot leuchteten. *Parcul Dracula din Transilvania,* stand dort. Der untere Teil sah aus, als würde die Farbe, mit der geschrieben worden war, tropfenähnlich verlaufen, genau wie Blut.

»Was soll das denn heißen?«, fragte Magnus und ich folgte mit dem Blick in die Richtung, in die er zeigte. An einem Wegweiser blieb ich hängen, dessen Aufschrift in verschiedensten Sprachen eingraviert war. Schnell überflog ich die Zeilen, bis ich an der deutschen Version angelangt war. *Zur Bissbezahlung gehts hier entlang.*

»Das werden wir gleich sehen«, erwiderte ich und reihte mich mit klopfenden Herzen hinter den Menschen ein, die in einer überschaubaren Schlange einzeln oder in Grüppchen an der Kasse anstanden. Nach einer kurzen Anweisung einer Mitarbeiterin, die als Vampir verkleidet hinter einer Glasscheibe hockte, konnten die Leute passieren.

Nach der österreichischen Reisegruppe waren Magnus und ich an der Reihe.

»*Bine ai venit!* Willkommen. Ich begrüße euch im Namen aller Vampire in Transsilvaniens Dracula Park.« Sie lächelte uns freundlich an und entblößte dabei ein Gebiss mit spitzen Eckzähnen. »Könnt ihr mir bitte eure Namen nennen?«

»Ich heiße Zsófia Szalay.«

»Und ich Magnus Maximilian von Falkenstein.«

Prüfend blätterte sie durch Listen, auf denen sämtliche Namen aufgeführt waren. »Ah, hier. Ihr gehört zur Tintenwelt-Gruppe. Geht einfach hier um die Ecke zur Blutbezahlung und dort erhaltet ihr weitere Informationen.«

Nachdem sie uns einen schaurigen Aufenthalt gewünscht hatte, zogen wir weiter. Ich hatte das Gefühl, dass ich ihren Blick im Nacken spürte, bis wir rechts um das Kassenhaus bogen. Mitten im Gestein des Berges war eine schwarze Tür aus blickdichtem Glas angebracht. Sie öffnete sich automatisch, als wir näherkamen. Der Bereich dahinter sah aus wie ein Raum in einem Krankenhaus. Der weiß gefliese Marmorboden und die Wände, die ebenfalls weiß gestrichen waren, bildeten einen deutlichen Kontrast zu den Blutbeuteln, die überall verteilt lagen. In gleichmäßigen Abständen standen Liegen, wie in der Praxis von meinem Hausarzt. Es wuselte nur so von Frauen und Männern in weißen Kitteln, die die Besucherinnen und Besucher organisiert zu den Liegen lotsten und ihnen mit den entsprechenden Instrumenten Blut abzapften.

»Zsófia und Magnus?«

Ein Mitarbeiter, der unser Kommen bemerkt hatte, kam mit einer Liste auf uns zu. Auch er hatte ein Gebiss mit spitzen Eckzähnen im Mund und seine Haut war weiß geschminkt. Er trug einen weißen Kittel, kombiniert mit einer passenden Hose.

»Ja, das sind wir«, bestätigte ich und biss mir aufgeregt auf die Lippe.

»Mein Name ist Răzvan und ich werde mit euch die Blutbezahlung durchführen. Folgt mir bitte.«

7. Kapitel

Check-in im Dracula Resort

Ich ging los, aber bemerkte, dass Magnus mir nicht folgte. Als ich mich umwandte, war er mindestens genauso bleich wie das als Vampir geschminkte Personal.
»O nein! Was ist mit dir los?« Besorgt lief ich zu ihm.
»Ich kann kein Blut sehen«, hauchte er. Seine Augen verdrehten sich unnatürlich, ehe er ohnmächtig zusammenklappte. Răzvans Arme schnellten hervor und fingen Magnus auf, bevor sein Körper auf dem Boden aufschlagen konnte. Erschrocken hielt ich mir die Hand vor den Mund.
»Kein Grund zur Beunruhigung«, meinte er beschwichtigend zu mir, als er meine erstarrte Miene sah. »Das haben wir hier öfter.«
Răzvan, den ich auf Ende zwanzig schätzte, winkte einen weiteren Mitarbeiter herbei und gemeinsam hievten sie Magnus auf eine Liege. Seine Lider flatterten.
»Du bist ohnmächtig geworden. Ruh dich am besten einen Moment aus«, erklärte ihm Răzvan und bat mich, mich zu setzten. Ich ließ mich auf einem bequemen weißen Lederstuhl nieder und Răzvan schickte den anderen Mitarbeiter weg. Er bot Magnus ein Getränk und einen zuckerhaltigen Snack an, den er dankbar annahm Als sich Răzvan versichert hatte, dass Magnus' Kreislauf wieder stabil war, machte er uns mit dem weiteren Ablauf vertraut.
»Der Eintritt in unserem Dracula Park wird nicht mit barem Geld, sondern mit Blut bezahlt. Wir nehmen jedem von euch ein Röhrchen mit einer Füllmenge von acht Millilitern ab. Das ist nicht viel.«

»Warum?«, wollte Magnus wissen und ich fragte gleichzeitig neugierig, was mit dem Blut gemacht wurde.

»Wir geben es natürlich den Vampiren, die hier leben, um sie davon abzuhalten, dass sie eure Körper leersaugen«, meinte Răzvan und zwinkerte mir zu. »Es hat eigentlich einen ernsten Hintergrund. Die Blutspenden weltweit sind immer knapp und der Inhaber des Dracula Parks hat sich dazu entschieden, dass wir den Besuchern Blut abnehmen und es spenden. Im Einzelnen ist es nicht viel, aber mit der Menge an Menschen, die jährlich zu uns kommen, kommt einiges zusammen.«

»Und thematisch passt es hervorragend zu dem Park, dass mit Blut bezahlt wird«, kommentierte ich.

»Das stimmt. Ich würde euch nun bitten, mir drei Fragen zu beantworten, damit ich abschätzen kann, ob euer Blut zur Spende verwendet werden kann und dann vorschlagen, dass ich das Blut abnehme. Ist das in Ordnung?«

Wir nickten.

»Dann legen wir mal los. Wie lange ist eure letzte Krankheit her?«

Meine letzte Krankheit? Ich war sehr selten krank und …

Sag zwei Wochen, kam die Anweisung von Felia über meine Gedanken.

Warum?, fragte ich.

Ich erkläre es dir später. Bitte, vertrau mir.

»Seit meiner letzten Krankheit sind zwei Wochen vergangen«, teilte ich Răzvan mit.

»Darf ich fragen, was du hattest und ob du Medikamente nehmen musstest?«

»Äh...«

Du hattest eine Blasenentzündung und musstest mit Antibiotika behandelt werden.

Ich gab diese Information an Răzvan weiter und er machte sich eine Notiz.

»Ich hatte im Winter lediglich einen Schnupfen, aber das ist schon vor Monaten gewesen«, schilderte Magnus, dessen Gesichtsfarbe allmählich zu ihrem Ursprung zurückkehrte und Răzvan ging zur nächsten Frage über.

»Wo habt ihr euren letzten Urlaub verbracht?«

Du warst in einer Wüste.

»Ich war in einer Wüste«, wiederholte ich laut.

»Darf ich Fragen wo und wann?«

Du warst in der Dasht-e Lut Wüste im Iran. Das war vor zwei Monaten.

Auch das gab ich so weiter und Răzvan zog beeindruckt die Mundwinkel nach unten. »Die heißeste Wüste der Erde.« Er sagte das mehr zu sich selbst als zu mir und ich erkundigte mich nach den Gründen für die zweite Frage.

»Ich verstehe, dass man bei gewissen Krankheiten oder einer Medikamenteneinnahme nicht für eine Blutspende in Frage kommt, aber warum ist es ausschlaggebend, wo wir im Urlaub waren?«

»Weil es in gewissen Ländern ein erhöhtes Infektionsrisiko gibt und wir ausschließen müssen, dass eine Krankheit übertragen wird. Gewiss ist dir die Tropenkrankheit Malaria ein Begriff? Beispielsweise ist in einigen afrikanischen Regionen die Gefahr einer Malaria-Infektion groß. Wäre dein letztes Reiseziel Kenia gewesen, hätte sie mindestens sechs Monate in der Vergangenheit zurückliegen müssen, dass ich dein Blut zur Spende freigeben könnte«, erklärte Răzvan freundlich und Magnus erzählte, dass er im Januar in Norwegen gewesen war.

»Kommen wir zur letzten Frage. Bitte ehrlich beantworten, aber nicht ernst nehmen. Wann habt ihr zuletzt Knoblauch gegessen?«

»Ich hasse Knoblauch.« Magnus verzog das Gesicht.

»Ah, haben wir da etwa einen Vampir unter uns?«, mutmaßte Răzvan und wir lachten.

»Ein Vampir, der kein Blut sehen kann? Vielleicht bist du die Inspiration für meine Romanfigur?«, überlegte ich laut und bereute es sofort, das ausgesprochen zu haben, denn Magnus tastete seine Hosentaschen nach Utensilien ab, um meinen Geistesblitz schriftlich festzuhalten.

»Wie sieht es bei dir aus, Zsófia?«

Du hast gestern Abend eine Knoblauch-Pasta gegessen.

»Mhm ... Klingt sehr schmackhaft«, kommentierte Răzvan, als ich es ihm weitergab und mir fiel auf, dass er sich abermals eine Notiz machte. Danach nahm er uns nacheinander Blut ab. Anschließend malte er uns zwei punkteförmige Male mit einem wasserfesten Stift an den Hals, damit es wie eine Bisswunde aussah.

»Leider darf ich euch jetzt nicht in den Park schicken«, teilte er uns mit, während er die gefüllten Blutröhrchen kennzeichnete und in verschiedene Gefäße legte. Mein Mund klappte auf.

»Was? Warum das denn?«

»Uns wurde aufgetragen, dass ihr den Freizeitpark erst erkunden dürft, wenn eure Gruppe vollständig angereist ist.«

»Auch wenn es viel Zurückhaltung kostet, ist das natürlich den anderen gegenüber nur fair, wenn wir auf sie warten«, stimmte ich zu. Schließlich konnten Wilhelmina und Isabell auch nichts dafür, dass sie dazu auserwählt worden waren, um mit dem PKW anzureisen.

»Macht es euch solange im Dracula Resort gemütlich«, empfahl uns Răzvan. »Ich werde euch nun die Augen verbinden und dorthin führen.«

Offensichtlich nahmen die Mitarbeiter des Dracula Parks die Anweisung der Tintenwelt sehr ernst, denn wir bekamen beide mit einem schwarzen blickdichten Tuch die Augen verbunden. Magnus protestierte kurz, gab dann aber schnell nach.

»Das Gepäck könnt ihr hier stehen lassen. Es wird euch unverzüglich zu eurem Zimmer gebracht.«

Den Koffer hatte ich ohnehin schon neben der Liege abgestellt, meine Handtasche hielt ich jedoch fest umklammert, denn Felia wollte ich keineswegs zurücklassen. Während ich blind von Răzvan geführt wurde, kommunizierten die kleine Fledermaus und ich nicht, denn ich brauchte meine volle Konzentration für die Ankündigungen von Stufen, Wegbeschaffenheiten und abrupten Richtungswechseln. Nach circa einer Viertelstunde hatten wir das Ziel erreicht. Răzvan positionierte uns nebeneinander und erlaubte uns, die Augenbinden abzunehmen.

»Wir sind im Spinnentrakt angelangt. Keine Sorge, der Name ist nicht Programm. Die einzelnen Stockwerke haben nur unterschiedliche Namen. Ihr steht nun vor euren Zimmern.«

Gespannt sah ich mich um. Ich stand auf einem roten Teppich, der sich über den ganzen Flur erstreckte. An der Wand, die aus einer steinernen Mauer bestand, waren prachtvolle Kronleuchter angebracht, die der Optik nach zu urteilen aus dem Barockzeitalter entstammten. In dem fensterlosen und geräuschlosen Flur lieferten sie jedoch nur eine spärliche Lichtquelle, was dem Ganzen ein unheimliches Ambiente verpasste. An der Tür aus Massivholz, vor der ich mich befand, war in goldener, geschwungener Schrift die Ziffer sieben gezeichnet.

»Hier sind die Schlüssel. Wenn ihr Wünsche oder Fragen habt, könnt ihr euch jederzeit an mich wenden.«

Răzvan verabschiedete sich mit einer angedeuteten Verbeugung und ließ uns allein. Magnus schloss seine Zimmertür auf.

»Bis dann«, sagte er knapp und verschwand dahinter. Ich betrachtete den Schlüssel aus Metall, dessen Ende eine Spinnenform hatte. Auch ich steckte ihn in das Schloss und als ich ihn herumdrehte, sprang die Tür knarrend einen Spalt weit auf. Ich öffnete sie und ging hinein. Sogleich knöpfte ich den Verschluss meiner Tasche auf und ließ Felia frei.

»Die Luft ist rein. Du kannst rauskommen. Tut mir leid, dass es so lange gedauert hat. Hast du den Weg unversehrt überstanden?«

Felia flog aus dem Beutel. Sie machte einen Looping und landete auf dem schwarzen sargförmigen Bett, das in der Mitte des Raumes platziert und einladend mit vielen gemütlich aussehenden Kissen und Decken bestückt war.

»Ja, das habe ich. Danke, dass du dein Versprechen gehalten und niemanden etwas von mir verraten hast.«

»Das ist doch selbstverständlich. Außerdem bin ich froh, dass wir uns begegnet sind, denn somit bin ich auch nicht allein. Ein bisschen gruselig finde ich es hier nämlich schon.« Ich ließ mich neben ihr nieder und schaute mich im Zimmer um. Die Beschichtung der Wand hatte eine glatte, matt-silbrige Beschichtung mit kühlen goldschimmernden Farbakzenten. Neben der Eingangstür hingen mystische Aufnahmen von Schloss Bran, das als berüchtigtes Dracula-Schloss für Touristen weltweit Berühmtheit erlangt hatte. Auf einem Bild hatte der Fotograf einen schaurigen Anblick in einer nebligen Vollmondnacht eingefangen, auf einem anderen zeigte sich das Schloss in einer märchenhaften Winterkulisse. Unter den Fotos war ein antiker Schreibtisch platziert und daneben ein Schrank. Es gab ein bodentiefes Fenster, das mit samtroten üppigen Vorhanglagen umrandet war. Felia informierte mich, dass es sich um eine blickdichte Verglasung handelte, die das Tageslicht abfing.

»Wenn die Sonne am höchsten steht, wirkt der äußere Lichteinfluss allerhöchstens so, als wäre die Dämmerung bereits über Transsilvanien hereingebrochen.«

»Hat es den Hintergrund, weil Vampire angeblich im Sonnenlicht verbrennen?«, forschte ich nach und Felia nickte. Trotz des Gruselfaktors war ich fasziniert von den Details, an denen bei der Ausstattung des Raumes gedacht worden war. Wie beispielsweise die besondere Verglasung. Im Zimmer war noch eine weitere Tür, hinter der ich eine sanitäre Anlage erspähte. Plötzlich fiel mir ein, dass ich Felia an diesem Abend nicht mehr zurückbringen konnte.

»O nein! Wie du sicher mitbekommen hast, darf mich offiziell erst im Freizeitpark bewegen, wenn Wilhelmina und Isabell auch angekommen sind. Ich kann dich heute nicht mehr zurückbringen. Wie lange kannst du unbemerkt von deinem Käfig fortbleiben?«

»Für gewöhnlich schickt mein Bruder höchstens einmal in der Woche eine Fledermaus aus seiner Leibgarde, um nach mir zu sehen. Da heute erst jemand bei mir war, wird es ...« Erschrocken hielt Felia sich die Flügelspitze vor den winzigen Mund, als wollte sie so verhindern, dass noch mehr Worte aus ihr heraussprudelten.

»Dein *Bruder*? Ich bin davon ausgegangen, dass es eine Menschenhand ist, die über dein Schicksal bestimmt und nicht eine andere Fledermaus.«

Im Tierreich kam es oft vor, dass sich Gruppen bildeten und es ein Leittier gab. Felias Bruder schien ranghöher zu sein als andere, wenn er über eine *Leibgarde* verfügte. Dass Tiere sich gegenseitig ausgrenzten oder jagten war mir bekannt, aber *einsperren* klang sehr nach einem menschlichen Verhalten. Demnach vermutete ich, dass es sich bei Felias

Artgenossen, die im Dracula Park hausten, um ebenso intelligente Wesen handelte, wie sie eines war. Was war geschehen, dass Felia von ihnen gefangen gehalten wurde? Ausgerechnet in diesem Augenblick klopfte es und ich musste mitten in meinem Schwall an Fragen innehalten.

»Mit wem sprichst du?«

»Das ist Magnus«, flüsterte ich Felia zu. »Versteck dich.«

Sie kletterte zurück in die Tasche und ich eilte zur Tür. Magnus lehnte lässig am Türrahmen, als ich ihm öffnete.

»Mit niemanden.«

Misstrauisch warf er einen Blick über meine Schultern und suchte den Raum ab. »Aber du hast doch gerade geredet.«

Fieberhaft suchte ich nach einer plausiblen Erklärung. »Ja … Ich führe oft mit meinen erfundenen Protagonisten ein Gespräch. Dabei stelle ich mir vor, dass sie mir gegenübersitzen, und ich stelle ihnen Fragen. Das hilft mir, ihre Stärken und Schwächen herauszufinden.«

»Das ist eine interessante Methode. Das werde ich auch mal versuchen.«

»Unbedingt«, sagte ich und lachte eine Spur zu angespannt. Innerlich schlug ich mir die Hand gegen die Stirn.

»Was wolltest du?«, fragte ich, um von mir abzulenken.

»Ich wollte dich um einen Gefallen bitten.«

8. Kapitel

Zsófias Geheimnis

»Kann ich reinkommen?«
»Natürlich.« Ich ließ ihn den Raum betreten und konnte gerade noch rechtzeitig die Tasche vom Bett nehmen, ehe er sich daraufsetzte.

In Gedanken formulierte ich eine Entschuldigung an Felia und deponierte die Tasche mit ihr in sicherer Entfernung auf dem Schreibtisch. Ich zog mir den schwarzen Hocker hervor und ließ mich auf der weich gepolsterten Sitzfläche nieder.

»Was kann ich für dich tun?«
»Ich möchte den Schreibwettbewerb unbedingt gewinnen.«
»Wie wir anderen alle auch«, erinnerte ich ihn. Wehmütig dachte ich daran, was geschehen würde, wenn ich nicht den ersten Platz belegte.
»Ja, ich weiß. Trotzdem bitte ich dich, mir zu helfen. Ich kenne mich mit diesem Vampirkram nicht aus. Ich weiß nicht, was Mädels, die nun mal überwiegend die Zielgruppe für solche Geschichten sind, lesen wollen und das kostet mir am meisten Zeit. Ich habe auf meinen eBook-Reader den Download der *Biss*-Reihe von Stephenie Meyer gestartet, aber durch die schlechte Internetverbindung zweifle ich, dass ich vor Ablauf der vier Wochen auch nur mit dem ersten Teil beginnen kann. Bitte. Meine Möglichkeiten zur Nachforschung nach typischen Merkmalen der Vampir-Spezies beschränken sich lediglich auf die Dinge, die ich in dem Freizeitpark erfahren werde. Ich brauche

dich, sonst kann ich mit dem Vampirexpress direkt wieder zurückfahren.«

Wilhelmina würde ihm nicht helfen und Isabell kannte sich im Genre Fantasy selbst nicht aus. Ich hätte einen Gegner weniger, wenn ich Magnus meine Hilfe verweigern würde. Und obwohl der Sieg alles war, wonach ich strebte, brachte ich es nicht übers Herz. »Na schön.«

»Danke. Ich schätze das sehr, dass hätte wahrscheinlich nicht jede für mich getan. Vor allem nicht in unserer Situation.«

Ich wusste, dass er es nicht nur darauf bezog, dass wir Konkurrenten waren, sondern auch auf das, was uns gefühlsmäßig voneinander trennte. Ob er mir jemals verzeihen konnte, dass ich ihm sein Herz gebrochen hatte? Ich wünschte es mir sehr, deshalb ging ich einen Schritt auf ihn zu.

»Warum glaubst du mir nicht, dass ich dich mag? Ich meine, auch ohne Fledermäuse im Bauch kann ich dich doch trotzdem gernhaben.«

Magnus erhob sich und ging auf mich zu. Der Lichtschein der flackernden Kerzen, die den Raum in ein stimmungsvolles Licht tauchten, spiegelte sich in seinen Augen wider.

»Dein abweisendes Verhalten lässt mich daran zweifeln. Zum Beispiel heute. Ich habe es dir angesehen, dass du dich regelrecht gesträubt hast, dich auf mein Motorrad zu setzten.«

Ich schloss einen Atemzug lang die Augen. Die Worte wollten lautstark aus mir herausbrechen, aber meine Lippen blieben stumm. Ich konnte mein Geheimnis nicht preisgeben. Noch nicht.

»Es lag nicht an dir«, beteuerte ich. »Und mich hat es mindestens genauso verletzt wie dich.«

»Das verstehe ich nicht? Immerhin war es deine Entscheidung!«

»Weil ich dich schützen möchte und irgendwo auch mich. Wenn dieser Schreibwettbewerb vorbei ist, kann ich es dir erzählen. Wahrscheinlich wirst du aber dann nichts mehr mit mir zu tun haben wollen. Deshalb solltest du mich, diese Seite in dem Kapitel deines Lebens, am besten gleich herausreißen.«

Ein bestürzter Ausdruck trat auf seine Miene. »Was kann so schlimm sein, dass ich dich aus ich dich aus meinem Denken verbannen wollen würde?«

Ich kann ihm den Grund nicht offenbaren. Mein Herz hämmerte wild gegen meine Brust.

Du vertraust ihm nicht, stellte Felia fest.

Sagen wir es mal so: Ich möchte sein Vertrauen nicht auf die Probe stellen, verbesserte ich sie. Seine Empfindungen für mich waren aufrichtig, aber gewiss würde er sie nicht über den Sieg des Schreibwettbewerbs stellen. Er würde mich zu seinem Vorteil verraten. Schließlich wollten wir alle gewinnen und dann war ich diejenige von uns beiden, die postwendend mit dem Vampirexpress nach Hause fuhr, ohne auch nur einen Satz für die letzte Aufgabe geschrieben zu haben. Das durfte ich nicht riskieren.

»Ich bleibe solange hier, bis du mir sagst, um was es geht!«, beschloss Magnus und trieb mich damit in die Enge.

»Bitte akzeptiere, dass ich noch nicht offenlegen kann, was auf meiner Seele lastet, oder du gehst jetzt durch diese Tür und kommst nicht wieder rein.«

Magnus betrachtete mich eingehend, als würde er mich zum ersten Mal sehen. Die Distanz, die nun zwischen uns lag, fühlte sich noch weiter an als zuvor. Ich befürchtete, dass seine Antwort nicht die sein würde, die ich hören wollte, deshalb versuchte ich in die Mauer zu schlagen, die ich mit einem Wimpernschlag um mich herum aufgerichtet hatte.

»Du bist der Einzige, dem ich anvertraut habe, dass es überhaupt etwas in meinem Leben gibt, das ich nicht preisgeben kann. Bitte betrachte das als Beweis dafür, dass es wahr ist.«

»Wilhelmina ist nicht eingeweiht?«, erkundigte er sich und ich schüttelte den Kopf.

»Nein, ist sie nicht.«

Überrascht blickte Magnus auf und fuhr sich mit den Händen durch die dunkelblonden Haare. »Ich ertrage es auch nicht länger, wenn etwas zwischen uns steht. Deswegen werde ich deine Entscheidung respektieren.«

Erleichtert atmete ich aus, als hätte über einen längeren Zeitraum unter Wasser die Luft angehalten und wäre endlich wieder an der Oberfläche angelangt. »Das bedeutet mir sehr viel.«

»Jetzt komm mal her.« Magnus nahm mich in seine trainierten Arme. Er drückte mich fest an sich und ich ließ diesen Moment dankbar geschehen, bis ich ein verlegenes Räuspern von Felia vernahm. Sanft schob ich ihn von mir.

»Es war ein anstrengender Tag. Ich bin sehr müde und werde mich bald hinlegen. Kommst du morgen wieder her? Dann gebe ich dir einen Grundkurs in Sachen Vampire.«

Magnus bedankte sich und hielt mir zum Abschied die Hand hin.

»Also sind wir jetzt Freunde?«

Ich strahlte, als meine Finger von seiner Hand fest umschlossen wurden. »Ja, Freunde.«

Als er die Tür von außen ins Schloss fallen ließ, öffnete ich die Tasche, damit Felia herausklettern konnte. Ein erneutes Klopfen ließ uns zusammenzucken. Kam Magnus noch einmal zurück? Wir hatten doch alles geklärt.

»Ja?« Schützend stellte ich mich vor die Tasche.

»*Bună seara!* Guten Abend, hier ist der Zimmerservice.

Möchten Sie noch etwas essen? In einer Stunde könnte ich Ihnen das Mitternachts-Menü zukommen lassen.«

»O ja, vielen Dank.« Elly hatte mir am Morgen zwei Scheiben von ihrem frisch gebackenen Brot heruntergeschnitten und mit ihrer selbstgemachten Pfirsichmarmelade bestrichen. Seit dem Frühstück hatte ich nichts mehr gegessen. Ich vernahm ein immer leiser werdendes Klackern von Schuhen. Die freundlich klingende Dame hatte sich offenbar wieder entfernt.

Ich ließ mich auf das Bett fallen und bedeutete mit einer einladenden Bewegung, dass Felia sich zu mir gesellen konnte. Sie breitete ihrer Flügel aus und sprang in die Höhe, um sich abzustoßen. Sogleich segelte sie durch die Luft. Nach wenigen Zentimetern, die sie zurücklegte, verlor sie an Flughöhe und musste sich mit kräftigen Bewegungen wieder nach oben treiben. Zweimal wiederholte sich das Szenario, ehe sie niedergeschlagen auf einem flauschigen weißen Kissen landete.

»Das mit dem Fliegen wird schon wieder«, sagte ich in dem Versuch, sie aufzumuntern. »Magst du mir zur Ablenkung mehr über deine Herkunft erzählen?«, fügte ich hinzu. Da Magnus unsere Unterhaltung unterbrochen hatte, war ich nun äußerst gespannt auf ihre Antworten. Sie richtete sich auf und blickte mich aus ihren Glubschaugen neugierig an.

»Jetzt bist du an der Reihe, liebe Zsófia. Erzähl mir von dir, damit ich dich besser kennenlernen kann. Von mir weißt du schon eine ganze Menge, aber ich noch fast nichts über dich.«

»Da muss ich dir recht geben.« Ich atmete tief durch und richtete meinen Blick nachdenklich auf den Holzboden. Die kleine Fledermaus hatte mir bereits unendlich viel Vertrauen geschenkt. Ich war mir sicher, dass sie meines umgekehrt auch nicht missbrauchen würde.

»Also gut, aber bevor du zurück in deinen Käfig fliegst, erhalte ich von dir auch mehr Details, okay? Haben wir einen Deal?«

Felias Miene hellte sich auf. »Darauf gebe ich dir mein großes Fledermaus-Ehrenwort.« Um das Ehrenwort zu untermauern, streckte sie mir ihre Flügel entgegen und ich berührte die Spitze mit meinem schwarz lackierten Fingernagel. Ich lächelte sie an. Was für ein Glück hatte ich, dass ich dieses niedliche Wesen an meinem ersten Tag hier getroffen hatte.

»Du willst mehr über mich erfahren? Dann mach es dir bequem.«

Aufgeregt sank Felia mit ihrem leichten Gewicht in eine Mulde des Kissens und spitzte ihre Ohren.

»Meinen Namen kennst du bereits. Ich heiße Zsófia Szalay«, begann ich. »Ich habe ungarische Wurzeln. Die ersten drei Jahre meines Lebens habe ich in Budapest, der Hauptstadt Ungarns verbracht, aber daran habe ich keine Erinnerung mehr. Die Namen meiner Eltern sind Viktória und Gáspár. Sie sind sich auf dem Universitätsgelände zum ersten Mal begegnet. Mein Vater war damals Student und meine Mutter hat in einer Bar gekellnert. Zu diesem Zeitpunkt war mein Vater schon regional bekannt. Die paranormalen Experimente, die er und seine Kommilitonen durchgeführt haben, wurden nämlich durch den ortsansässigen TV-Sender ausgestrahlt und er hat seine ersten Romane veröffentlicht. Eines Abends setzte er sich in die Bar, um an einem neuen Werk zu schreiben. Es handelte von Geistererscheinungen. Meine Mutter, die ein Fan von ihm war, traute ihren Augen kaum, als sie ihn in ihrer Schicht am Tresen sitzen sah. Ob es ein Versehen war oder Absicht, ist bis heute nicht eindeutig geklärt. Jedenfalls ist sie *gestolpert* und hat ihm Bier auf seine Manuskriptseiten gekippt. Fortan kam mein Vater regelmäßig in die Bar. Die beiden verliebten sich ineinander, heirateten und irgendwann kam ich dazu. Nachdem mein Vater das Studium abgeschlossen hatte, blieb er zunächst an der Uni, gab dort als Dozent sein Wissen weiter und leitete Forschungsprojekte, die weltweit Aufmerksamkeit erregten. Dafür bereiste er auch viele Länder, um sagenumwobenen Mythen auf die Spur zu kommen.«

»Und deine Mutter? Ist sie währenddessen allein mit dir in Ungarn geblieben?«, erkundigte sich Felia und ich schüttelte den Kopf.

»Nein. Meine Mutter hat den unterbezahlten Kellner-Job hingeschmissen und war dankbar, dass sie sich fortan nicht mehr mit den oft unfreundlichen und betrunken Gästen herumschlagen musste. Sie hat die Organisation der Reisen übernommen und auch selbst daran teilgenommen. Mich haben sie auch immer mitgenommen. Im Jahr 2009 verbrachten wir die Wintermonate in Bayern, einem Bundesland in Deutschland. Mein Vater schlug ein Forschungslager in der Nähe von Seeshaupt am Starnberger See auf. Tief im Wald steht dort die Pollingsrieder Kapelle, die auch als vermeintlich verfluchte Pestkapelle bekannt ist. Das Gebiet im Umkreis von fünf Kilometern gilt als verflucht und Erlebnisberichte über paranormale Erscheinungen lockten meinen Vater an. Während er diesen Ort genauer unter die Lupe nahm, verliebten sich meine Eltern in die idyllische Landschaft, die von der Alpenkette umgeben und durch malerische Seen, Wälder und kleine Dörfer geprägt war. Sie entschieden, nicht mehr nach Ungarn zurückzukehren, sondern in Bayern heimisch zu werden. Warst du schon mal im Süden von Deutschland?«

»Ich bin noch nie dorthin geflogen, aber ich habe schon

davon gehört«, entgegnete Felia und ich fuhr mit meinem Bericht fort.

»Mein Vater hat ein Grundstück gekauft und eine prachtvolle Villa nach dem Geschmack meiner Mutter errichten lassen, mit großem Garten und Pool. Wir haben dort unser Zuhause gefunden.«

»Das klingt nach einer schönen Geschichte«, meinte Felia und ich senkte traurig den Kopf.

»Leider ohne Happy End.«

»Deine Familie ist berühmt und reich. Was ist passiert?« Felia hüpfte auf ihren Beinchen näher zu mir heran, als wollte sie mir Trost spenden. *Reich gewesen*, fügte ich in Gedanken hinzu.

Ich kann dich hören, kommentierte Felia. Obwohl mir bei den Gedanken an den Verlauf, den mein Leben genommen hat, nicht danach zumute war, entlockte es mir ein Lächeln.

»Mein Vater war immer bescheiden, für ihn hatte Geld nie eine große Bedeutung. Er überließ hauptsächlich meiner Mutter die Verwaltung der finanziellen Mittel. Für sie war dieses sorgenlose Leben neu. Als sie noch den Job in der Bar hatte, musste sie viele Zusatzschichten einlegen um mit ihrem Gehalt über die monatlichen Runden zu kommen. Aus Gewohnheit ging sie am Anfang bescheiden mit dem Geld meines Vaters um. Doch im Laufe der Zeit fand meine Mutter Freude daran, sich jeden Wunsch sofort zu erfüllen. Dafür musste sie nur die goldene Bankkarte meines Vaters einlesen lassen. Es mag seinen Reiz haben, Dinge zu kaufen, ohne wochenlang dafür sparen zu müssen, aber dabei verloren sie auch ihren Wert. Weißt du, wie ich meine? Man schätzt es nicht mehr. Zudem entwickelte sie Star-Allüren. Beispielsweise nahm an den Reisen meines Vaters nicht mehr teil, wenn in der Nähe kein Fünf

Sterne Luxus-Resort war, in dem sich für den Aufenthalt eine Suite buchen konnte.«

»Ich befürchte, das war noch nicht alles, oder?«

»Als ich elf Jahre alt war, ist mein Vater unerwartet gestorben.«

Erschrocken hielt sich Felia die Flügelspitze vor den Mund. »O nein, wie schrecklich!«

»Die Bewältigungs-Strategie meiner Mutter war, das Geld verschwenderischer als zuvor auszugeben. Die Rücklagen meines Vaters wurden immer knapper. Schließlich trauerte sie nicht mehr um meinen Vater, sondern dem prunkvollen Leben nach, von dem sie wusste, dass es ohne weitere Einnahmen nicht länger andauern würde. Es kam so weit, dass wir uns die Angestellten nicht mehr leisten konnten. Meine Mutter wollte die goldene Hülle vor ihnen nicht fallen lassen, deshalb sagte sie ihnen nicht die Wahrheit, sondern erfand Gründe für ihre Entlassungen. Nur eine blieb uns. Elly. Sie blieb auch noch, als sie am Ende des Monats kein Geld mehr für ihre Arbeit überwiesen bekam. Dafür werde ich ihr ewig dankbar sein.«

»Sag mir bitte, dass deine Mutter Elly dafür ebenso schätzte?«

Ich seufzte. »Wenn, dann hat sie eine merkwürdige Art, das zu zeigen. Gefühlt war es für sie bereits nach fünf Minuten selbstverständlich, dass Elly sich aufopferungsvoll um mich und den großen Haushalt kümmerte. Mich ernannte sie ebenfalls zu ihrer Dienstmagd. Sie selbst ist sich nach wie vor zu fein für die anfallenden Aufgaben.«

Ich schilderte Felia den Zwischenfall vor der Abreise. Als meine Mutter das Weinglas fallen gelassen und das aufsammeln der Scherben an mich delegiert hatte.

»Und wie in aller Fledermaus-Namen hast du den Verlust

deines Vaters überstanden?«, fragte Felia und betrachtete mich mitfühlend. Ich atmete tief durch.

»Wie auch schon zu Lebzeiten meines Vaters habe ich mir in jeder freien Minute Geschichten ausgedacht. Zumindest auf dem Papier konnte ich somit dem Alltag entfliehen. Manchmal habe ich mir auch eine Welt erschaffen, in der ich ihn treffen konnte. Das liebe ich an dem Genre Fantasy. Die Handlungsmöglichkeiten sind einfach unbegrenzt. Als ich dreizehn Jahre alt wurde, erhielt ich eine Einladung für das erste Seminar der Tintenwelt. Mein Vater hatte mich in der Elite-Schreibakademie zu Lebzeiten angemeldet, weil er in meinen Texten eine Begabung erkannte. Er wollte mir den Weg ebnen, dass mein Traum eines Tages wahr werden würde: meine eigenen Bücher in den Händen zu halten und vom Schreiben leben zu können.«

Ich erzählte Felia von der Tintenwelt und auch, dass ich bisher alle Prüfungen bestanden hatte und mich nun auf der Zielgeraden befand.

»Das klingt doch großartig! Du kannst richtig stolz auf dich sein«, bekräftigte mich die kleine Fledermaus.

»Ehrlich gesagt bin ich das nicht.«

Fragend sah sie mich an und die Worte, die bisher nur Elly oder meine Mutter gehört hatten, sprudelten aus mir heraus. Ich schämte mich, dass ich nur durch mein erfundenes Leben dort so weit gekommen war. Deshalb traute ich mich gar nicht, Felia in die Augen zu sehen, aus Angst, darin Verachtung zu erkennen. Als sie auf dem aktuellen Stand war, lugte ich vorsichtig zu ihr. In ihren tiefen dunkelbraunen Augen war keine Verurteilung zu erkennen. Im Gegenteil. Sie schaute bewundernd zu mir auf.

»Ich danke dir für den Einblick in dein Leben, Zsófia. Keiner der anderen Teilnehmer musste für seinen Traum so sehr kämpfen wie du. Ich möchte dir heute an diesem

Tag ein weiteres Ehrenwort geben: Ich werde alles Fledermausmögliche tun, um dir zu helfen, damit du gewinnst.«

Wenn ich nachts wach im Bett lag, während die Bewohnerinnen und Bewohner rund um den Starnberger See längst schliefen, hatte ich mir unzählige Male ausgemalt, wie sich die Menschen aus meinem Umfeld von mir abwenden würden, wenn sie die Wahrheit erführen. In diesen Szenarien stand mir anschließend nie jemand zur Seite. Das war mir gar nicht in den Sinn gekommen. Umso mehr berührte mich Felias angekündigter Beistand.

»Ich danke dir von ganzem Herzen.« Eilig wischte ich mir eine Träne aus dem Augenwinkel. »Und ich werde alles *Menschenm*ögliche tun, um dich in deinen Käfig zurückzubringen. Und jetzt würde ich vorschlagen, dass wir es uns in diesem unheimlichen Nachtlager gemütlich machen und auf das Mitternachts-Menü warten.«

Es dauerte nicht lange und es wurde geliefert. Staunend begutachtete ich die wirkungsvollen Details. Serviert wurde ein Vampir-Burger. Auf dem Rand des oberen Brötchendeckels steckten zwei Mandelstifte. Sie stellten die Eckzähne eines Vampir-Gebisses dar. Der Teller war mit Blutklecksen verziert, die aus Tomatenketchup bestanden. Zum Nachtisch gab es ein Schokoladeneis, das die Form eines menschlichen Herzens hatte. Für den blutigen Effekt war es mit einer Erdbeersoße überzogen. Obwohl ich mir schon vorstellen konnte, dass das Essen für Felias Tiermagen nicht geeignet war, bot ich ihr trotzdem an, sich zu bedienen.

»Das ist nichts für mich, aber ich habe ohnehin keinen Appetit«, erklärte sie.

Nachdem ich gespeist hatte, knipsten wir schon bald das Licht aus. An diesem Abend fiel ich in einen traumlosen und tiefen Schlaf.

Am nächsten Morgen weckte mich ein Rascheln. Ich blinzelte verschlafen und sah, dass ein Brief durch den Türspalt am Boden hindurchgeschoben wurde. Felia wachte davon nicht auf. Sie schlummerte noch tief und fest neben meinem Kopfkissen. Sanft schob ich die Bettdecke von mir und versuchte mich möglichst geräuschlos aus dem Sarg zu erheben.

Ich nahm den cremefarbenen Umschlag entgegen, auf dem in schwarzer Schrift handgeschrieben mein Name stand. Auf der Rückseite hielt ein himmelblaues Wachssiegel den Brief geschlossen. Die grazile Feder, die in das Wachs eingraviert war, verriet mir, dass es sich bei dem Absender um die Tintenwelt handelte. Ich durchtrennte das Siegel und holte den gefalteten Zettel heraus.

Liebe Zsófia, stand in der ersten Zeile.
ich hoffe, du hattest eine abenteuerliche Anreise und konntest schon Inspirationsquellen entdecken.
Frau Gmeiner, Sie ahnen ja nicht, wie sehr, dachte ich mir und las weiter.

Wenn du diesen Brief liest, bist du bereits im Dracula Resort angekommen. Isabell und Wilhelmina werden im Laufe des Tages ebenfalls in Transsilvanien eintreffen. Bitte beachtet die Öffnungszeiten: Täglich könnt ihr von der Dämmerung bis zum Morgengrauen den Dracula Park mit all seinen Facetten erkunden. Nach dem Sonnenaufgang wird der Park geschlossen. Lasst die Nacht zu eurem Tag werden und versetzt euch in das Leben der Vampire hinein, die ein wesentlicher Bestandteil eurer Bücher werden.

Der Park hatte nur nachts geöffnet? Man lebte hier tatsächlich wie ein Vampir. Wie aufregend!

Ein Termin steht heute bereits an: Um Mitternacht habt ihr im Edlen Tropfen einen Termin mit dem Inhaber des Dracula Parks. Er steht euch für Fragen zur Verfügung – nutzt die Chance. Er ist mit dem Vampir-Thema bestens vertraut und kann euch viel Recherche-Arbeit ersparen.

Ich wünsche euch eine ideenreiche Nacht.
  Ich schreibe bald wieder
  C. Gmeiner

Mit dem Inhaber zu sprechen war wahrlich eine einmalige Gelegenheit. Ich setzte mich gleich an den Schreibtisch und notierte mir Fragen. Danach duschte ich und nahm mir ausgiebig Zeit für die morgendliche Toilette. Ich föhnte meine langen dunkelblonden Haare und steckte sie mir in einer aufwendigen Flechtfrisur nach oben. So wie Elly mir es beigebracht hatte. Danach schminkte ich mich dezent und entschied mich für eine schwarze Hose, die ich mit einem weißen Shirt kombinierte. Anschließend schlüpfte ich in meine Wildlederstiefel und rundete damit das Outfit ab. Als ich fertig war, sah ich nach Felia. Sie kauerte immer noch an derselben Stelle. Die Arme war gewiss noch von ihrem Flug erschöpft. Ich entschied mich, sie schlafen zu lassen. In nächsten Moment klopfte es.

»Zimmerservice! Das Frühstück ist da.« Es klang nach der Dame von gestern Abend.

»Kleinen Augenblick, bitte«, rief ich und geriet in Panik. Wo sollte ich Felia verstecken? Mein Blick blieb am Schrank hängen. Schnell öffnete ich die Türen, hob die kleine Fledermaus behutsam auf mein Kopfkissen und trug sie darauf gebettet in den Schrank. Anschließend bat ich die Dame herein. Die Servicekraft begrüßte mich freundlich und tischte mir allerlei Leckereien auf. Dann wünschte sie mir einen guten Appetit und verabschiedete sich. Auch das Frühstück begeisterte mich in seiner optischen Darstellung. Es gab ein spinnenförmiges Gebäck und dazu ein Glas Kirschsaft. In dem Trinkgefäß steckte eine Spritze, die mit der roten Flüssigkeit aufgezogen war.

Nach dem Essen und Trinken wurden meine Lider mit einem Mal schwer. Es war unmöglich, gegen die Müdigkeit anzukämpfen, die mich ummantelte. Ich öffnete noch schnell die Schranktür einen Spalt, damit Felia herausfliegen konnte, wenn sie wach wurde und da ich ohnehin nichts vorhatte, legte ich mich zurück in den Sarg …

9. Kapitel

Die Karte von Transsilvaniens Dracula Park

»Hey, du. Aufwachen.«
Federn kitzelten mich an meiner Nasenspitze und ich schlug die Augen auf. Felia saß munter neben meinem Gesicht
»Guten Morgen«, begrüßte ich sie und sie legte den Kopf schief in den Nacken.
»Ich dachte immer, dass man in Deutschland um diese Uhrzeit *Guten Abend* sagt.«
»Wie spät ist es denn?«, fragte ich.
»Siebzehn Uhr dreißig«, antwortete sie mir und mit einem Schlag war ich hellwach.
»So spät schon? O nein, ich habe den ganzen Tag verschlafen!«
Beschwichtigend hob Felia die Flügel. »Keine Panik. Tagsüber verpasst man nichts. Die Nacht beginnt erst jetzt.«
Ich schmunzelte. »Stimmt, in Transsilvanien ist das wohl so. Wollen wir los?« Gähnend stieg ich aus dem Sarg und Felia kletterte in meine Tasche. Ich hängte sie mir um und wir machten uns auf den Weg nach draußen. Wenige Minuten später standen wir vor dem Hoteleingang, vor dem sich schon Magnus, Wilhelmina und Isabell versammelt hatten. Wilhelmina war gerade dabei, mit einem gutaussehenden Mitarbeiter zu posieren, der als Vampir verkleidet war, und ein Selfie zu machen. Magnus und Isabell hingen mit den Köpfen über einer Karte. Magnus' Miene erhellte sich, als er mich erblickte, und er kam auf mich zu. Ich war unglaublich erleichtert, dass das Verhältnis zwischen uns

wieder unbekümmert war. Er deutete auf den Vampir, der für das Foto seine Zähne fletschte.

»Sein Job ist es eigentlich, die Karten des Dracula Parks zu verteilen. Seit zehn Minuten wird er aber genötigt, mit Wilhelmina Fotos zu machen. Momentan ist noch keins dabei, auf dem sie sich schön genug findet ...«

Ich lächelte. Das passte zu Wilhelmina.

Magnus drückte mir seine deutschsprachige Karte in die Hand. »Hier, die konnte er uns erfreulicherweise noch geben, bevor Wilhelmina auf die Idee gekommen ist, diesen Moment für ihre Follower festzuhalten.«

Staunend begutachtete ich die Karte. Es entsprach also der Wahrheit, dass nur wenige Elemente zur Orientierung gekennzeichnet waren. Die Haltestelle vom Vampir-Express war eingezeichnet sowie der imposante Eingang zum Freizeitpark. Auch das Dracula-Resort, zu dem wir mit verbunden Augen geführt worden waren, war markiert. Davor ein Stand mit der Aufschrift *Edler Tropfen*.

Ah, hier haben wir später also die Verabredung mit dem Inhaber des Parks. Die Bezeichnung *Edler Tropfen* für eine Bar mit der Anspielung auf Blut fand ich sehr gelungen. Des Weiteren konnte ich noch zwei Attraktion ausmachen, die zwischen den Baumkronen hervorlugten. Ein Riesenrad, dessen Gondeln wie Knoblauchknollen aussahen, und eine Achterbahn, dessen einzelne Wagons Fledermäuse darstellten, mit breiten Flügeln an den Seiten. Dazwischen füllten dicht besiedelte Bäume die Lücken und Berge umrahmten das Gebiet.

»Was habe ich denn verpasst?«, rief Wilhelmina zu mir herüber, die mein Dazustoßen bemerkt hatte und deutete mit einem breiten Grinsen auf Magnus und mich. »Magnus scheint die Luft in Transsilvanien gut zu tun. Offensichtlich konnte er seinen verletzten Stolz überwinden, da er weniger als einen Meter Abstand zwischen euch erträgt.« Provozierend streckte sie ihm die Zunge raus und bevor ein neuer Streit entfacht werden konnte, schlüpfte ich in meine Rolle.

»Und was hat die Luft mit dir angestellt, meine liebe Freundin? Dass du ohne mich ein Foto mit einem Vampir machst?« Gespielt verärgert stemmte ich die Hände in die Hüften und wir lachten. Sie winkte mich herbei.

»Das holen wir sofort nach.«

Wir drückten Magnus ihr Handy in die Hand und er schoss einige Schnappschüsse von uns, bis Besucherinnen und Besucher kamen und den Vampir für seine Dienste als Kartenausgeber und Wegweiser benötigten.

»Warum hast du mich gestern angerufen? Ich konnte leider kein einziges Wort verstehen«, fragte ich Wilhelmina, als wir uns zur Begrüßung umarmten. Theatralisch winkte sie ab.

»Ich wolle dich bitten, einen Suchtrupp nach uns loszuschicken. Die Fahrt war katastrophal. Ich dachte nicht, dass wir jemals noch irgendwo ankommen. Ich berichte dir ein andermal. Wenn ich die letzten Stunden jetzt nicht verdränge, bekomme ich einen Stresspickel.«

»Ja, dann verschieben wir das auf einen späteren Zeitpunkt.« Ich nickte verständnisvoll und fragte, ob wir mit dem Rundgang starten wollen. Die anderen stimmten zu. Der Vampir mit den Flyern, der unsere Aufbruchstimmung bemerkt hatte, empfahl uns die naheliegende Lokalität *Pizza zum Anbeißen*, um den Abend mit einer Stärkung zu beginnen. Das machten wir auch.

Anschließend schlug Wilhelmina vor, die erste Attraktion zu besuchen. Direkt neben dem Restaurant befand sich der Eingang zur Fledermaus-Achterbahn. Begeistert wollte ich mich schon meinen Mitstreitern anschließen, aber dann fiel mir ein, dass ich Felia in der Tasche hatte. Unmöglich konnte ich sie allein zurücklassen. Die Gefahr bestand, dass jemand die Handtasche öffnete, wenn ich sie herrenlos am Eingang zurückließ. In das Fahrgeschäft mitnehmen war auch keine Option. Bei der Geschwindigkeit und den vielen Loopings würde Felia mindestens ein Schleudertrauma bekommen.

»Was ist mit dir? Kommst du nicht mit?«, fragte Magnus, als er bemerkt hatte, dass ich stehen geblieben war und auch die anderen wandten sich überrascht zu mir um. Ich hielt mir die Hand an den Bauch und deutete auf die Achterbahnschleife, die sich vor uns in den Himmel erstreckte.

»Ich … Ich glaube, nach der ganzen Pizza Margaritha die ich soeben verspeist habe, sollte ich jetzt nicht in dieses Fahrgeschäft steigen.«

»Wir können auch später noch einmal hierhergehen?«, kam es sogleich von Wilhelmina. Dankbar lächelte ich sie an.

»Quatsch. Fahrt ruhig. Ich übernehme das Filmen, okay?«

Wilhelmina strahlte. »O ja! Ich kann es kaum abwarten, bis ich dieses Erlebnis mit meinen Followern teilen kann!«

Isabell, die bis dahin schweigend mit uns mitgelaufen war, räusperte sich. »Das dürft ihr nicht. Es hängen überall Hinweise, dass jegliche Foto- und Videoaufnahmen verboten sind.«

»Oh, stimmt!«, sagte ich.

»Moment mal, aber warum durften wir uns gerade mit dem Vampir ablichten?«

Dafür hatte Isabell die Antwort. »Der Vampir hat eingewilligt, weil ein neutraler Hintergrund vorhanden war, die Attraktion ist kein …«

Wilhelmina verdrehte die Augen und unterbrach Isabell. »Kein neutraler Hintergrund, schon kapiert. Danke, Miss Freizeitparkaufsicht.«

»Aber sie hat recht!«, pflichtete ich Isabell bei und steckte mein Handy wieder in die Tasche.

»Ist es wirklich in Ordnung, wenn wir ohne dich mit dieser Bahn fahren?«, erkundigte sich Magnus und ich nickte.

»Na klar. Nun geht schon los. Wir werden in den nächsten vier Wochen sicher noch mehr Gelegenheiten haben, gemeinsam damit zu fahren.«

Als die drei im Eingang verschwunden waren, setzte ich mich auf eine nahegelegene Bank, auf der ich eine einwandfreie Sicht auf die Fledermaus-Achterbahn hatte. Ich legte die Tasche auf meinen Schoß und ließ neugierig den

Blick um mich herumschweifen. Die Attraktion war von einem dicht besiedelten Wald umgeben, sodass ich nicht erkennen konnte, was uns als nächstes erwarten würde. Vor mir gabelte sich der Weg, der aus schwarzen Pflastersteinen bestand. An den Seiten waren in regelmäßigen Abständen Laternen angebracht, deren schwaches Licht gespenstische Schatten auf den feinen, künstlich erzeugten Nebelschwaden hinterließ, die stellenweise den Boden bedeckten. In Kombination mit dem Himmel, der seine blaue Decke in der Zwischenzeit gegen ein funkelndes Sternenkleid getauscht hatte, erschuf der Anblick eine düstere und magische Stimmung zugleich.

Ich wollte mich gerade in Gedanken an Felia wenden, da vernahm ich plötzlich das Klappern von Hufen. Pferde? Ich spürte die Tasche unter meinen Händen beben. Es blieb mir keine Zeit zu fragen, wovor sich die kleine Fledermaus fürchtete, da fuhr auch schon eine Kutsche an uns vorbei. Der Wagen hatte die Form von einem mattschwarz gefärbten überdimensionalen Kürbis. Die ausgehöhlte Tür mit den Fenstern war getönt, sodass kein Blick in das Innere möglich war. Außen war das Gefährt mit filigranen goldenen Elementen bestückt. Der Kutscher hatte den Hut tief in die Stirn gezogen und hielt die Zügel in der Hand. Meine Augen weiteten sich staunend bei den majestätischen Schimmeln, die mit königlichem Geschirr die Kutsche zogen. In schwarzer Farbe war auf das blütenreine weiße Fell ihr Skelett gezeichnet.

Als die Kutsche an uns vorbeirauschte, rasten die Wagons der Achterbahn mit dem typischen Eisenrattern eine steile Abfahrt hinunter. Zwischen dem Kreischen der Insassen bildete ich mir ein, das Schlagen von dutzenden Flügeln zu hören, die an mir vorüberzogen. Ich hob meinen Blick, aber über mir zwischen den Baumkronen war nicht einmal eine einzelne Fledermaus zu sehen. Entweder ich hatte mich verhört, oder das Geräusch war ebenso künstlich erzeugt wie der Nebel. Ich widmete meine Aufmerksamkeit wieder meiner kleinen Freundin.

Felia, du zitterst ja immer noch? War die Kutsche der Auslöser?

In Gedanken hörte ich, wie ihre Zähnchen aufeinander klapperten.

Ja, in der Kutsche war er.

Wen meinst du mit er?

Sie schwieg einen Augenblick, als würde es ihr Überwindung kosten, es auszudenken.

Der Inhaber des Dracula Parks. Ich hatte Angst, dass er meine Anwesenheit bemerkt.

Also hatte ich mit meiner ursprünglichen Vermutung doch recht, dass eine Menschenhand über Felias Schicksal bestimmte? Womöglich gemeinsam mit ihrem Bruder?

Als du geschlafen hast, kam ein Brief von der Literaturprofessorin und Leiterin der Tintenwelt. Sie hat auf diesem Wege mitgeteilt, dass es um Mitternacht ein Treffen mit dem Inhaber und uns geben wird. Wäre es dir lieber, wenn ich dich vorher ins Dracula Resort bringe?

Felia schien zu überlegen.

Es ist, als müsste ich mich entscheiden, ob man mir eine Eule oder eine Katze serviert. Das bekommt mir beides nicht und die Gefahr ist hoch, dass ich bei diesem Mahl selbst gefressen werde. So verhält es sich nun auch. Bei diesem Treffen genügt eine falsche Bewegung, und ich könnte entdeckt werden. Andererseits fühle ich mich in deiner Nähe am sichersten und traue mich nicht, allein im Hotel zu bleiben. Also, wenn ich wählen muss, dann bevorzuge ich es, mit dir zu kommen.

10. Kapitel

Draculas Neffe

Ein paar weitere Achterbahnfahrten und Stunden später trafen wir pünktlich vor dem *Edlen Tropfen* ein. Zunächst sah es wie eine Art unscheinbarer Imbiss-Stand aus, bei dem mit Maschinen frischer Blutorganen-Saft gepresst und von Mitarbeitenden an die Besucherinnen und Besucher des Parks verteilt wurde.

»Hier haben wir ein Treffen mit dem Inhaber?« Misstrauisch blickte Magnus sich um. Da öffnete sich plötzlich unweit von uns am Boden ein runder Holzdeckel und Franz kletterte aus der Erde heraus. Grüßend hob er die Hand, als er mich erkannte.

»Wo kommen Sie denn her?«, fragte ich.

»Da unten ist eine Bar. Die gehört zum *Edlen Tropfen*. Kann ich sehr empfehlen«, erklärte er. Wilhelmina und ich sahen uns an.

»Dann müssen wir bestimmt dorthin«, sagte sie und Franz hielt uns den Deckel auf. Aus Lautsprechern dröhnte uns Musik entgegen.

»Das klingt nach meinem Geschmack!«, fügte Wilhelmina hinzu und verschwand in dem Loch. Eine wendelförmige Treppe ging tief in die Erde hinab und wir passierten sie nacheinander. Der Deckel fiel mit einem dumpfen Geräusch zu und wir befanden uns in einem weitläufigen Raum, der wie ein Weinkeller wirkte. Überall entdeckte ich entsprechende Regale, die mit Flaschen bestückt waren. Mittig war eine Bar platziert und drum herum hatte man Tische mit gemütlichen Sitzecken ausgestattet. Auf den Tischen brannten Kerzen und Projektoren ließen gedimmtes rotes Licht wellenartig an der Decke leuchten. Spinnweben und andere Halloween-Dekoration zierte diesen Teil des *Edlen Tropfens*. Eine Frau mittleren Alters nahm eine Bestellung von Gästen auf und kam dann auf uns zu.

»Guten Abend, habt ihr reserviert?«

»Nein, wir haben einen Termin mit Ihrem Chef«, erklärte Magnus und die Frau wusste gleich Bescheid. Sie führte uns in einen durch einen roten Lichterkettenvorhang abgetrennten Bereich der Bar.

»Er müsste gleich hier sein. Macht es euch schon mal bequem«, meinte sie und wir ließen uns auf Holzstühlen nieder, die mit schwarz-weiß gestreiften Polstern bestückt und dessen Lehnen wie Totenköpfe ausgesägt waren. Den Sessel gegenüber von uns ließen wir für den Gastgeber frei.

»Wollt ihr schon einmal die Getränke bestellen? Ich kann euch den blutigen Cocktail des Tages empfehlen.«

Wir waren mit dem Getränk alle einverstanden und die Dame zog sich zurück. Wilhelmina wippte auf ihrem Stuhl hin und her. »Jetzt bin ich aber gespannt, was das für einer ist.«

»Ich auch. Ob er auch als Vampir verkleidet ist?«, witzelte ich. Einen Herzschlag später spürte ich einen kalten Luftzug. Automatisch hob ich den Kopf. Aus der Ferne sah ich, dass der Deckel angehoben wurde und die Geräuschkulisse, die aus fröhlich plaudernden und miteinander lachenden Gästen bestand, verstummte einen Augenblick, als *er* die Treppe hinunterging. Eine majestätische Aura umgab ihn. Als würde er ein Buchcover zieren, das mit Photoshop bearbeitet war und nicht der realen Welt entstammen. *Er* schaute sich suchend um und sein Blick blieb dann bei unserem Tisch hängen. Obwohl er einige Meter von mir entfernt stand, spürte ich seine dunklen Augen einen Wimpernschlag lang auf mir ruhen, die regelrecht dazu gemacht waren, sich in ihnen zu verlieren.

»Bitte komm zu uns«, flüsterte Wilhelmina, die ebenso in seinen Bann gezogen wurde wie ich und alle anderen Anwesenden. Und tatsächlich, er kam zu unserem Tisch. Es folgten ihm zwei Männer, die sich aber in höflicher Distanz vor dem Lichterkettenvorhang platzierten. Seine Security?

»Wir haben ein Date?«, fragte der Typ mit animalisch tiefer Stimme, der aussah, als wäre er druckfrisch einem Fantasy-Roman entsprungen. In dem er den unwiderstehlichen Vampir verkörperte. Sein dichtes schwarzer Haar war perfekt nach hinten frisiert. Seine schönen Gesichtszüge waren vollkommen symmetrisch in einen hellen Teint gemeißelt. Ein edler rabenschwarzer Anzug und die fein verarbeitete Weste mit detailreichem Brokatmuster, die er darunter trug, verliehen ihm ein königliches Aussehen. Wilhelmina hing schmachtend an seinen perfekten Lippen und sogar Isabells Wangen waren verlegen rot gefärbt. Nur Magnus zeigte sich nicht im Geringsten beeindruckt von seiner atemberaubenden Erscheinung. Ich räusperte mich und versuchte mich wieder aufs Wesentliche zu konzentrieren.

»Ähm ... hatte dein Chef keine Zeit für uns?«, fragte ich. Auch wenn er im Vergleich zu Magnus mit seinem ganzen Auftreten um einiges reifer wirkte, schätzte ich ihn doch ungefähr in unserem Alter. Er setzte sich gegenüber von mir auf den schwarz-weiß gestreiften Sessel.

»Wie meinst du das?«

»Du wirst ja wohl kaum den Dracula Park leiten, oder?«, antwortete Magnus an meiner Stelle und gab sich keine Mühe, den Spott in seiner Stimme zu verbergen.

»Wie unhöflich von mir. Jetzt habe ich mich in eure Runde gesetzt, ohne mich vorzustellen. Ihr könnt mich Vlad nennen.« Er nickte Magnus zu. »Und doch, mein lieber Freund. Ich bin der Inhaber des Dracula Parks. Aber keine Sorge. Bei der Eröffnung 1897 war ich selbst nicht dabei.«

Wir Mädels kicherten über die unsterbliche Andeutung und auch er hob die Mundwinkel und entblößte dabei spitze Eckzähne, die im roten Licht gefährlich aufblitzen. Magnus verschränkte die Arme vor der Brust und schnaubte leise.

»Na, dann bin ich ja beruhigt.«

Vlad überging den Kommentar und erhob sich. Er schüttelte Isabell, die rechts neben ihm saß, die Hand. Sie beeilte sich, aufzustehen und schob sich nervös die Brille zurecht.

»Isabell.«

»Sehr erfreut.« Vlad deutete eine Verbeugung an.

Als nächstes war Magnus an der Reihe. Er blieb demonstrativ sitzen und teilte Vlad nur knapp seinen Namen mit. Hatte er seinen Anstand bei der Fledermaus-Achterbahn vergessen? Vlad nickte ihm trotzdem höflich zu und reichte mir die Hand. Ich stand auf und erwiderte den Gruß. Die Berührung war kalt und ich spürte einen Ring an seinem Ringfinger. Er war mit einem tintenschwarzen Kristall besetzt, der von zwei grazilen Fledermaus-Flügeln an den Seiten umgeben war.

»Ein Familienerbstück«, erklärte Vlad, der meinem Blick gefolgt war. Meine Hand hielt er dabei immer noch fest in seinem Griff.

»Du bist Zsófia, richtig?« Er sprach meinen Namen im ungarischen Dialekt aus. Wir alle blickten gleichermaßen überrascht auf. Aus dem Seitenwinkel nahm ich wahr, wie sich auch Magnus aufrecht hinsetzte, um kein Wort zu versäumen.

»Ja, die bin ich. Woher weißt du das?«

»Wie könnte ich die Tochter von Gáspár Szalay nicht kennen?«

»Du kennst meinen Vater?«

Bevor Vlad sich dazu äußern konnte, drängte sich Wilhelmina zwischen uns. »Und ich bin *Prinzessin* Wilhelmina von Hilgartshausen. Die Familie meiner Mutter gehört zum ältesten adeligen Geschlechts Bayerns. Sicher ist dir unser traditionsreicher Name geläufig.«

Innerlich schmunzelte ich. Obwohl es in Deutschland kein Königsgeschlecht mehr gab, liebte Wilhelmina es, sich blaublütig vorzustellen. Als ich sie kennenlernte, hatte sie das das auch getan. Damals hatte ich Elly ehrfurchtsvoll berichtet, dass ich eine Kommilitonin hatte, die eine Prinzessin war, und sie erklärte mir, dass der Titel genau genommen nur zum Nachnamen gehörte. Richtig wäre *Wilhelmina Prinzessin von Hilgartshausen*. Ein wahrhaftiger Adeliger durfte den Titel vor den Vornamen setzen – wie der Engländer Prinz Charles. Charles war tatsächlich ein Prinz und Wilhelmina hieß nur so. Doch darauf wollte Wilhelmina nicht hingewiesen werden. Sie selbst fühlte sich wie eine waschechte Prinzessin und bevorzugte es auch, so genannt zu werden.

»Da muss ich passen«, erwiderte Vlad und Wilhelminas Mundwinkel fielen nach unten. Vlad ließ ihre Hand los und setzte sich. Wilhelmina versuchte eine gekränkte Miene zu verbergen, und auch wir nahmen wieder Platz. Es schien mir unpassend, das Gespräch noch einmal darauf zu lenken, woher Vlad meinen Vater kannte. Obwohl ich mir auf die Lippe beißen musste, um die Worte zurückzuhalten. Ob er ihn persönlich gekannt hatte?

»Tatsächlich habe ich auch eine adelige Herkunftsgeschichte«, erzählte Vlad. In diesem Moment eilte die Servicekraft herbei und stellte uns Getränke auf den Tisch.

»So! Für Sie, wie immer, Ihren edlen Lieblingstropfen 1992, und für unsere Gäste den blutigen Cocktail des Tages. Lasst es euch schmecken.«

Als sie hinter dem Lichterkettenvorhang verschwand, richtete er sich wieder an uns. »Der berühmte Graf Dracula ist mein Onkel.«

Wilhelmina zog die Brauen bis zum Haaransatz hoch. »Du bist also der Neffe von Bram Stokers *erfundener* Romanfigur Dracula?«

Vlad hob sein Weinglas. »Vielleicht liegen meine Wurzeln woanders. Vielleicht auch nicht. Die Frage, was in unserem Dracula Park der Realität entspricht und was nur eine Illusion ist, ist ein Reiz für alle Besucher. Auf euch.«

Als wir alle von unseren Gläsern nippten, spürte ich Vlads Augen wieder auf mir ruhen. Kurz hielt ich seinem Blick stand und wandte mich dann der blutroten Flüssigkeit zu, die ich in einem Glas in der Hand hielt. Ich versuchte meine Handtasche nicht zu auffällig zu halten, ob er etwas ahnte? Wieso sonst hatte er mich im Auge, seit er den *Edlen Tropfen* betreten hatte?

»*Vielleicht* stimmt es ja auch gar nicht, dass du der Inhaber dieses Freizeitparks bist, sondern deine Eltern. *Vielleicht* hatten sie heute keine Zeit und haben deshalb dich vorgeschickt?«, überlegte Magnus laut und sah ihn herausfordernd an. Vlad lächelte, doch einen Herzschlag lang sah ich etwas in seinen Augen aufblitzen, als Magnus seine Eltern erwähnte, dass ich selbst nur zu gut kannte. Schmerz.

»*Vielleicht*. Trotzdem müsst ihr mit mir Vorlieb nehmen.«

»Natürlich tun wir das. Wir sind dankbar, dass du uns deine kostbare Zeit schenkst«, schnurrte Wilhelmina, deren Jagdinstinkt über die Zurückweisung hinwegsah. Vlad prostete ihr zu und sie grinste triumphierend.

»Dürfen wir dann mit den Fragen beginnen, ehe die wertvolle Zeit abgelaufen ist?«, wollte Magnus wissen und kramte einen Notizzettel aus seiner Tasche hervor.

»Natürlich. Legt los.« Vlad stellte sein Weinglas ab, überkreuzte die Beine und lehnte sich zurück. Meine beiden anderen Mitstreiterinnen zückten ebenfalls Block und Stift. Ich konnte mich gerade noch so zurückhalten, meinen Beutel zu öffnen. Fragend sah Vlad mich an.

»Ich ... Ich kann mir das so merken«, erklärte ich schnell und fing mir einen irritierten Blick von Magnus ein.

»Du schreibst doch sonst immer alles akribisch mit?«

»Ja, heute eben nicht.« Ich umspielte meine Nervosität mit einem Lächeln und trank einen Schluck von dem fruchtigen Getränk. Magnus holte Luft. Ich war mir sicher, dass er nach den Gründen dafür forschen wollte. *Bitte bohr jetzt nicht weiter nach.* Vlad rettete mich, indem er das Gespräch fortführte. Er wandte sich an Isabell. »Meine Liebe, du bist so still. Möchtest du den Anfang machen?«

Erschrocken zuckte die Arme zusammen. Dann blätterte sie durch die Seiten ihres herzförmigen Blocks, bis sie fand, wonach sie suchte.

»Was sind die typischen Merkmale von Vampiren?«, las sie vor und Vlad begann, diese aufzuzählen.

»Unsterblichkeit, die Ernährung von menschlichem Blut ...«

Wilhelmina hob die Hand.

»Ja, bitte?«

»Was ist mit Tierblut? In der Literatur oder in Filmen wird oft dargestellt, dass sich die übernatürlichen Geschöpfe Blut von beispielsweise Rehen trinken.«

Vlad verzog angewidert das Gesicht, als müsse er es selbst probieren. »Wie sich ein Vampir in der heutigen Zeit ernähren würde, weiß ich nicht, aber den Aufzeichnungen zufolge, die es über das älteste Vampirgeschlecht gibt, haben sie sich garantiert nicht von tierischem Blut ernährt.«

Die anderen schrieben eifrig mit. Ich nippte unterdessen wieder an meinem Getränk, weil ich nicht wusste, wie ich sonst die Zeit überbrücken sollte. Vlad fuhr fort, als die anderen ihre Stifte wieder von dem Papier hoben.

»Des Weiteren würde ich als Charakteristikum die Unverträglichkeit von Knoblauch nennen, das Schlafen in einem Sarg, die Nachtaktivität, die Lichtempfindlichkeit ...«

Abermals hatte Wilhelmina eine Frage. »Wie äußert sich die Lichtempfindlichkeit? Wie eine Sonnenallergie oder dem klassischen Verbrennen in der Sonne?«

»Oder glitzern Vampire, wenn Sonnenlicht ihre Haut berührt, dann so schön wie Edward?«, warf Magnus ein. Sein eBook-Download war offenbar noch geglückt, weil er sich dieses Wissen bedienen konnte.

»Es geht in die Richtung verbrennen«, erklärte Vlad kühl. »Zwei Kennzeichen würde ich noch hinzufügen: Zum einen besitzen Vampire kein Spiegelbild. Im Freizeitpark sind deshalb auch keine aufgestellt, außer in den Badezimmern des Dracula Resorts. Für die Gäste wäre das ohne entsprechendes Equipment sonst eine Zumutung. Und zuletzt fällt mir noch ein, dass Vampire auf Fotos nicht zu erkennen sind. Was ich zum Thema Fotos noch erwähnen möchte: Ihr wisst, welches Verbot diesbezüglich im Park herrscht. Im selben Atemzug möchte ich noch darauf hinweisen, dass auch für Beschreibungen in euren Büchern gilt: Wer die Idee des Parks detailreich in seiner Geschichte beschreibt, ist vom Wettbewerb disqualifiziert. Frau Gmeiner hat mir zugesichert, dass sie darauf achten wird.«

Wir nahmen diesen Hinweis, der sich wie eine Warnung anfühlte, zur Kenntnis.

11. Kapitel

Den Vollmond als Wegweiser

Vlad musste sich abrupt verabschieden, sicherte uns jedoch seine Hilfe zu. »Wenn euch noch weitere Fragen einfallen, scheut euch nicht, diese zu stellen. Nachts bin ich immer erreichbar. Hinterlasst mir an der Rezeption vom Dracula Resort einfach eine Nachricht. Ich werde mich dann unverzüglich mit euch in Verbindung setzten.«

Er wurde von seinen Begleitungen zum Ausgang geleitet und das Klappern von Hufen kurz darauf verriet mir, dass er davongefahren war. Wilhelmina fächerte sich mit ihrem Block Luft zu.

»Über *ihn* könnte ich einen ganzen Roman schreiben.«

Magnus verdrehte die Augen, aber Wilhelmina fuhr unbeirrt fort. »Ich habe mir vorgestellt, dass der Inhaber ein alter Grufti wäre, Vlad hingegen ...«

»Ich bin mir ziemlich sicher, dass er nur der Sohn der Besitzer ist«, warf Magnus ein und Wilhelmina winkte ab.

»Was spielt denn das für eine Rolle? In irgendeiner Form gehört ihm dieser Freizeitpark trotzdem.«

»Was wollen wir denn als nächstes unternehmen?« Fragend sah ich in die Runde.

Isabell warf einen Blick auf ihre silberne Armbanduhr. »Also ich bin noch sehr müde von der Fahrt. Ich würde mich jetzt gern ausruhen.«

Gähnend pflichtete Wilhelmina ihr bei. »Ausnahmsweise muss ich mich bei Isabell anschließen. Ich werde mich auch auf den Weg ins Dracula Resort machen. Da tagsüber dort

nichts geboten ist, statte ich dem SPA-Bereich, der erstklassig sein soll, noch einen Besuch ab und gehe dann ins Bett.«
Verständnisvoll nickte ich den beiden zu. Sie tranken noch ihre Gläser aus und verabschiedeten sich dann. Magnus wandte sich an mich.
»Übrigens tut es mir leid, dass ich heute Morgen nicht wie ausgemacht zu dir gekommen bin, aber nach dem Frühstück war ich auf einmal wieder müde.«
Er auch? Misstrauisch kniff ich die Augen zusammen. Konnte das ein Zufall sein?
»Ich hoffe, du bist mir deshalb nicht böse. Als ich durch Frau Gmeiners Brief auch noch erfahren habe, dass der Park nur nachts geöffnet hat, habe ich mich wieder hingelegt«, erklärte er weiter und ich winkte ab.
»Schon gut. Jetzt hast du deinen Grundkurs in Sachen Vampire sogar von einem Profi bekommen.« Als ich den Besitzer des Dracula Parks erwähnte, fing ich mir einen argwöhnischen Blick von ihm ein.
»Gefällt er dir?«
Die Frage traf mich unvorbereitet. Ich errötete. Ohne es zu wollen, tauchte Vlad vor meinem geistigen Auge auf. *Wie würde sich das Anfühlen, wenn Vlad jetzt an der Stelle von Magnus neben mir sitzen würde?*
»Ich äh ... Also ...«, stammelte ich. Das reichte Magnus offenbar als Antwort. Er raufte sich die Haare.
»Das gibt es doch nicht!«
»Magnus, es ...«
»Spar dir die Worte. Ich gehe jetzt ins Hotel zurück und konzentriere mich auf den Grund, warum wir hier sind!« Er sprang auf stapfte davon. O nein! Wie konnte ich wegen eines Typen zulassen, dass die Distanz zwischen Magnus und mir innerhalb von Sekunden von einer kieselsteinkleinen Hürde nun wieder die Ausmaße der Karpaten ange-

nommen hatte? Noch dazu würde ich Vlad nach unserer Abreise nie wiedersehen. Ich erhob mich und eilte ihm hinterher.

»Bitte warte auf mich.«

Als Magnus bemerkte, dass ich ihm folgte, wechselte er in den Laufschritt und hastete die Wendeltreppe hoch.

»Das ist doch jetzt kindisch!«, rief ich ihm nach, aber es stachelte ihn nur noch mehr an und er sprintete regelrecht zum Dracula Resort. Ich konnte mich seinem Tempo nicht vollständig anpassen, weil ich Felia, die in meiner Tasche saß, kein Schleudertrauma zufügen wollte.

Am Ende holte ich ihn vor seiner Zimmertür doch noch ein. Laut schnaufend kam ich zum Stehen. Fluchend nestelte er mit dem Schlüssel am Schlüsselloch herum. Vor Aufregung zitterten seine Hände und er bekam ihn nicht in das Loch.

»Sei bitte nicht sauer«, begann ich. In diesem Moment gelang es ihm, die Tür aufzuschließen. Seine hellgrünen Augen flogen zu mir und funkelten mich wütend an.

»Ich kann es einfach nicht fassen! Wir begegnen dem nächstbesten Möchtegern-Vampir und du verfällst ihm. Wenn ich geahnt hätte, dass dein Fantasy-Herz so leicht zu beeindrucken ist, hätte ich dir kostümiert meine Gefühle gestanden!«

Ich starrte ihn an. »Sag mal, spinnst du? Das Äußere spielt doch überhaupt keine Rolle!«

Er schüttelte verächtlich den Kopf und verschwand hinter der Zimmertür, ohne sich noch einmal umzudrehen. Ich lehnte mich ein paar Atemzüge lang fassungslos dagegen. Wie sollte ich jemals die Wogen zwischen uns wieder glätten? Heute Nacht würde es in jedem Fall nicht mehr möglich sein, deshalb blätterte ich ins nächste Kapitel. Morgen konnte ich die Geschehnisse des Abends nachlesen und mein Bestes geben, um sie für die fortlaufende Geschichte zu mildern. Eines konnte jedoch nicht warten: Felia zurück in ihren Käfig zu bringen. Die Arme war ohnehin schon viel zu lange in meiner Tasche eingesperrt. Ich beeilte mich, nebenan in mein Zimmer zu kommen und ließ sie frei.

»Hast du alles gut überstanden, kleine Freundin?«, fragte ich und sie nickte. Ich ließ mich auf dem Sarg nieder. Langsam gewöhnte ich mich an dieses kuriose Bett.

»Sag mal, war das tatsächlich der Inhaber des Dracula Parks, oder wurde uns jemand anderes geschickt?«

»Er war es höchstpersönlich«, antwortete die kleine Fledermaus und tapste neben mir auf ein Kissen. Mit einem Mal fühlte ich mich furchtbar wegen der Schwärmerei, in die ich verfallen war. Ich hatte damit nicht nur Magnus vor den Kopf gestoßen, sondern auch Felia, die in seiner Nähe erschauderte.

»Nein, von meiner Seite hast du wegen deines Empfindens nichts zu befürchten.« Sie hatte meine Gedanken gehört. Ihre Antwort verwirrte mich.

»Aber wenn wir nur Buchfiguren wären, dann wäre Vlad doch in dieser Geschichte der Bösewicht, oder?«

Die kleine Fledermaus ließ sich auf das Kissen sinken. »Natürlich kann Vlad auch gefährlich werden. Wenn es ihm beliebt, kann er sich unermesslichen Kräften bedienen.«

Wenn sie als tennisballkleines Wesen ihre Stärke mit denen eines ausgewachsenen jungen Mannes maß, war es nachvollziehbar, dass er ihr im Vergleich unbezwingbar erschien.

»Es ist kompliziert, aber trotz der Umstände, in denen ich mich befinde, kann ich mit Sicherheit sagen, dass er nicht der *Bösewicht* ist.« Dass Felia das voller Überzeugung sagte, obwohl er für ihre Gefangenschaft mitverantwortlich war, erleichterte mein Gewissen ungemein.

»Dann würde ich vorschlagen, dass wir ihn nicht herausfordern und ich dich jetzt zurückbringe. Magnus denkt nun auch, dass ich im Zimmer bin und wir können ungestört das Hotel verlassen.«

Als wir startbereit waren, schloss ich so leise es möglich war die Zimmertür und schlich den Flur entlang. Als ich mich außer Hörweite von Magnus' Gemach befand, achtete ich nicht mehr auf die Geräusche, die ich verursachte, und verließ das Hotel.

Wo soll ich jetzt hingehen?, fragte ich Felia in Gedanken, als ich vor dem Gebäude stand.

Du musst ... Warte, wie spät ist es?

Ich holte mein Handy aus der Hosentasche und drückte den Knopf, der das Display zum Leuchten brachte.

In fünf Minuten ist es drei Uhr nachts.

Das passt perfekt. Du kannst jetzt losgehen: Fünfundvierzig Grad, Dreißig Minuten und fünfundvierzig Sekunden nördlicher Breite und fünfundzwanzig Grad, zweiundzwanzig Minuten und eine Sekunde östlicher Länge. Danach ...

Ich wolle gerade einen Schritt nach vorne gehen, hielt dann schmunzelnd inne und unterbrach meine kleine Freundin.

Stopp, Felia, sind das GPS-Koordinaten? Ich kann mir vorstellen, dass du dich im Flugmodus danach richtest, als Mensch kann ich damit allerdings nichts anfangen. Kannst du mich mit dem Benennen von Richtungen anleiten? Also links, rechts, geradeaus, zurück und so weiter?

Ich vernahm ein Kichern.

O ja, natürlich! Tut mir leid. Ich erkläre dir den Weg nun menschenfreundlich. Also – du hast doch auf der Karte gesehen, dass hinter dem Dracula-Resort eine Burg eingezeichnet ist. Dort müssen wir hin.

Felia lotste mich zunächst hinter das Dracula Resort und

dann mitten in einen Wald. Ein erdiger, schmaler Pfad führte zwischen den Bäumen hindurch, die dicht beieinanderstanden. Es kostete mich Überwindung, mich immer weiter dorthinein zu begeben, denn schon bald rückten die Lichter und die Geräuschkulisse des Parks in die Ferne. Rekommandeure, die über Mikrofone Fahrgeschäfte kommentierten, unheilvolle Musik und das Getümmel der Besucherinnen und Besucher wurde gegen die Stille der Natur getauscht. Ich konnte mich nicht entscheiden, ob ich es friedlich oder unheimlich finden sollte. Um nicht weiter darüber nachzudenken, versuchte ich mich auf Felias Stimme zu konzentrieren, die mir gemeinsam mit dem Vollmond als Wegweiser diente.

Folge jetzt einfach dem Pfad. Es ist nicht mehr weit.

Warum halten sich hier keine anderen Parkbesucher auf?, wollte ich wissen und stieg über eine Wurzel, die die Strecke durchkreuzte. Felia erklärte mir, dass Besichtigungen der Burg nur an ausgewählten Tagen und zu bestimmten Uhrzeiten stattfanden. Die Besucher wurden dann mit Fackeln dorthin geführt.

Und es ist noch nie jemandem aufgefallen, dass Tiere hier nicht artgerecht gehalten werden?, hakte ich ungläubig nach.

Das liegt daran, dass in diesen Teil der Burg kein Mensch geführt wird. Mein Käfig ist in einem Verlies tief unter der Erde platziert. Selbst wenn ich schreien würde, würde das keiner mitbekommen.

Ein beklemmendes Gefühl umkam mich bei dem Gedanken, dass Felia dorthin zurückfliegen würde. Nach einigen Schritten, die ich schweigend zurücklegte, öffnete sich der Blättervorhang und gab im Schein des Mondlichts die Sicht auf einen steinernen Felsen frei, auf dem eine gewaltige Burg thronte. Die Tatsache, dass kein einziges Licht in diesem prachtvollen Anwesen brannte, und die dunklen

Umrisse der Türme, die in den Himmel ragten, sorgten für ein gespenstisches Ambiente.

Felia, wo ist der Eingang?

Der kleinen Fledermaus war offenbar der zittrige Unterton in meiner Stimme nicht entgangen, denn sie beruhigte mich sogleich.

Keine Sorge, du brauchst mich nicht in das Innere der Burg geleiten. Es wäre tollkühn, wenn wir beide hineinfliegen würden. Ähm, ich meine, wenn wir sie beide betreten würden. Lass mich am besten gleich hier raus.

Ich knöpfte die Tasche auf. Felia flog heraus und ließ sich auf einem nahegelegenen Holzpfosten nieder, auf dem ein Hinweisschild befestigt war.

Ich erkannte, dass eine Inschrift eingraviert war, aber im Dunkeln konnte ich die Buchstaben nicht erkennen.

»Burg Hohenzollern«, las Felia laut vor.

»Hier wirst du also gefangen gehalten. Wir ...« Plötzlich wehte mir ein kalter Luftzug durchs Haar. Die kleine Fledermaus war wie eingefroren. Ich blickte auf das Blätterdach über mir, doch kein einziges Blatt raschelte. Wenn es kein Wind war ... Was war es dann? Mit angehaltenem Atem drehte ich mich um die eigene Achse und blickte in Vlads glühend-schwarze Augen, die im Mondschein wütend funkelten. Mit verschränkten Armen lehnte er an dem Felsen. Nur wenige Meter von mir entfernt.

»Geh jetzt, Zsófia. Sonst wird dich selbiges Schicksal ereilen«, knurrte er.

12. Kapitel

Tintenpost

Die Schärfe in seiner Stimme ließ mir das Blut in den Adern gefrieren. Instinktiv stellte ich mich vor die kleine Fledermaus, um sie zu beschützen, obwohl mir bewusst war, dass ich im Grunde genauso wenig gegen Vlad ausrichten konnte wie sie. Trotzdem, ich wollte nichts unversucht lassen.

»Ich habe Felia entführt«, polterte es aus mir heraus.

»Netter Versuch«, kommentierte er. »Jedoch weiß ich, dass es ihr eigener Wille war, aus ihrem goldenen Käfig zu fliehen. Und jetzt tritt zur Seite.«

»Nein.« Die Entschlossenheit in meinem Tonfall überraschte mich. Er zog eine Braue nach oben und wiederholte langsam mein ausgesprochenes Wort.

»Nein?«

Für gewöhnlich widerspricht ihm niemand, erklärte mir Felia beeindruckt.

»Das werden wir gleich sehen«, meinte Vlad und ehe ich mich versah, stand er so dicht vor mir, dass ich seinen kalten Atem auf meiner Haut spürte. »Ich habe noch nicht herausgefunden, was du vorhast, doch was immer es ist: Ich rate dir, es zu beenden.«

»Was meinst du denn damit? Ich habe überhaupt nichts vor!«, fauchte ich.

Statt einer Antwort schob er mich zur Seite und wollte nach Felia greifen, die regungslos auf dem Holzschild saß. Um mir Zeit zu verschaffen, kreuzte ich erneut seinen Weg.

Flieg weg. Ich kann dich mit zu mir nach Hause nehmen. Ich weiß, dass ich dir nichts Außergewöhnliches bieten kann, aber besser als dein Käfig wird es allemal sein.

»Zsófia. Ich meine es ernst. Geh. Jetzt«, forderte Vlad währenddessen und ich wehrte seine Hand ab, die mich zur Seite schieben wollte. Er knurrte und Felia löste sich aus ihrer Starre. Sie stürzte sich zwischen uns und entfaltete ihre Flügel schützend vor meinem Gesicht.

Ein Gefecht mit Vlad können wir beide nicht gewinnen. Ich schätzte deinen Einsatz für mich sehr und danke dir für alles, was du für mich getan hast, aber es ist besser, wenn wir uns jetzt voneinander verabschieden, antwortete sie.

»Na gut«, sagte ich schließlich und ließ Vlad widerwillig an mir vorbeigehen. Er streckte die Hand aus und als Felia auf seine Handfläche fliegen wollte, verfing sie sich in den blätterbesetzten Zweigen eines herabhängenden Astes. Ungeduldig wartete Vlad, bis sie sich befreit hatte und sich niederließ, wo er es wollte. Als er sich zu mir umwandte, um zu gehen, hielt er auf meiner Höhe kurz drohend inne.

»Wag es nicht, über Felia je ein Wort zu verlieren.«

Obwohl mein Herz wild gegen meinen Brustkorb hämmerte, donnerte ich zurück: »Das hatte ich auch nicht vor!«

»Ich werde dich persönlich im Auge behalten. Das sei dir versichert!«, erwiderte er finster und schritt davon. »Und nun zu dir, Felia! Hast du nicht mehr alle Eckzähne im Gebiss? Was fällt dir eigentlich ein? Du hast nicht nur dich in Gefahr gebracht, sondern unsere ganze Spezies! Und dann hast du auch noch die Nerven, einen Menschen in der Vampirstunde hierherzubringen und ...« Ich hörte ihn noch fluchen, bevor er in die Ferne rückte und die Dunkelheit die beiden verschluckte. Hilflos blickte ich ihnen nach, obwohl sie längst nicht mehr zu sehen waren. Was war denn die Vampirstunde? Die einzige Erklärung, die mir einfiel war, dass man die bekannte Geisterstunde namentlich dem Dracula Park entsprechend angepasst hatte. Und wie er es ausdrückte klang es so, als wäre er selbst kein Mensch, sonst hätte er den Satz anders formuliert. In etwa so: *Und dann hast du auch noch die Nerven,* jemanden *in der Vampirstunde hierherzubringen ...*

Die restliche Nacht lag ich wach im Sarg und wälzte mich unruhig von der einen zur anderen Seite. Ich fragte mich, ob es in diesem Park mit rechten Dingen zuging. Was war, wenn die Verkleidung der Mitarbeitenden des Dracula Parks gar keine war? Wenn es hier vor Vampiren nur so wimmelte? Seit jeher standen Vampire und Transsilvanien in einer Zeile. Möglicherweise aus gutem Grund? Doch wenn es so wäre, hätte mein Vater das herausgefunden. Auf unserer Erde war seiner Spürnase kein übernatürliches Geschöpf entgangen. Also verwarf ich die These wieder und lenkte meine Gedanken auf Felia. Wie es der kleinen Fledermaus wohl ergangen war? Erwartete sie eine Strafe für ihre Flucht? Hätte ich mich nicht einschüchtern lassen dürfen? Mir fiel ein Spruch von Elly ein: *Heute kannst du einen Schritt zurückgehen, doch nur um Anlauf zu nehmen um morgen die Situation zu meistern.*

Ich wusste nicht, ob Felia meine Gedanken noch hören konnte, trotzdem gab ich ihr ermutigt von diesem Rat ein Versprechen: *Das war heute kein Lebewohl. Wir sehen uns wieder und dann helfe ich dir, dass du in Freiheit leben kannst ...*

Am nächsten Abend betrat ich nach Sonnenuntergang das hoteleigene Restaurant. Suchend blickte ich mich nach bekannten Gesichtern um. Es herrschte eine ausgelassene Stimmung. Viele Gäste speisten bereits auf pechschwarzem Geschirr und erzählten sich Anekdoten. Einige runde Tische waren in dem überschaubaren Raum verteilt. Sie waren in weiße Decken gehüllt und mit eleganten, kelchförmigen Kerzenhaltern bestückt. Vanillegelbe Kerzen und gedimmtes Deckenlicht sorgten für ein düsteres und gleichzeitig festliches Ambiente.

»Das Buffett ist hier drüben«, raunte mir plötzlich eine vertraute Stimme ins Ohr. Vlad. Verräterisch begann mein Herz in seiner Nähe zu klopfen. Wenn er tatsächlich ein Vampir war, konnte er es hören. Zumindest wenn man der Annahme Glauben schenkte, dass diese unsterblichen Wesen ein besonderes Gehör hatten.

Zsófia!, ermahnte ich mich. *Wolltest du diese Vermutung nicht über ein Knoblauchfeld werfen?* Für mein fantasy-liebendes Herz war diese Vorstellung einfach zu verlockend. Ich fragte mich, ob Vlad zufällig hierhergekommen war oder absichtlich, um mir zu beweisen, dass er mich im Auge behalten würde.

»Danke für die Info«, erwiderte ich und sah in die Richtung, in die er deutete. Rechts vom Eingang war eine u-förmige Tafel aufgebaut, auf der sich ein wahres Schlaraffenland an aufwendig dekorierten Lebensmitteln befand. Ich ließ Vlad kommentarlos stehen und steuerte auf das Buffett zu. Ein freundlich lächelnder Kellner drückte mir einen pechschwarzen Teller in die Hand und ich füllte ihn mit dem Inhalt aus der nächstgelegenen Schale. *Spagetti mit Blutsoße*, stand auf dem Schild. Ich amüsierte mich über die Bezeichnung des Gerichts und beeilte mich dann, von dem Buffett wegzukommen. Beinahe stieß ich mit Wilhelmina zusammen, die in diesem Moment mit dem Blick auf das Handy gerichtet das Restaurant betrat.

»Huch, Sofia! Warum hast du es denn so eilig?«

»Äh, ich dachte, dass ihr schon alle hier seid und auf mich wartet.«

Meine Freundin winkte ab. »O nein, keine Sorge. Ich habe

es auch erst jetzt geschafft, weil ich noch einen Termin bei der Maniküre hatte. Schau mal.« Wilhelmina hielt ihre Finger nebeneinander, die kunstvoll mit rosenrotem Nagellack angemalt waren, damit ich sie bewundern konnte.

»Wow!«

»Ich finde es auch sehr vorzeigbar. Die Nageldesignerin hat auf meinen Wunsch hin Fotos von meinen Händen gemacht und auch mit mir zusammen posiert. Leider konnte ich auch diese Bilder nicht posten und wegen diesem Funkloch sehe ich auch keine Beiträge der anderen. Ich sag es dir – ohne die sozialen Netzwerke fühle ich mich Komplett abgeschirmt von der Außenwelt. Ich weiß echt nicht, wie ich das die nächsten Wochen durchstehen soll!«

»Mir geht es genauso«, log ich und zeigte ihr das Buffett. Während ich wartete, dass sie sich Speisen zusammenstellte, ließ ich meinen Blick noch einmal prüfend durch den Raum schweifen. Vlad war verschwunden. Dafür konnte ich unseren Tisch ausfindig machen. In einer Ecke saßen bereits Isabell und Magnus. Isabell winkte mir und ich hob meine Hand zum Gruß. Magnus, der die Bewegung bemerkte, sah von seinem Teller auf. Als er mich sah, verfinsterte sich seine Miene und er wandte sich ab. Mein Lächeln erstarb. Wilhelmina bekam das mit, denn sie gesellte sich in diesem Moment mit einem beladenen Salat-Teller zu mir.

»Alles andere hat zu viele Kalorien«, erklärte sie und kommentierte sogleich genervt auch das Verhalten von Magnus. »Was hat Mister Heulsuse denn nun schon wieder? Der wechselt sein Verhalten dir gegenüber häufiger als ich mein Make-Up. Und du weißt, dass ich es über den Tag verteilt mindestens viermal den Lichtverhältnissen anpasse. Komm, setzten wir uns einfach an einen anderen Tisch.«

Ich war froh, dass sie keine Antwort wegen Magnus einforderte. In dem Zusammenhang hätte ich ihr auch von der eindrucksvollen Wirkung berichten müssen, die Vlad auf mich hatte, und das wollte ich vermeiden. Schließlich hatte sie ihr Interesse an ihm während des Treffens im *Edlen Tropfen* deutliche signalisiert.

Wir wollten gerade einen Tisch mit der größtmöglichen Entfernung zu Magnus und Isabell wählen, da eilte Răzvan mit einem Briefumschlag wedelnd auf uns zu.

»Tintenpost von Frau Gmeiner. Kommt bitte kurz an dem Tisch mit den anderen zusammen, damit ihr ihn gleichzeitig empfangen könnt.«

Widerwillig folgten wir ihm durch das Restaurant und nahmen auf den Stühlen gegenüber von den anderen beiden Platz. Magnus tat so, als wäre ich nicht da. Als Răzvan fort war, öffnete Wilhelmina den Brief und las ihn laut vor.

»Ihr Lieben, nun empfehle ich euch, mit der tiefgründigen Recherchearbeit zu beginnen. Da ihr online nicht aktiv werden könnt, wird es auf die altmodische Weise erfolgen: Ich lasse euch in diesem Moment Pakete mit entsprechender Literatur auf eure Zimmer bringen.«

Während ich den Worten lauschte, warf ich Magnus hin und wieder einen verstohlenen Blick zu. Er erwiderte keinen einzigen. Enttäuscht drehte ich die Spagetti auf meiner Gabel ein und ließ sie dann wieder los. Der Appetit war mir vergangen.

»Unter anderem habe ich Bücher über bedeutende Persönlichkeiten des Landes und Reiseführer der Gegend gewählt. Lest es euch aufmerksam durch. Gibt es beispielsweise eine Legende, zu der ihr spontan einen Einfall habt? Notiert euch die Ideen während dieses Prozesses und prüft am Ende, welche euer Autorenherz höherschlagen lässt. Heute ist Mittwoch. Bis Sonntagabend solltet ihr einen groben Umriss eurer Geschichte im Kopf

haben. Ich schreibe euch Anfang nächster Woche wieder. Eure Cilli Gmeiner.«

Wilhelmina legte den Brief in die Mitte des Tisches und atmete hörbar aus. »Puh. Das wars dann wohl mit dem Vergnügen.«

Klirrend ließ Magnus das Besteck auf seinen Teller fallen. Sogar ein paar Gäste der umliegenden Tische wandten sich kurz zu uns um, ehe sie sich wieder ihren Gesprächen widmeten.

»Deswegen sind wir ja auch nicht hier! Falls du es vergessen hast, wurden uns die vier Wochen nicht spendiert, damit wir als Freizeitpark-Tester fungieren!« Magnus sprang auf und Wilhelmina schnitt ihm den Weg ab.

»Und ich erinnere dich daran, dass du achtzehn Jahre alt bist. Sag doch einfach, welche Tinte dir über die Leber gelaufen ist, statt dich andauernd wie ein bockiges Kleinkind zu verhalten!«

Sein Gesicht war voller Zornesröte, als er mich ansah. »Du hast es allein meinem Anstand zu verdanken, dass ich es nicht in dieser Runde bespreche!« Nachdem er die Worte ausgesprochen hatte, warf er die Serviette auf den Tisch und rauschte aus dem Restaurant. Ich war so schockiert von seinem Ausbruch, dass ich nicht reagieren konnte. Meinte er damit, dass er Wilhelmina gegen mich aufbringen konnte, wenn er es wollte? Isabell kaute peinlich berührt auf einem Keksstück, das die Form von einem Grabstein hatte.

»Wovon redet er?«

Ich zuckte mit den Schultern und tat so, als wüsste ich es nicht.

»Der hat sie wirklich nicht mehr alle!«, kommentierte Wilhelmina und zeigte ihm einen Vogel. Sie ließ sich wieder neben mir nieder und schob ihren Teller entschlossen von sich weg.

»Hast du keinen Hunger mehr?«

»Doch, aber ich brauche jetzt eindeutig Kohlehydrate für meine Nerven.« Als Wilhelmina sich aufmachte, um am Buffett Nachschlag zu holen, zeigte ich auf den Keks von Isabell.

»Und ich brauche etwas Süßes. Bringst du mir bitte einen von denen mit? Oder am besten zwei?«

Nachdem wir gegessen hatten, machte sich jede von uns auf den Weg in ihr Zimmer, denn wir wollten das Paket von der Tintenwelt auspacken und uns einen ersten Überblick über die gesandte Literatur verschaffen. Als ich den Schlüssel in das Schloss meiner Tür steckte, hielt ich kurz inne und warf einen Blick zu der Tür nebenan. Sollte ich bei Magnus klopfen? Andererseits, was sollte ich ihm sagen?

»Untersteh dich!«

Ich drehte mich um meine eigene Achse und sah Wilhelmina am Ende des Flurs stehen. »Wilhelmina? Was machst du hier?«

»Ich kenne dich gut genug um zu wissen, dass du bereit bist, ihm hinterherzulaufen. Ich bin hier, um das zu verhindern.«

Schmunzelnd öffnete ich meine Zimmertür. »Möchtest du warten, bis ich die Tür von innen verschlossen habe?«

Sie grinste. »Ja, aber vorher will ich dich noch auf eine Party einladen.« Beschwichtigend hob sie die Hände. »Ich weiß, dass wir jetzt eigentlich das Paket auspacken und lesen sollten, doch wie heißt es so schön? Papier ist geduldig und es ist auch morgen noch da. Du hast doch jetzt eh keinen Kopf dafür, oder? Ich wollte dich abholen, damit wir zusammen in den *Edlen Tropfen* gehen. Da findet heute ein Mondschein-Fest statt.«

Eigentlich war mir nicht nach Feiern zumute, aber ihre

Augen leuchteten so voller Vorfreude, dass ich es nicht übers Herz brachte, ihr den Wunsch abzuschlagen. Ich lächelte.

»Normalerweise würdest du jetzt mitten in den Vorbereitungen für deine eigenen Vollmond-Ball stecken, stimmt's?«

Sie nickte und kam auf mich zu. Dann hakte sie sich bei mir unter.

»Komm, sorgen wir dafür, dass wir stattdessen in Transsilvanien eine unvergessliche Nacht erleben, bevor wir uns tagelang in diesen Kammern verschanzen und in verstaubten Wälzern schmökern.«

13. Kapitel

Ein falscher Verdacht

Kaum setzten wir uns an dem Bartresen, wurde Wilhelmina von einem attraktiven Spanier zum Tanzen aufgefordert. Sie warf mir einen fragenden Blick zu.

»Geh ruhig«, ermunterte ich sie.

»Na gut, aber wenn ich wieder zurück bin, halten wir nach jemanden für dich Ausschau.«

Ehe ich antworten konnte, nahm sie die angebotene Hand an und ließ sich unter das tanzende Partyvolk mischen. Während mir ein Cocktail serviert wurde, ließ ich seufzend meinen Blick durch den Raum schweifen und blieb plötzlich an einem Augenpaar hängen, das mich fixierte. Magnus stand an er Treppe und starrte mich hasserfüllt an. Mit einem Mal, als hätte er sich selbst einen Ruck gegeben, stieß er sich vom Treppengeländer ab und stapfte durch die Menschenmenge, die sich im Takt der Musik bewegte, direkt auf mich zu. Zwischen buntem Nebeleffekt und flimmernden Discolicht sah ich ihn immer näherkommen. Unruhig rutschte ich auf meinem Barhocker hin und her und sah mich hilfesuchend nach Wilhelmina um. Zufällig erblickte ich sie im Scheinwerferlicht. Sie tanzte eng umschlungen mit dem Typen. Angefeuert wurden sie durch seine Freunde, die johlend und klatschend um sie herum kreisten. Ehe ich entschlossen hatte, wie ich ihre Aufmerksamkeit erregen konnte, war es zu spät. Magnus erreichte mich. Zeitgleich gesellte sich Vlad zwischen uns, der wie aus dem Nichts aufgetaucht war. Seine Anwesenheit sorgte dafür, dass sich mein Puls beruhigte.

»Ich empfehle dir den Todeskuss«, meinte Vlad an mich gewandt und bestellte zwei. Sogleich wurden von dem Barkeeper zwei Schnapsgläschen mit rabenschwarzer Flüssigkeit über den Tresen geschoben. Er reichte mir eines und prostete mir zu. Danach verschwand er so schnell wie er gekommen war in der Menge und überließ mich meinem Schicksal. Ich versuchte mir meine wackeligen Knie nicht anmerken zu lassen. Magnus setzte sich neben mich und nahm das Glas, das ich noch nicht angerührt hatte. In einem Zug leerte er den Inhalt und verzog dabei das Gesicht.

»Ich kenne jetzt dein Geheimnis«, offenbarte er ohne Umschweife und ich riss die Augen auf. Das war es also, was er im Restaurant gemeint hatte. Mir wurde heiß. Seit ich mir meine Welt geschrieben hatte, fürchtete ich mich davor, diesem Satz vor dem Erreichen meines Ziels zu hören. Ergab es noch Sinn, alles abzustreiten? Unversucht wollte ich es nicht lassen, deshalb bemühte ich mich um eine neutrale Miene.

»Was hast du denn herausgefunden?«

Der Bass der Musik dröhnte in meinen Ohren. Der Raum fing an sich zu drehen. Schwindel überkam mich. Instinktiv krallte ich mich am Tresen fest. Ein schmallippiges Lächeln zeichnete sich auf Magnus' Mund ab.

»Die Wahrheit, liebste Sofia. Nachdem ich gestern mitansehen musste, wie du dich Hals über Kopf in diesen Möchtegern-Vampir verliebt hast, konnte ich nicht schlafen. Aus diesem Grund hatte viel Zeit, um über dich nachzudenken.«

Fieberhaft überlegte ich, was mich verraten hatte. Doch ich kam nicht drauf. Magnus erhob sich langsam und baute sich vor mir auf. Er stützte seine Hände am Tresen ab und sperrte mich somit ein.

»Du hütest ein Geheimnis, wie Fans ein signiertes Buch von deinem Vater. Du hast mir gesagt, dass du es erst preisgeben kannst, wenn dieser Schreibwettbewerb vorüber ist. Also bin ich zu dem Ergebnis gekommen, dass es etwas damit zu tun haben muss, denn sonst würde ausgerechnet dieser Zeitpunkt keine Rolle spielen«, wisperte er mir ins Ohr. Er machte eine bedeutungsvolle Pause. »Du stehst von vorne herein als diesjährige Siegerin fest! Deshalb setzt du alles daran, dass niemand davon erfährt, bis die Tintenschrift mit deinem Namen auf dem Papier der Gewinner-Urkunde getrocknet ist!«

»*Was?*« Entgeistert starrte ich ihn an.

»Ausgerechnet in dem Jahr, in dem die Tochter von Gáspár Szalay es bis zum Schreibwettbewerb geschafft hat, wird von der Tintenwelt das Genre Fantasy gewählt. Ein außerordentlicher Zufall, findest du nicht?«, flüsterte er mir ins Ohr und fuhr mit seiner Aufzählung fort: »Dann gibt es ein Zusatz-Seminar, das zuvor mit keiner Silbe erwähnt wurde. Wir werden in einen Freizeitpark geschickt, dessen Aufenthalt maßgeblich für unseren Buchentwurf ist. Und wer hat das Glück, den Besitzer zu kennen? Schon wieder *du*. Du hast die Möglichkeit, an brisante Informationen zu gelangen. Im Gegensatz zu Isabell, Wilhelmina und mir. Ein weiterer Vorteil, den du nutzten kannst.«

Ich holte Luft, um zu protestieren, aber Magnus schnitt mir das Wort ab, bevor ich es aussprechen konnte: »Der Inhaber des Dracula Parks kennt deinen Vater und du verschweigst uns bewusst, dass du ihn auch kennst. Versuch erst gar nicht, es zu leugnen! Du solltest Schauspielerin werden und keine Schriftstellerin. Hier im *Edlen Tropfen* habe ich dir die Aufführung abgekauft, dass du Vlad zum ersten Mal in deinem Leben begegnet bist und erstaunt warst, als er den Namen von deinem Vater nannte und deinen kannte.«

»Und was hat deine Meinung dann bitteschön geändert?«

»Ich habe dich beobachtet, als du dich aus deinem Zimmer geschlichen hast. Du bist allein in einen Bereich des Waldes gegangen, der um diese Zeit für alle anderen Besucher offiziell nicht zugänglich war, und hast dich mit Vlad getroffen. Du hast niemanden von uns davon erzählt. Warum wohl?«

Magnus war mir in dieser Nacht gefolgt? Abgesehen davon, dass ich mein Versprechen Felia gegenüber hielt, würde er es mir ohnehin nicht abkaufen, wenn ich ihm berichtete, dass ich eine Fledermaus, der ich zufällig im Wald begegnet war, dorthin zurückgebracht hatte. Und Vlad mich selbst mit seinem Auftauchen überrascht hatte.

»Und auch sonst«, fuhr er aufgeheizt fort, ohne eine Antwort abzuwarten. »Diese künstlich herbeigeführten kurzen Begegnungen zwischen euch. Sollen die zufällig wirken? Da muss ich dich enttäuschen. Es ist sehr auffällig. Ich habe euch heute im Restaurant gesehen. Oder auch jetzt gerade. Wo du bist, taucht kurzerhand auch er auf. Von deiner offensichtlichen Schwärmerei will ich erst gar nicht reden!«

Ja, weil Vlad dachte, dass ich etwas im Schilde führte und mich überwachte. Innerlich zerriss es mich. Schon wieder konnte ich mit Magnus nicht offen sprechen.

»Wenn ich es nicht besser wüsste, würde ich meinen, dass da sogar etwas zwischen euch läuft!«

Ich sprang von meinem Stuhl auf. »Es reicht jetzt, Magnus! Die Art und Weise, wie du die Dinge zusammenreimst, mögen für dich einen Sinn ergeben, aber so ist es nicht.«

»Du fühlst dich angegriffen? Also habe ich recht?«, fragte

er provozierend und wich keinen Millimeter zurück, sodass wir dicht voreinander standen.

»Nein, hast du nicht!«

»Wenn dir auch nur ein Buchstabe an mir liegen würde, dann würdest du wenigstens jetzt ehrlich zu mir sein. Doch wie es aussieht, hatte ich mit meiner Vermutung recht, dass dir grundsätzlich nichts an mir liegt. Die freundschaftlichen Gefühle zu Wilhelmina sind gewiss auch nur simuliert ...«

»Das stimmt alles nicht!«, erwiderte ich verzweifelt.

»Oh, doch! Und ich versichere dir, dass nicht zulassen werde, dass dein Plan aufgeht! Du wirst diesen Schreibwettbewerb nicht gewinnen. *Du* nicht.« Magnus stieß sich abrupt vom Tresen ab und verschwand in der tobenden Menge. Im ersten Moment blieb ich regungslos stehen. Unfähig, ihm die Worte, die mir im Halse steckten, hinterherzurufen. Doch dann packte mich mein Kampfgeist und ich lief ihm hinterher. Das Letzte, was ich sah, bevor ich den edlen Tropfen verließ, war der stechende Blick von Vlad, der die Rolle von Wilhelminas Tanzpartner übernommen hatte.

Als ich an der frischen Luft angelangt war, sah ich Magnus am Waldrand aufgewühlt auf- und ab stolzieren. Abgesehen von einer kleinen Rauchergruppe waren wir die Einzigen, die sich vor dem Eingang der Bar aufhielten. Ich nahm meinen Mut zusammen und ging auf ihn zu. »Magnus ...«, begann ich.

Er bedeutete mir mit einer Geste, dass ich gebührenden Abstand zu ihm halten solle und ich blieb in wenigen Metern Entfernung stehen. Nach den Geschehnissen der vergangenen Nacht war es nachvollziehbar, dass er mich nicht in seiner Nähe haben wollte und nach dieser Vermutung schon gleich dreimal nicht. Trotzdem verletzte mich seine feindselige Art und das sagte ich ihm auch, aber er schenkte meinen Worten keine Beachtung. Seit ich mir die Welt um mich herum neu bastelte, graute es mir vor dem Tag, an dem sie die anderen betraten und erkannten, wie sie wirklich war. Tränen sammelten sich in meinen Augen. Und nun war das schlimmste aller denkbaren Szenarien eingetreten. Ein Verdacht, der Magnus auf eine völlig falsche Fährte geführt hatte. Was blieb mir noch für eine Wahl? Ich konnte mein Geheimnis nicht länger schützen. Es zu offenbaren, war meine einzige Chance, ihn zu besänftigen.

»Du willst die Wahrheit hören? Wir können uns die Tintenwelt nicht leisten. Ich musste das vor euch allen verbergen, weil ...«

»Oh, bitte verschone mich mit so etwas!« Er fuhr sich durch die Haare und lachte künstlich. »Du willst mir ernsthaft weismachen, dass die Hinterlassenschaft deines Vaters aufgebraucht ist? Wie erbärmlich! Das glaubst du doch selbst nicht!«

»Es ist aber so«, beharrte ich und erzählte ihm meine wahre Geschichte, so wie Felia kürzlich. Erstaunlicherweise hörte er mir zu, konnte sich ein verächtliches Schnauben zwischendurch jedoch nicht verkneifen. Am Ende zog er anerkennend die Mundwinkel nach unten und hielt den Daumen hoch.

»Ich ziehe den Hut vor dir. Aus dem Stegreif so einen Unfug zu erfinden, zeugt davon, dass deiner Fantasie keine Grenzen gesetzt sind. Vielleicht hättest du es auch ohne Betrug geschafft, den Schreibwettbewerb zu gewinnen!« Er stapfte davon und ich blieb gebrochen zurück.

»Was ist denn hier los?« Wilhelmina trat zu mir heran und legte mir eine Hand auf die Schulter. Nach dem Gespräch mit Magnus war ich bereit, mich ihr anzuvertrauen.

Ich wollte, dass sie es von mir erfuhr und nicht von ihm. Vielleicht konnte ich dadurch wenigstens unsere Freundschaft retten. Als ich mich zu ihr umwandte, blieb mein Blick an der aufgemalten Bisswunde an ihrem Hals hängen, die im Schein des Mondlichts glänzte. Als würde sich frisches Blut daran befinden. Meine Augen weiteten sich.

»Wurdest du gebissen?«, fragte ich entgeistert und deutete auf ihren Hals. Ich verzeichnete es als weiteres Indiz meiner Theorie bezüglich der Existenz von Vampiren in Transsilvanien. Sie warf amüsiert ihren Kopf in den Nacken und geriet dabei gefährlich ins Wanken. War sie betrunken?

»Haha. Von einem Vampir? Du bist so lustig, Sofia.«

Nun, da ich meine Gedanken zum ersten Mal laut ausgesprochen hatte, kam ich mir selbst albern vor. Wahrscheinlich hatte einfach jemand die Farbe aufgefrischt. Wilhelmina torkelte zur nächstgelegenen Bank. Ich ließ mich neben ihr nieder.

»Ich weiß nicht, ob du mir jemals verzeihst, aber ich muss es dir jetzt einfach sagen …« Ein leises Schnarchen ließ mich innehalten. Wilhelmina war eingeschlafen. Ich weckte sie und geleitete sie in ihr Gemach. In ihrem Zimmer angekommen, streifte ich ihr die flamingorosa Pumps von den Füßen und half ihr, sich in den Sarg zu legen. Danach deckte ich sie zu. Als sie wenige Atemzüge später bereits friedlich schlummerte, verließ ich leise den Raum. Ich war zu aufgewühlt, um mich selbst auch in mein Zimmer zu begeben, deshalb entschied ich mich, noch einmal rauszugehen.

Rastlos marschierte ich durch den Park. Magnus war so hasserfüllt gewesen. Zu welchen Handlungen er wohl noch fähig war? Elly sagte immer, dass der Grat zwischen Liebe und Hass schmal war und nun erlebte ich, wie es war, wenn jemand die Seiten wechselte. Verzweifelt überlegte ich, wie ich es schaffen konnte, ihn von seiner Spekulation abzubringen. Da er mir keinen Buchstaben weit mehr traute, war es zwecklos, ihn um ein Gespräch zu bitten. Und selbst wenn ich ihn von der Wahrheit überzeugen konnte, würde er sie in diesem Fall nicht auch gegen mich verwenden? Doch welche Option blieb mir dann noch? Tatenlos zusehen, wie er mir auf den letzten Metern der Zielgeraden den Weg versperrte? In welches Schlamassel war ich da nur hineingeraten!

Ich hatte jegliches Zeitgefühl verloren, als ich auf Höhe der Fledermaus-Achterbahn an der Gabelung links abbog. Schon bald endete der Pfad und war nur noch durch eine Karusselltür zu passieren. *Friedhof der (wilden) Tiere*, stand auf einer Tafel darüber. Ich ging hindurch und fand auf der anderen Seite einen weitläufigen Garten vor, der waldbewachsen war. Im Schattenkabinett der Bäume war er von gespenstisch beleuchteten Grabstätten geprägt. Erschrocken wirbelte ich herum, als ich eine feuchte Berührung an meiner Haut spürte. Ein junges Reh stakste einen Schritt zurück und blickte mich neugierig an.

»Hallo, wo kommst du denn her?« Ich sank auf die Knie und streckte behutsam meine Hand aus. Das Tier kam auf mich zu und schleckte mich erneut mit der Zunge ab. Ich streichelte es. Die Begegnung mit dem friedlichen Reh stoppte für einen Moment die Gedanken um die unausweichliche Katastrophe, die auf mich zurollte wie eine Lawine aus dutzenden Büchern.

»Willst du sie füttern?«

Ich hob meinen Blick und sah Vlad, der an einem Futterautomaten lehnte, der neben dem Eingang platziert war. Ich hatte sein Kommen gar nicht bemerkt.

»Bist du mir gefolgt?«

»Ja«, gab er frech zu und in einem Winkel meines klopfenden Herzens war es genau die Antwort, die ich hören wollte. Ich wünschte mir, dass es daran lag, dass er sich für mich interessierte und sein Abtrieb nicht der war, weil er mein Handeln überwachen wollte.

»Und warum?«, fragte ich, um es herauszufinden. Vlad betätigte eine Tastenkombination. Kurz danach öffnete sich ein Fach und er nahm eine Papiertüte heraus. Er überreichte sie mir. Das Reh schnupperte daran. Geduldig wartete es, bis ich sie öffnete, eine Handvoll Getreidekörner herausnahm und schalenförmig aufhielt.

»Weil ich finde, dass wir uns besser kennenlernen sollten.«

Überrascht blickte ich zu ihm auf, während sich weitere Bewohner des Waldes zu uns gesellten. Seine dunklen Augen ruhten auf mir und ich konnte nicht erkennen, welche Absichten hinter seinem Vorschlag steckten. Ich überlegte, ob ich das mit einem entsprechenden Kommentar deutlich machen sollte, aber mir kam eine Idee, deshalb entschied ich mich dagegen.

»Wenn ich den Ort für unser Kennenlernen vorschlagen darf?«

»Welcher schwebt dir denn vor?«

»Die Burg Hohenzollern.«

Vlad musterte mich nachdenklich, sodass ich fast schon befürchtete, er durchschaute meinen Hintergedanken. Wenn ich mich nämlich in Felias Nähe befand, konnten wir möglicherweise miteinander Kontakt aufnehmen. Ich musste unbedingt wissen, wie es der kleinen Fledermaus ging. Besonders, da ich nach Magnus' Verdacht nicht einschätzen konnte wie sich die Lage für mich entwickeln würde.

»Also gut«, willigte Vlad ein. »Für den kommenden Abend werde ich uns dort ein Mitternachts-Date arrangieren. Ich hole dich dann vor dem Dracula Resort ab.«

Noch bevor ich etwas darauf erwidern konnte, war Vlad ebenso schnell verschwunden, wie er gekommen war. Suchend blickte ich mich um und fragte mich, ob ich mir die Begegnung nur eingebildet hatte.

Nachdem ich den Inhalt der Futtertüte an weitere zutrauliche Rehe und Hirsche verteilt hatte, schlenderte ich weiter den Wanderpfad entlang. Die Tiere folgten mir eine Weile. Nach kurzer Zeit kamen uns die ersten Besuchergruppen entgegen und die Tiere schlossen sich ihnen an. Vermutlich hatten sie verstanden, dass ich kein Futter mehr bei mir hatte und versuchten ihr Glück bei den nächsten. Vor mir spaltete sich der Weg. Während ich überlegte, welche Richtung ich einschlagen sollte, kreuzten von der rechten Seite bekannte Gestalten meinen Weg. Franz lotste seinen Trupp aus der Abzweigung. Freudig winkte er mir zu, als er mich erblickte. »Servus!«

Ich grüßte zurück und fragte, wohin die Richtung führte, aus der sie kamen.

»Oh, ich sage es dir, es ist der beste Teil des Dracula Parks! Wir haben die halbe Nacht dort verbracht. Du gelangst dort zu …« Ehe er mit seinem Bericht fortfahren konnte, unterbrach ihn ein Mädchen, das drängend von einem Fuß auf den anderen hüpfte: »Können wir jetzt bitte weitergehen? Ich muss schon seit einer Stunde aufs Klo! Lange halte ich es nicht mehr aus!«

»Ja, sorry, Leute! Es geht schon weiter.« Entschuldigend hob er die Hände und setzte sich mit seiner Gruppe schleunigst wieder in Bewegung. Nach ein paar Metern drehte er sich zu mir um und rief: »Beachte unbedingt die Hinweisschilder. Beeil dich, wenn du sie noch sehen willst.«

»Sie?«, fragte ich, aber er hörte mich schon nicht mehr.

14. Kapitel

Ein Retter in der Bären-Not

Vereinzelt kamen mir Besucherinnen und Besucher entgegen, als ich den spärlich beleuchteten Wanderpfad entlangging, der mitten in einen dicht besiedelten Wald führte. Schließlich endete der Weg vor einer weiteren Karusselltür, die von einem hohen Gitterzaun umgeben war. Ich wollte gerade hindurchgehen, als ich ein Klick-Geräusch hörte. Abermals erklang es. Als würde jemand den Auslöser einer Fotokamera betätigen. Ich drehte mich um meine eigene Achse und sah gerade noch, wie jemand unweit von mir entfernt hinter einen Baum huschte. Der Ärmel einer senfgelben Jacke verriet mir, dass es sich bei dieser Person um Magnus handelte.

»Ich habe dich gesehen. Du kannst rauskommen«, sagte ich und verschränkte die Arme vor der Brust. Magnus trat hervor und hielt eine Kamera in der Hand. Ich zeigte darauf.

»Spionierst du mir etwa schon die ganze Zeit nach und fotografierst mich heimlich?«

»Ja«, gab er zu. »Vor dem Friedhof der wilden Tiere habe ich dich kurzzeitig aus den Augen verloren, aber dann kam mir Franz mit seiner Gruppe entgegen und ich habe erfahren, wo du dich aufhältst. Ich bin davon überzeugt, dass du dich wieder mit Vlad treffen wirst. Warum sonst solltest du mutterseelenallein im Park herumspazieren? Und ich verspreche dir, dass ich auch da sein werde, um diesen Moment festzuhalten.« Er hob die Kamera in die Höhe. Langsam wurde ich wütend. »Und was erhoffst du dir davon?«

Er zuckte die Schultern. »Na was wohl? Ich will Beweise sammeln.« Magnus schritt auf mich zu, während er weitersprach. »Nachdem ich das Geheimnis erraten habe, überlegte ich mir, wie ich strategisch nun am geschicktesten vorgehe. Eine offizielle Beschwerde bei dem Vorstand der Tintenwelt bringt mich wohl kaum weiter. Sie werden die Vorwürfe überzeugend zurückweisen, um ihren hervorragenden Ruf nicht zu gefährden.«

»Weil es da auch nichts zum Zugeben gibt! Wie oft noch, Magnus!«

Unbeirrt fuhr er fort. »Wenn ich der Öffentlichkeit vorlegen kann, welche arglistigen Mauscheleien in der Schreibakademie auf der Tagesordnung stehen, gerät der Vorstand unter Druck. Gewinnen lassen können sie dich dann nicht mehr, weil es einer Bestätigung der Anschuldigungen gleichkommen würde. Und die Tür, die dir in der großen Bücherwelt offensteht, wird für deine Zukunft schlagartig zuknallen. Denn einen faden Beigeschmack werden die Berichte über dich immer haben. Wer will schon die Geschichten einer Betrügerin verlegen? Es ist vorbei, Sofia. Tu dir selbst einen Gefallen und fahr nach Hause.« Die letzten Worte feuerte er mir regelrecht entgegen. Ich verstand seine Wut, jedoch schürte er mit seiner rachsüchtigen Vorgehensweise auch meine.

»Das werde ich nicht machen! So einfach lasse ich mich nicht vertreiben! Es enttäuscht mich, dass du nicht einmal bereit bist, in Betracht zu ziehen, dass deine Annahme verkehrt ist.«

Er schlug sich die Hände über dem Kopf zusammen. »O Mann. Fängst du jetzt wieder mit deiner Story über die finanzielle Notlage an?«

Es war, wie ich befürchtet hatte. Magnus ließ nicht mit sich reden. Er rutschte keine Zeile von seiner Spekulation ab. Eine

Versöhnung war ähnlich weit entfernt wie der Mond, der über uns am wolkenlosen Nachthimmel leuchtete. Es war zwecklos, ihn weiter zu überzeugen, deshalb wirbelte ich ohne ein Abschiedswort herum und steuerte der Karuselltür schnurstracks entgegen. Ich griff nach der Stange, die an der Drehtür befestigt war, und setzte sie somit in Bewegung.

Als ich auf der anderen Seite angelangt war, erstreckte sich vor mir eine einsame Weite. Ein Fluss durchkreuzte die steinige Ebene, dessen fließendes Wasser im Mondlicht silbrig glitzerte. Eingezäunt wurde dieses Gebiet von einer Gebirgskette, die sich eindrucksvoll vor mir in den von Sternen übersäten Nachthimmel erhob. *Was hier wohl sein mag?*

Magnus trat an das Gitter heran und krallte sich mit den Händen daran fest.

»Was willst du denn noch?«, fuhr ich ihn an. »Es reicht doch ...« Abrupt hielt ich inne, als ich im Schein des spärlichen Lichts der Laterne seine erstarrte Miene sah.

»Hast du das Schild gesehen?«

Verunsichert inspizierte ich die nachtfarbige Umgebung, konnte aber auf Anhieb nichts erkennen. Ich schluckte. Mir fiel der Rat von Franz ein, dass ich auf die Hinweisschilder achten und mich beeilen sollte, wenn ich sie – was immer *sie* auch sein mochten – noch sehen wollte. Siedend heiß fiel mir plötzlich der Grund für seinen Aufenthalt im Dracula Park ein und ich ahnte Unheilvolles.

»Was ... Was steht denn auf dem Schild?«, fragte ich stockend und Magnus antwortete zögerlich.

»Jede Nach bieten wir um ein Uhr dreißig eine Wilderlebnis-Wanderung an, bei der Sie die Gelegenheit haben, unsere Braunbären zu füttern. Bitte beachten Sie, dass das Betreten des Geheges von drei Uhr bis vier Uhr strengstens verboten ist. Unser geschultes Personal hat in dieser Zeit Pause.«

Ich riss die Augen auf. *Unserer Braunbären?* Das bedeutete, dass ich mich in einem Bärengehege befand? Die nächste Frage stellte ich, obwohl ich die Antwort bereits ahnte: »Und wie spät ist es jetzt?«

In der Ferne läutete eine Kirchturmuhr.

»Es ist Punkt drei Uhr.«

Die nächsten Sekunden kamen mir so vor, als würden sie sich in Zeitlupe abspielen. Die Geräusche um mich herum verstummten. Ich hörte nur noch das Klopfen meines Herzens. Panisch wandte ich mich um und stürmte zu der Tür, durch die ich soeben gekommen war. Mit aller Kraft ließ ich mich dagegen fallen, doch sie bewegte sich keinen Millimeter. Ich rüttelte mehrmals an dem eisernen Griff. Es war zwecklos. Sie war verriegelt. Ich war gefangen.

»Nein«, hauchte ich. Flach drückte ich mich mit dem Rücken gegen die kalte Tür. In meinem durch die Dunkelheit beschränktem Sichtfeld war tatsächlich kein Mensch zu sehen. Aber auch kein Tier. Ein Hoffnungsschimmer am Horizont.

»Hier steht auch, dass für diese Zeit das Gehege aus Sicherheitsgründen abgesperrt ist«, kommentierte Magnus und ich vernahm ein Schnauben. Es kam nicht von mir, obwohl es passend gewesen wäre. Es folgte ein Knirschen auf den Kiesboden, das ankündigte, dass sich Schritte näherten. Ich presste mich noch fester gegen die Tür. Das klang nicht nach einem Menschen. Magnus ließ von dem Gitter ab und taumelte ein paar Schritte zurück.

»Dddd... da sin sind ... Bä... Bär... Bären«, stotterte er. Kaum hatte er es ausgesprochen, sah ich aus dem Lichtschatten zwei niedliche Bärenjungen hervortollen. Würde ich hinter einer Scheibe im Münchner Tierpark Hellabrunn stehen, würde ich schmachtend daran kleben, aber in freier Wildbahn – Auge in Auge – hütete ich mich und zollte ihnen den nötigen Respekt.

Lieber Gott, bitte mach, dass sie mich nicht sehen.

Doch meine Gebete blieben unerhört. Die Tierbabys bemerkten mich und liefen auf ihren kleinen Tatzen schnurstracks auf mich zu. Sie beschnupperten meine Knie, während ich völlig regungslos an der Tür stand.

»O mein Gott. Die Mutter oder der Vater kommt auch noch!«, brüllte Magnus. Tatsächlich! Ein ausgewachsener Braunbär stand nur wenige Meter von mir entfernt. Am liebsten hätte ich selbst aus Leibeskräften geschrien, aber mein Überlebensinstinkt hielt mich zurück. Der Bär durfte nicht denken, dass ich eine Bedrohung für ihn und seine Kinder war, sonst wäre ein Angriff vorprogrammiert.

»Psst.« Mit zittriger Stimme forderte ich Magnus auf, leise zu sein. Schweißperlen sammelten sich auf meiner Stirn. Erst in einer Stunde würde sich die Tür wieder öffnen. *Solange halte ich nicht durch.*

Die Bärenkinder ließen unterdessen von mir ab und wälzten sich auf dem Erdboden. Ich blinzelte. Tränen lösten sich. Unaufhaltsam liefen mir die Salzwassertropfen über die Wangen. Ich schluchzte. Im nächsten Augenblick hielt ich mir erschrocken die Hand vor den Mund. Eine ruckartige Bewegung, die den ausgewachsenen Bären dazu brachte, sich aufzurichten und mich weiterhin aufmerksam zu beobachten. Ich mied seinen Blick.

»Bitte, mach irgendetwas«, flehte ich Magnus an. Nach seinen feindseligen Absichten hatte ich Angst, dass er mir die Hilfe verweigern würde, aber er blieb bei mir und verfiel in Panik.

»Ich weiß nicht, was ich tun soll! Die Bären ablenken? Ich könnte mit einem Stock am Gitter Geräusche verursachen. Oder soll ich einen Mitarbeiter des Parks verständigen? Aber dann müsste ich dich allein lassen!«

Der ausgewachsene Bär wartete nicht auf meine Entscheidung. Er knurrte und setzte sich in Bewegung.

»Stell dich tot!«, brüllte Magnus. »Das soll man bei einer Begegnung mit einem wilden Tier machen.«

Es gelang mir nicht, seinem Expertenrat zu befolgen. Das Tier kam näher. Mein Körper bebte. Der Bär war nur noch wenige Schritte von mir entfernt. Ich konnte meine Höllenangst auch nicht mehr zurückhalten und schrie: »Was soll ich denn jetzt tun?«

»Dich beruhigen. Es besteht keine Gefahr.« Diese Anweisung stammte nicht von Magnus.

»Vlad?«, riefen Magnus und ich wie aus einem Munde. Ich hörte einen surrenden Ton und die Tür sprang einen Spalt auf. Vor Erleichterung fielen mir tausend Knoblauchknollen vom Herzen.

Ich rutschte von der Tür weg, damit Vlad sie vollständig öffnen konnte. Er betrat das Gehege und versuchte mich zu besänftigen.

»Sharai ist an Menschen gewohnt. Sie tut dir nichts.«

Sharai, wie die Bärendame hieß, stürmte unterdessen zur Begrüßung auf Vlad zu und sprang an ihm hoch. In der Art, wie es ein Hund bei seinem Herrchen tat, wenn dieser am Abend von der Arbeit zurückkehrte. Vlad ließ sich auf eine kurze, scherzhafte Rangelei mit dem Raubtier ein. Auf ein Handzeichen von ihm legte sich Sharai auf den Boden. Sie verharrte dort. Es imponierte mir, dass er mit diesem Tier interagieren konnte. Trotzdem wollte ich zwischen die Bewohnerin des Geheges und mich schnellstmöglich einen gebührenden Sicherheitsabstand bringen. Ich presste mich dicht gegen das Gitter.

»Können wir jetzt gehen?«

Vlad ging in die Knie und fuhr mit der Hand durch Sharais Fell. Genussvoll hob sie ihm den Kopf entgegen.

»Bist du sicher, dass du sie zuvor nicht streicheln möchtest?«, wollte er wissen

»Ganz sicher!«, erwiderte ich.

Vlad lachte, auf sein Zeichen hin erhob sich Sharai und ging an mir vorbei. Sie verschwand von dem Eingangsbereich des Geheges und die Bärenjungen mit ihr. Erleichtert atmete ich auf.

»Oh, danke.«

Vlad führte mich aus dem Gehege. Mit einer digitalen Karte verriegelte er die Tür, hinter der Magnus mich empfang. Der Schrecken stand ihm noch ins Gesicht geschrieben.

»O Gott, ich hätte nicht gedacht, dass du das Gehege lebend verlassen wirst.«

Ich holte Luft, um mich auch bei ihm für seinen Beistand zu bedanken, doch seine Miene verfinsterte sich schlagartig. »Doch dank dem heldenhaften Auftritt deines Lieblingsvampirs konntest du gerettet werden.«

Ich errötete. Hatte Magnus vergessen, dass Vlad bei uns stand und jedes Wort hören konnte? Peinlich berührt senkte ich den Blick und beschloss deshalb so zu tun, als hätte ich den Satz nicht gehört.

»Danke, dass du bei mir geblieben bist.«

»Schon gut, aber glaub ja nicht, dass ich deshalb vergessen hätte, was ich herausgefunden habe.« Sein Blick flog zwischen Vlad und mir hin und her. »Wie wäre es mit einem Foto? Jetzt, wo ihr so zufällig nebeneinandersteht?«

Das Wort *zufällig* betonte er extra stark. Ich funkelte ihn an. »Du hast schnell vergessen, dass ich gerade Todesangst hatte! Und nun möchtest du auch noch einen Vorteil daraus ziehen? Du solltest dich schämen!«

Ungehindert richtete Magnus das Kamera-Objektiv auf uns. Als er den Auslöser betätigen wollte, schritt Vlad ein, der unserer Unterhaltung bis zu dem Zeitpunkt schweigend gefolgt war.

»Untersteh dich!«, rief er ihm in einem scharfen Ton, der keinen Widerspruch duldete. Ich war heilfroh, dass er sich für mich einsetzte. »Andernfalls erteile ich dir mit sofortiger Wirkung ein Aufenthaltsverbot im Park!«

Ein Sturm tobte in Magnus' Augen. Er wusste, dass damit seine Teilnahme am Wettbewerb enden würde und das konnte er nicht riskieren. Erzürnt stürmte er davon. Ich sah ihm aufgebracht hinterher, bis Vlad sich an mich wandte.

»Komm, ich begleite dich zurück zum Hotel.«

»Wo bist du eigentlich auf einmal hergekommen?«, fragte ich ihn, während wir den Pfad entlang gingen.

»Ich war in der Nähe und habe eure Stimmen vernommen«, erklärte er.

»Ich kann mir vorstellen, dass wir nicht zu überhören waren«, fügte ich hinzu und dachte an die lauten und verängstigten Ausrufe.

Als Vlad sich an meiner Zimmertür verabschiedete, wünschte er mir einen angenehmen Schlaf und fragte, ob unsere Verabredung noch stand. Also hatte ich mir die Begegnung bei den Rehen nicht eingebildet. Ein aufregendes Kribbeln machte sich in mir breit, als ich daran dachte, dass er mich um kurz vor Mitternacht abholen würde.

»Na klar, bis morgen.«

Nachdem Vlad ging, fiel ich erschöpft in den Sarg und schlief trotz der aufregenden Ereignisse schon bald ein …

15. Kapitel

Vampir-Image vs. Bayerisches Königshaus

Als ich am nächsten Abend aufwachte, waren die Fledermäuse in meinem Bauch immer noch da. Nachdem ich den ganzen Inhalt meines Koffers einmal an- und ausgezogen hatte, entschied ich mich für ein schwarzes luftiges Kleid mit langen Ärmeln, das über den Knien endete. Mit beigefarbenen High Heels rundete ich das Outfit ab. Danach steckte ich mir viermal meine Haare neu hoch. Ich drehte mich vor dem Spiegel prüfend hin und her. Nachdem mich keine Frisur überzeugen konnte, ließ ich meine Haare letztendlich offen über die Schultern fallen. Nur die langen Ponysträhnen hatte ich eingedreht und nach hinten gesteckt. Anschließend öffnete ich meinen Kosmetikbeutel und pinselte mir einen dunklen Lidschatten auf das Lid. Smokey Eyes? Nein, Vlad sollte nicht denken, dass ich mich extra für ihn aufgebrezelt hatte. Also schrubbte ich mir das Pulver mit einem Wattepad wieder ab und schminkte mich dezent.

Als ich zufrieden mit einem Erscheinungsbild war, beschloss ich, nach Wilhelmina zu sehen.

»Hey, hübsch siehst du aus«, sagte sie, als sie mir ihre Zimmertür öffnete. Sie war mit einem ungewohnt lässigen Jumpsuit gekleidet und hatte ihre dunkelbraunen Haare zu einem unordentlichen Dutt zusammengebunden. Ich bedankte mich bei ihr und trat ein.

»Du siehst aus, als hättest du etwas vor?«

»Und du siehst verkatert aus«, stellte ich fest und deutete

auf das Glas in ihrer Hand, in dem sich eine Brausetablette im Wasser auflöste.

»O ja, das war es wert. Ich hatte so richtig viel Spaß. Jetzt bin ich allerdings neugierig, was du mir zu berichten hast.«

Wir ließen uns nebeneinander auf ihrem Sarg nieder und ich erzählte ihr den Grund für meine Aufmachung. »Vlad hat mich eingeladen.«

Überrascht hob sie ihre Brauen. »*Der* Vlad?«

Ich nickte und sie pfiff anerkennend. Ich fragte ganz offen, ob es sie störte.

»Quatsch. Warum sollte es das?«

»Weil du auch ein Auge auf ihn geworfen hast?« Ich warf ihr einen vorsichtigen Blick zu und sie stupste mich neckend in die Seite.

»Wie alle weiblichen Wesen, die ihm begegnen, trotzdem brauchst du dir deshalb keine Gedanken zu machen.«

»Ja, aber schließlich habt ihr gestern auf der Party zusammen getanzt und …«

»Moment mal.« Sie unterbrach mich und schüttelte irritiert den Kopf. »Höchstens in meinen Träumen, in der Realität hat Vlad nicht mit mir getanzt. Er war gestern überhaupt nicht im *Edlen Tropfen*.«

»Doch, ganz sicher. Erinnerst du dich nicht mehr? Er kam erst zu mir an die Bar und als ich gegangen bin, habe ich euch zusammen gesehen.«

Wilhelmina warf lachend den Kopf in den Nacken. »Jetzt frage ich mich tatsächlich, wer von uns beiden zu viel Alkohol erwischt hat. Ich versichere dir, dass ich es nicht vergessen hätte, wenn es so gewesen wäre.«

Ich war mir sicher, dass ich mich nicht irrte, doch ich entschied mich, nicht weiter auf mein Recht zu pochen. Eine Antwort auf die Frage, was Vlad von ihr gewollt hatte, würde ich ohnehin nicht bekommen, wenn sie durch den

Cocktail-Konsum einen Filmriss hatte. Wenn meine Mutter am Abend zu viel Rotwein getrunken hatte und sie am nächsten Morgen nicht bei einem Termin meiner Lehrerin erschien, war sie auch immer felsenfest davon überzeugt, dass ich ihr es nicht mitgeteilt hatte. In keiner der vielen Diskussionen, die wir über sämtliche Belange geführt hatten, hatte sie die Möglichkeit in Betracht gezogen, dass sie es vergessen haben könnte.

»Ein bisschen neidisch bin ich jetzt schon«, gab Wilhelmina schließlich zu und nippte an ihrer Flüssigkeit. »Kannst du mir bitte verraten, wie es zu diesem Date gekommen ist? Als ich Vlad zum ersten Mal im edlen Tropfen gesehen habe, wollte ich mich von ihm als Ferienflirt erobern lassen, aber die Vorstellung habe ich mir schnell abgeschminkt. Er hat überhaupt kein Interesse an mir gezeigt! Das bin ich wirklich nicht gewohnt. Und ich werde ihm umgekehrt ganz bestimmt nicht hinterherlaufen! Du weißt, wie es ist, wenn ich normalerweise irgendwo auftauche: Die Jungs schauen zu mir auf und sind von meiner bezaubernden Schönheit fasziniert. Womit auch immer sie in diesem Moment beschäftigt sind, sie lassen es liegen, um mich alle zu umwerben. Sie würden für einen Kuss von mir einen Drachen töten, wenn noch welche existieren würden.«

Innerlich schmunzelte ich über die *bescheidene* Meinung meiner Freundin zur Außenwirkung ihrer Person.

»Er hingegen…« Sie schüttelte kaum merklich den Kopf und blickte in ihr Glas, als würde sie darin den Grund für sein Desinteresse lesen können. »Er ist so anders. So unnahbar und unerreichbar. Einen gewissen Reiz hat das für mich schon, aber seien wir mal ehrlich: Dieses Vampir-Image passt nicht in ein bayerisches Adelshaus, deshalb möchte ich meine Zeit auch gar nicht mit ihm verschwenden. Ich gönne dir seine Aufmerksamkeit.«

Ich lächelte sie dankbar an und war froh, dass Wilhelmina in ihrem Redefluss keine Antwort mehr einforderte, wie es zu dem Treffen heute Mitternacht gekommen war.

»Was hast du für heute Nacht geplant?«, fragte ich, um sie vom Thema abzulenken.

Sie winkte ab. »Ach, ausnahmsweise mal nichts Aufregendes. Eigentlich wollte ich endlich das Paket von der Tintenwelt auspacken, aber ich habe keine Lust dazu. Kopfschmerzen und Müdigkeit sind ohnehin schlechte Begleiter für das Lesen in alten Wälzern. Ich werde mich wieder in den Sarg legen und weiterschlafen.«

»O je! Das Paket liegt bei mir auch noch ungeöffnet im Zimmer. Morgen Abend muss ich unbedingt mit der Aufgabe beginnen.«

Als Wilhelmina und ich uns voneinander verabschiedeten, wünschte ich ihr eine gute Erholung und sie sich einen anschließenden Bericht über das Treffen.

Auf dem Weg nach draußen begegnete ich Magnus im Treppenhaus. Wir hielten beide auf gleicher Höhe inne. Wie sollte ich ihm gegenübertreten?

»Wohin des Weges?«, fragte er stichelnd. »Lass mich raten: Zu deinem Vampir, dem edlen Retter von Transsilvanien?«

Ich machte Platz für einen Gast, der an uns vorbeigehen wollte, um in den nächsten Stock zu gelangen.

»Und wenn es so wäre?«

Als der Gast außer Hörweite war, ermahnte mich Magnus, dass ich mich wegen des Beistands meines Möchtegern-Vampirs, wie er Vlad nannte, nicht in Sicherheit wiegen brauchte.

»Auch ohne ein Foto werde ich Beweise finden, die ...«

Mitten in seinem Satz lenkte sich meine Aufmerksamkeit auf einen Schatten, der hinter der milchgläsernen Scheibe flatterte. Eine Fledermaus? *Felia bist du das?*, fragte ich hoffnungsvoll. In meinem Kopf blieb es stumm. Magnus redete währenddessen weiter, aber ich hörte ihm gar nicht mehr zu. Ich warf noch einen letzten unauffälligen Blick über seine Schulter, aber der Schatten war fort.

»Ach, Magnus, nutze doch deine wertvolle Zeit für die Recherche und verschwende sie nicht mit mir«, sagte ich ernüchtert und ließ ihn an der Treppe stehen. Als ich die Eingangstür des Dracula Parks erreichte, wandte ich mich noch einmal um, um zu prüfen, ob Magnus mir gefolgt war. Er stand noch auf derselben Stufe wie gerade eben und funkelte mich an, als er meinen Blick auffing. Dann ging er nach oben. Ich wartete, bis sich die Glastüren vor mir automatisch öffneten und ich ins Freie hinausgehen konnte.

Erleichtert stellte ich fest, dass Vlad noch nicht hier war, so konnte ich noch paar Atemzüge meinen Gedanken nachhängen. Gegenüber vom Dracula Resort erspähte ich am Waldrand eine abgelegen platzierte Parkbank. Als ich dorthin gehen wollte, wurde ich sanft durch eine Hand auf meinem Arm zurückgehalten. Ich drehte mich um meine eigene Achse. Überrascht stellte ich fest, dass es sich um Răzvan handelte. Nervös blickte er in alle Richtungen, als wollte er sich vergewissern, dass sich unter den Besucherinnen und Besuchern, die das Gebäude verließen oder hineingingen, niemand Spezielles befand. Schließlich überreichte er mir einen altertümlichen Briefumschlag mit einem purpurfarbenen Siegel, auf dem die Initiale F eingraviert war.

Wispernd wandte er sich an mich. »Zsófia, ich bitte dich vielmals um Verzeihung, dass ich dich hier so überfalle, aber es ging nicht anders. Ich soll dir von Prinze… also von Felia eine Nachricht überbringen. Ich gebe dir jetzt das Schriftstück. Lies die Botschaft unter keinen Umständen laut vor, weil … weil …« Er geriet in Erklärungsnot und ich half ihm.

»Ich verstehe schon. Damit niemand von dieser Korrespondenz erfährt. Es wundert mich allerdings, dass du mir einen Brief überbringst. Bist du ein Vertrauter von ihr?«, flüsterte ich und nach keinem kurzen Zögern nickte er.

»Ja, so kann man es betiteln.«

Ein leises Piepsen ertönte. Răzvan warf einen Blick auf seine Smartwatch, über die er eine Information erhalten hatte. »Oh, die Schulklasse aus Rom ist soeben eingetroffen. An der Bissbezahlung brauchen sie meine Hilfe. Ich habe leider keine Zeit mehr, um deine Antwort auf die Nachricht abzuwarten, aber es ist ohnehin besser, wenn uns niemand zusammen sieht. Treffen wir uns doch morgen Abend wieder an dieser Stelle und du übergibst mir deinen Antwortbrief für Felia.«

Kaum hatte er das letzte Wort ausgesprochen, legte sich eine Grabesstille über den Dracula Park. Die Lichter der Laternen fackelten. Einen Herzschlag lang erloschen die Flammen. Als sie sich wie von Zauberhand eigenständig wieder entzündeten, war weit und breit kein Mensch mehr zu sehen. Nur Răzvan und ich befanden uns noch vor dem Hotel. Hektisch blickte er zu allen Seiten. Dann legte er seinen Zeigefinger auf den Mund und bedeutete mir zu Schweigen. Schweißperlen sammelten sich auf seiner Stirn. Was ging hier vor sich? *Komm mit*, formte er lautlos mit den Lippen und versuchte mit seinen weißen Arztschuhen geräuschlos über den Kies zu schleichen. Mit wild pochendem Herzen folgte ich ihm. Răzvan lotste mich zu der abgelegenen Parkbank und bedeutete, dass ich mich setzten sollte. Ich ließ mich nieder und krallte mich an den Holzbrettern fest. Er selbst verschwand hinter dem nahegelegenen Baumstamm einer Eiche. Um mir selbst Mut zu machen, redete ich mir ein, dass es sich um einen Streich handelte. Hatte Vlad nicht erwähnt, dass es für die Besucherinnen und Besucher einen besonderen Reiz darstellte, nicht zu wissen, was in der Realität geschah und was eine Illusion war?

In der Stille kam mir ein eigener Atem zu laut vor. Nach Sekunden, die mir wie eine Ewigkeit erschienen, manifestierte sich druckschwarzer Nebel auf dem Boden um mich herum. Das fühlte sich nicht nach einem Scherz an. Meine Nackenhaare stellten sich auf. Der Nebel wurde immer dichter und bildete zwei Seile, die sich schlangenartig um meine Handgelenke wickelten. Sie fühlten sich seltsam kühl auf meiner Haut an. Ehe ich mich versah, fesselten sie mich an die Bank. Was war das? Furchterfüllt zerrte ich an den übernatürlichen Bändern, aber der Griff verstärkte sich durch meinen Widerstand nur noch mehr. Plötzlich vernahm ich erstickte Laute von Răzvan. Als hätte er einen Knebel im Mund. Meine Höllenangst wuchs ins Unermessliche. Ich konnte den Impuls nicht mehr unterdrücken. So laut ich konnte, rief ich um Hilfe. Doch der Park war wie leergefegt.

»Hört mich denn niemand?«, schrie ich verzweifelt.

»Ich höre dich, mein kleines Fledermäuschen.«

Ich vernahm das Schlagen von dutzenden Flügeln, wie einst, als die Kutsche an mir vorbeigefahren war. Als ich bei dem nächsten Atemzug meine Lider hob, stand Vlad wie ein Phantom vor mir.

16. Kapitel

Felia und ihr goldener Käfig

Ich schloss es aus, dass Vlad gekommen war, um mich aus meiner nächsten Notlage zu befreien. Dieses Mal befürchtete ich, dass er es war, der mich in diese Situation gebracht hatte. Vielleicht hatte Răzvan den Brief nicht unbeobachtet aus der Burg Hohenzollern schleusen können. Und nun wurden wir auf frischer Tat ertappt und standen vor Vlad beide als Verräter da. Obwohl die Lage für ihn als Außenstehenden eindeutig war, schwor ich mir, nicht leichtfertig zu gestehen. Ich versuchte mein wild pochendes Herz zu ignorieren und konzentrierte mich auf Vlad, damit mir kein Fehler unterlief. In gebührendem Abstand landeten hinter ihm unzählige Fledermäuse auf dem Boden. Ich hatte mich also nicht verhört. *Führte Vlad diese Schar an? War er tatsächlich ein Vampir oder ein anderes übersinnliches Wesen? Ein Magier vielleicht?* Nach den Bändern, die von Zauberhand erschienen waren, war ich mir vor allem mit einer Sache sicher: Ein Mensch so wie ich, war er keineswegs.

»Liebe Zsófia, du kannst deine Frage frei aussprechen«, sagte Vlad und ich riss die Augen auf.

»Du kannst mich hören?«

Sein Mund verzog sich zu einem Lächeln. »Ach, jetzt tu nicht so überrascht.«

Ich stöhnte. Reihte er sich nun in dieser Nacht hinter Magnus ein, der in der Schlange vor der Annahme stand, dass jedes Wort, das meinen Mund verließ gelogen war?

»Ich habe absolut keine Ahnung, warum du die Telepathie empfangen konntest. Kann ich jetzt gehen?«

Sein Blick ruhte auf mir, während ich sprach. Seine steinerne Miene blieb dabei unverändert, deshalb konnte ich nicht erkennen, was in ihm vorging. »Ich lasse dich erst frei, wenn ich weiß, was hier vor sich geht. Leider hast du mir nun einen erneuten Anlass gegeben, an deinen Absichten zu zweifeln«, meinte er schließlich entschieden. Also steckte er tatsächlich dahinter.

»Und was genau willst du von mir?«, fragte ich und versuchte Vlad abzulenken, in der Hoffnung, dass Răzvan in der verschafften Zeit die Flucht gelang.

»Zuallererst händigst du mir den Brief aus, der dir soeben von Răzvan übergeben wurde.«

»Ich weiß nicht, wovon du sprichst.«

Vlad legte den Kopf schief und schenkte mir ein mildes Lächeln. »Es ehrt dich, dass du in deiner Lage noch Loyalität gegenüber Felia und Răzvan beweist.« Er setzte sich neben mich und bevor ich protestieren konnte, zog er den Brief heraus, der unter meinem Oberschenkel hervorlugte. Vlad brach das Siegel und öffnete den Umschlag. Er zog das Papier mit der handgeschriebenen Nachricht hervor. In der Dunkelheit konnte ich nicht erkennen, was darauf stand. Während er die Zeilen las, wurde seine Miene finster.

Als er fertig war, hob er seine Hand, an dessen Finger der Ring steckte. Der tintenschwarze Kristall funkelte, als würde er sich im Antlitz der Sonne befinden. Die oberste Schicht des Nebels begann zu dampfen. Schwarz schimmernder Rauch stieg auf und als ich die kalte Luft einatmete, senkten sich meine Lider und ich war nicht mehr fähig, meine Augen zu öffnen. So musste sich Dornröschen gefühlt haben, als sie sich an der Spindel stach und in den hundertjährigen Schlaf fiel. Nun gegen das Einschlafen anzukämpfen, war ebenso unmöglich. Mein Körper, über den ich jegliche Kontrolle verloren hatte, erhob sich schwebend und brachte sich in eine liegende Position. Es fühlte sich an, als würde sich ein seidenes Tuch unter mich legen und durch die Luft tragen.

Nach wenigen Metern fiel ich einen traumlosen Schlaf. Das Letzte, was ich hörte, war wie Vlad Răzvan sein Enttäuschen äußerte, dass er als Bote für Felia arbeitete. Dabei schlug er einen deutlich schärferen Ton an als mir gegenüber. Vlad teilte ihm mit, dass er sich über seinen weiteren Verbleib in Transsilvanien mit dem Kristallrat beraten würde ...

Auf einem kalten, harten Boden kam ich wieder zu mir. Blinzelnd richtete ich mich auf. Dabei zog sich eine eiserne Kette klirrend über den steinernen Boden. Erschrocken stellte ich fest, dass man mich wie eine Gefangene in einem Mittelalter-Roman an einer kiloschweren Kette gefesselt hatte, die in der Mauer verankert war. Erschöpft ließ ich mich gegen die Wand sinken.

»O nein, da muss was schiefgelaufen sein! Das sieht nicht aus, als hättest du dich versehentlich in mein Verließ verirrt.«

Nein, ein Versehen war es keineswegs. Moment mal, das war die Stimme der kleinen Fledermaus.

»Felia?« Schlagartig öffnete ich meine Lider und ließ meinen Blick durch den Raum gleiten. Die kleine Fledermaus war nicht hier. Nur ein Mädchen, das in einem riesigen Vogelkäfig gefangen war, und ich. Sie schien ungefähr in meinem Alter zu sein. Ihr zierlicher Körper war in ein schwarzes Kleid eingehüllt. Die Gefangene nahm sich die Kapuze vom Haupt und dunkelgraues Haar fiel ihr über die Schultern. Das Mädchen trat an den Rand des Käfigs und umklammerte die goldfarbenen Stäbe mit zarten Fingern.

»Bitte erschrick nicht. Ich bin hier bei dir.«

Ungläubig musterte ich sie. Die Worte, die ihren Mund mit den schwarz bemalten Lippen verließen, hatten exakt denselben Stimmklang wie die der kleinen Fledermaus. Hatte Felia tatsächlich die Fähigkeit, eine Menschengestalt anzunehmen? Nach den mysteriösen letzten Minuten, die ich erlebt hatte, hielt ich es für wahrscheinlich, dass neben Vlad auch noch weitere übernatürliche Wesen in Transsilvanien existierten.

»Du ... Du bist Felia?«, fragte ich vorsichtig.

»Ja, die du im Wald gerettet hast.« Sie lächelte mich freundlich an und entblößte dabei spitze Eckzähne. Ich starrte sie weiter an, war unfähig zu sprechen. Die Bestätigung, dass all meine Fantasy-Träume nun wahr wurden, war überwältigend.

»Es tut mir unendlich leid, dass du wegen mir in diese Lage geraten bist. Ich weiß, es ist schwer zu begreifen, aber es ist nun an der Zeit, dass du erfährst, wer ich wirklich bin. Fledermäuse sind nicht nur Tiere, so wie du sie in deiner Welt kennst. Sie sind alle Vampire und ich bin einer davon.«

Meine Augen weiteten sich. Alle Fledermäuse waren Vampire? Soeben waren also hunderte Vampire hinter Vlad auf dem Boden gelandet? Mein Herz klopfte aufgeregt drei Takte schneller. Ich richtete mich auf und zog dabei klirrend die Kette über den Boden. Das war zu verrückt um wahr zu sein! Was, wenn das alles noch nur eine aufwändig inszenierte Show war und ich gefilmt wurde? Das Video würde dann auf der Abschlussfeier in wenigen Wochen für viele Lacher sorgen, wenn ich mich so leicht von der Existenz von Vampiren überzeugen ließ. Auch wenn ich durch meinen Vater eine Affinität zu paranormalen Aktivitäten hatte, durfte ich mich nicht blenden lassen. Ich inspizierte noch einmal gründlich den Raum. Auf den ersten Blick konnte ich in dem fensterlosen, von Spinnweben übersäten Burgverlies keine Kameras entdecken.

»Ich gebe dir mein Fledermaus-Ehrenwort, dass du nicht ausgetrickst wirst«, kommentierte das Mädchen. »Ich konnte dir meinen vollständigen Namen nicht verraten, aber das möchte ich nun nachholen: Ich heiße Felia Estera Andoria von Flatterstein. Prinzessin der Fledermäuse und Auserwählte der Farbe Purpur.«

Ich soll dir von Prinze... also von Felia eine Nachricht überbringen. Răzvan hatte also das Wort Prinzessin sagen sollen, bevor er es sich anders überlegte und den Namen der kleinen Fledermaus anstelle ihres Titels wählte. Als ich zu Felia sah, mischten sich wie auf Kommando neben den spiegelnden Fackeln der Kerzenlichter violette Pigmente in ihre nachtfarbene Iris, bis sie vollständig eingefärbt war und aufleuchtete. Fasziniert beobachtete ich das magische Lichtspiel.

»Warte. Ich gebe dir noch mehr Eindrücke, um dich zu überzeugen.« Sie legte sich grübelnd einen Finger an den Mund.

»Hm ... Möglicherweise hilft es dir, wenn ich die Fledermausgestalt annehme.« Das Mädchen senkte die Lider. Aus dem Bereich zwischen ihrem Hals und dem Dekolleté, der hinter dem Stoff des Kleides bedeckt war, trat schillernder purpurfarbener Rauch hervor und hüllt sie ein. Nach wenigen Sekunden verpuffte er und anstelle des Mädchens flatterte nun eine kleine Fledermaus in dem Käfig, der geschrumpft war und sich auf ihre Größe angepasst hatte. Fasziniert hielt ich mir die Hand vor den Mund. Das war keine Täuschungskunst der Sinne. Das Mädchen hatte sich leibhaftig ohne trügerische Mittel in eine Fledermaus verwandelt. Der Rauch, den sie heraufbeschwören könnte, war eine Gemeinsamkeit, die Felia mit Vlad teilte. Nur mit dem Unterschied, dass er bei ihr purpurfarben war und bei Vlad schwarz. Vorhin auf der Parkbank ... Wie ich es schon vermutet hatte, war es keine Nebelmaschine gewesen. Es handelte sich um Magie. Und wenn Felia ein Vampir war, hatte ich hiermit die Bestätigung, dass Vlad auch einer war.

»Siehst du.« Sie nahm auf selbem Wege umgekehrt wieder die menschliche Gestalt an und der Käfig kehrte zu seiner ursprünglichen Größe zurück. »Glaubst du mir nun?« Ihr Blick war voller Hoffnung. So musste auch meiner ausgesehen haben, nachdem ich Magnus meine wahre Geschichte offenbart hatte. Selbst wenn ich es nicht getan hätte, hätte ich es nicht übers Herz gebracht, ihr diese mit einem verneinenden Wort zu zerstören.

»Ja, das tue ich«, erwiderte ich und meinte es auch so. Obwohl die sich die Synapsen in meinem Gehirn erst neu verknüpfen mussten, um das Erlebte zu verarbeiten. Neugierig kniete ich mich vor den Käfig und sie ließ sich ebenso auf den Boden sinken.

»Unglaublich«, flüsterte ich. Ich sagte es mehr zu mir selbst als zu Felia. Es existierten also tatsächlich Vampire und einer davon saß mir gegenüber. Wie alt sie wohl war? Tausend Fragen wirbelten durch meinen Kopf. Oh, wenn mein Vater nur hier bei uns sein könnte! Er würde unverzüglich seine Forschungszelte in Transsilvanien aufschlagen. Ich stellte mir vor, wie eifrig er die Spezies mit seinem Team ergründen würde. Doch im selben Atemzug radierte ich den Gedanken wieder aus. Der Anblick, den mir Felia in diesem goldenen Käfig bot, war genau das, was geschah, wenn jemand wie sie in die Fänge eines Menschen geriet. Nach einer ausgiebigen Studie als Sensation festgehalten bis in alle Ewigkeit. Noch nie hatte ich mich vorher in die Lage der Geschöpfe versetzt, deren Freiheit für immer verloren war. Plötzlich schämte ich mich dafür.

Felia fing meinen Blick auf und lächelte aufmunternd. »Ich wurde ja nicht von deinesgleichen eingesperrt.« Sie erzählte mir, dass ihr Bruder dafür verantwortlich war. Als erstes kam mir dafür nur einer in den Sinn: Vlad.

»Also ist Vlad dein Bruder?«

Das Vampirmädchen nickte.

»Und hat er wirklich die Wahrheit gesagt, als er sich als Draculas Neffe vorstellte?«

»Auch das stimmt«, sagte Felia und eine Gänsehaut überkam mich. Dracula hatte also ebenfalls wirklich existiert? Mit der Reise nach Transsilvanien erfüllte sich mein Herzenswunsch und ich verliebte mich ausgerechnet in den Neffen von Dracula und legte mich mit ihm an?

»Bei allen Schreibfedern dieser Welt, warum hält er dich gefangen?«

Sie seufzte leise. »Vlad möchte mich und unsere ganze Spezies beschützen. Mir ist versehentlich die Katastrophe passiert, die er seit über einem Jahrhundert verhindert. Ich habe gehört, dass du heute hierher auf die Burg Hohenzollern kommst und habe dir deshalb eine Nachricht zukommen lassen, indem ich dich um deine Hilfe bitte.« Verzweiflung mischte sich in ihren Ton. Sie berichtete mir von ihrem Plan, den sie geschmiedet hatte. Felia hatte heute Nacht ein Treffen mit mir arrangieren wollen. Während meinem Aufenthalt auf der Burg Hohenzollern sollte Răzvan Vlad ablenken, damit ich unbemerkt in ihr Verließ gelangen konnte.

»Hast du in den Brief auch geschrieben, wofür du meine Hilfe benötigst?«, fragte ich eindringlich und nahm mir vor, mich zu einem späteren Zeitpunkt nach ihrem Alter zu erkundigen. Sie bejahte und ich erzählte ihr, was nach der Postübergabe vorgefallen war.

»Mein Bruder hat diesem Brief gelesen?« Das Mädchen wurde noch eine Nuance bleicher, als es ohnehin schon war.

17. Kapitel

Felias Farbe

Das Vampirmädchen bekam eine Schnappatmung und fächelte sich mit den Händen Luft zu. »Bei Dracula! Wenn mein Herz nicht schon längst in vergangener Zeit aufgehört hätte zu schlagen, dann wäre es jetzt nach dieser Information zum Stillstand gekommen.«

»Ist es zum Sterben schlimm, weil Vlad informiert ist, dass du mich heute Nacht treffen wolltest? Oder liegt es daran, dass er weiß, du in Răzvan einen Komplizen hast?«

Felia ließ sich auf den Boden ihres goldenen Käfigs sinken und schlug sich die Hände auf die Stirn. »Ach, nein. Natürlich ist es für meine Zukunft nicht gerade vorteilhaft, dass Vlad erfahren hat, dass ich einen Verbündeten unter uns habe, aber wir konnten es ohnehin einige Jahrzehnte länger geheim halten, als ich es für möglich gehalten habe. Das eigentliche Desaster ist, dass ich dir die Katastrophe, von der ich soeben sprach, in dem Brief geschildert habe und Vlad es gelesen hat.« Sie seufzte leise und fuhr fort. »Ich hielt es für das Beste, dich über alles mit unausgesprochenen Worten zu informieren. Weißt du ...« Felia deutete um sich und sprach deutlich leiser weiter als zuvor: »Es ist nicht so einfach, ungestört eine derartige Unterhaltung zu führen. Vlad hält sich hauptsächlich auf Burg Hohenzollern auf und du hast mit eigenen Augen gesehen, wie groß allein seine Leibgarde ist. Es wimmelt hier also nur so von Vampiren. Vampire können Schallwellen empfangen, die ein menschliches Ohr niemals hören würde. Beispielsweise kann ich die Bewegungen der Spinnen hören, die sich hier im Raum befinden.«

Angewidert verzog ich die Mundwinkel und ließ meinen Blick durch das Verließ huschen. In den Spinnweben, die den Raum bedeckten, tummelten sich tatsächlich einige schwarze Exemplare. Ein Schauder lief mir über den Rücken.

»Igitt. Ein Grund, warum es besser ist, ein Mensch zu sein.« Ich widmete meine Aufmerksamkeit wieder Felia und versuchte zu ignorieren, dass ich mit den Tieren zusammen gefangen war. »Ich verstehe. Unsere Wortwahl muss überlegt sein.« Plötzlich fiel mir etwas ein. Ich hielt inne. »Nützt das überhaupt etwas? Ich meine, dass wir aufpassen, worüber wir reden? Wir beide konnten über die Gedanken kommunizieren und Vlad konnte meine auch empfangen. Wenn alle Vampire sich diese Fähigkeit bedienen können, ergibt es wenig Sinn, oder?«

Felia schüttelte den Kopf. »Nein, wir können nicht grundsätzlich alle Gedanken hören. Das muss im Bewusstsein von zwei Geschöpfen geschehen. Als wir beide miteinander kommuniziert haben, hast du dich drauf konzentriert, mir deine Botschaften zu senden. Kann es sein, dass du Vlad in Gedanken eine Frage gestellt hast, die er empfangen hat?«

Ich überlegte. »Ja, das habe ich. Ich habe gefragt, wer oder was er ist.«

»Siehst du, dann lag es daran.«

Ich nahm mir vor, ab sofort auf meine Gedanken zu achten, wenn außer Felia jemand in meiner Nähe war.

»Erzählst du mir nun, was in dem Brief stand und wofür du meine Hilfe brauchst?«

Felia nickte und legte sich den Finger auf den Mund. »Aber es ist besser, wenn wir in Gedanken weitersprechen. Sicher ist sicher.«

Okay, antworte ich sogleich in meinem Kopf. Felia knöpfte sich ihr Gewand auf. Sie griff nach einem schwarzen Band, das um ihren Hals hing, und zeigte mir das Amulett daran.

Optisch hatte es eine gewisse Ähnlichkeit mit Vlads Ring. Rechts und links waren filigrane Fledermausflügel angebracht. Mit dem Unterschied, dass der Kristall in der Mitte in eine herzförmige Fassung eingelassen und nicht tintenschwarz, sondern Purpur war. Felia hatte sich als Auserwählte der Farbe Purpur vorgestellt. Da gab es doch einen Zusammenhang, oder? Und Vlad war dann logischerweise für die Farbe Schwarz zuständig. Ob alle Vampire über Farben verfügten? Wenn ja, warum überhaupt? Und was genau bedeutete das? Der wertvoll aussehende Kristall an Felias Kette war jedenfalls von einem feinen Sprung durchzogen, wie auf einem zugefrorenen See, wenn das Eis unter einem Schritt bricht.

Dir spuken viele Fragen durch den Kopf. Das kann ich verstehen. Ich verspreche dir, dass du auf alles gleich eine Antwort bekommen wirst, sagte Felia und setzte sich wieder aufrecht hin.

Im Grunde dreht sich alles um meine Kette. Sie hat einen unermesslich Wert und ich habe sie versehentlich kaputtgemacht. Es gibt aber eine Möglichkeit, sie zu reparieren.

Also war dieser Sprung nicht beabsichtigt, schlussfolgerte ich.

Und du glaubst, dass ausgerechnet ich dir dabei helfen kann, sie zu reparieren? Ich befürchtete, dass Felia meine Fähigkeiten erheblich überschätzte. Doch das Vampirmädchen nickte überzeugt.

O ja, wenn es jemand schafft, dann du.

Gespannt setzte ich mich auf die Knie und lauschte ihren weiteren Worten, um zu erfahren, warum sie sich da so sicher war.

Leider hatte ich keine Gelegenheit mehr, dir meine Geschichte zu erzählen, bevor ich von Vlad zurück in den Käfig gebracht wurde. In meinem Brief habe ich das nachgeholt. Zum einen wollte ich damit mein Versprechen an dich einhalten und zum anderen ist es wichtig, dass du sie kennst, um die Zusammen-

hänge zu begreifen. Ich versuche mich möglichst kurz zu halten, weil Vlad schon bald herkommen wird.

Felia holte tief Luft, als müsste sie die Worte laut aussprechen.

Dir ist bekannt, welches Schicksal meinen Onkel Graf Dracula im Roman von Bram Stocker ereilt? Eine Gruppe von Vampirjägern hat sich gebildet, angeführt von Van Helsing, und sie haben ihn vernichtet. Es hat sich so ereignet, wie es der Autor geschildert hat. Was jedoch keine Menschenseele weiß, ist dass die Geschichte für alle anderen Vampire in Wirklichkeit ab diesem Zeitpunkt gerade erst begonnen hat. Alle Sterblichen waren sich sicher, dass Dracula das einzige Geschöpf der Nacht war und dieses nun beseitigt war. Sie ahnten nicht, dass im Verborgenen hunderte seiner Art in den Wäldern Transsilvaniens lauerten. Darunter auch ein Vampir, dessen Namen in keiner Aufzeichnung zu finden ist: Miko, mein Vater. Er war Draculas Bruder. Sein Herz war bei Weitem nicht so schwarz gefärbt wie das meines Onkels, trotzdem wollte er den Tod seines Bruders rächen. Nachdem die Sonne hinter den Karpaten unterging, visierte er als erstes Ziel Burg Hohenzollern an. Hier auf Burg Hohenzollern war der geheime Ort, von dem aus mein Onkel in der Dunkelheit herrschte. Miko wollte rechtmäßig seinen Platz einnehmen. Doch die Burg Hohenzollern war bereits von einem menschlichen Monarchen besetzt, der sie erobert hatte, als die Sonne tagsüber hoch am Himmel stand. Als Miko wütend die Burg stürmte, begegnete er vor dem Thronsaal der rumänischen Menschenprinzessin Ileana. Sie war die Tochter des Königs und die schönste Sterbliche, die Miko je gesehen hatte. Es war Liebe auf den ersten Biss. Zum ersten Mal in seinem langen Leben trank Miko das Blut eines Menschen nicht bis auf den letzten Tropfen leer. Ileana verliebte sich auch in ihn, obwohl sie wusste, dass er die Gestalt eines Menschen hatte, aber im Inneren keiner war. Ileana war nämlich auf ihre eigene Weise besonders und wusste, wie es war, den Menschen nicht das wahre Gesicht zeigen zu dürfen. Durch die Liebe zu Ileana milderte sich Mikos Groll gegen die Menschen. Er verzieh ihnen eines Tages und die beiden vermählten sich. Aus ihrer Ehe gingen Vlad und ich hervor. Viele Jahre lebten wir glücklich ... Felia biss sich auf die Lippe. In ihren purpurfarbenen Augen erkannte ich denselben Schmerz, der mir schon bei Vlad im *Edlen Tropfen* aufgefallen war, als das Gespräch auf seine Eltern fiel. Daher und im Anbetracht der Tatsache, dass sie in einem goldenen Käfig gefangen war, nahm ich an, dass ihre Geschichte einen ebenso wenig guten Verlauf genommen hatte wie meine. Ich schluckte.

Was ist passiert?

Vlad und ich sind auch als Vampire geboren worden. Du musst wissen, wenn ein Mensch und ein Vampir sich vereinen und Nachkommen hervorgehen, sind sie eines von beiden. Es gibt keine Halbmenschen oder Halbvampire. Für Miko fanden er und Ileana über die Jahre hinweg glaubhafte Argumente, warum Miko während des Tageslichts unpässlich war, aber als auch noch Vlad und ich hinzukamen, wurde der König, mein menschlicher Großvater, misstrauisch. Als die Bediensteten in unseren Trinkgefäßen Blut fanden, berichteten sie ihm und bestätigen seine Vermutung, dass wir Vampire waren. Er gab seinen Vertrauten den Befehl und sie griffen meinen Vater heimtückisch an und stießen ihm einen Pflock ins Herz.

Meine Augen weiteten sich. »Das tut mir sehr leid«, flüsterte ich und Tränen sammelten sich in Felias purpurfarbenen Augen. Ich konnte nur zu gut nachvollziehen, wie sich dieser unerwartete Verlust anfühlte.

In jener Vollmondnacht floh meine Mutter Ileana mit Vlad und mir in die Tiefen der Wälder. Die Vampire nahmen uns in ihrer Mitte auf und boten uns Schutz. Ileana wusste, dass ihr nicht viel Zeit blieb, um zu handeln. Wenn mein menschlicher Großvater uns nicht aufspüren konnte, würde er nicht zögern und

Van Helsing kontaktieren, der zu diesem Zeitpunkt noch lebte. Und die Jagd auf uns und alle Vampire würde bis in alle Ewigkeit wieder aufgenommen werden. Deshalb opferte sich meine Mutter. Sie gab ihr Leben für uns und alle Geschöpfe, deren Herzen aufgehört hatten zu schlagen.

Aber wie hat Ileana euch dadurch vor diesem Schicksal bewahren können?

Felia klammerte sich an die Gitterstäbe des Käfigs und fuhr fort: *Als Mensch war Ileana eine Gestalt des Lichts. Sie hat uns ihr Licht geschenkt. Denn Licht blendet Menschen, sodass sie die Dunkelheit in uns nicht sehen können.*

Und wie hat sie euch ihr Licht übertragen?

Ich habe anfangs erwähnt, dass sie auch besonders war. Meine Mutter hatte eine magische Gabe. In der heutigen Zeit würde man sie wahrscheinlich als gute Fee bezeichnen. Sie konnte mit einer Berührung Rosen zum Blühen bringen oder Menschen durch das auflegen der Hand von einer Krankheit heilen. Diese Fähigkeit hat sie vor den Sterblichen jedoch nie öffentlich gezeigt, denn sie wäre wie die Hexen auf dem Scheiterhaufen gelandet. Auch wenn sie stets nur Gutes getan hat. Die Menschen fürchten sich in der Regel vor all den Dingen, die sie sich nicht erklären können. Aber das ist ein anderes Thema. Jedenfalls hat sie an jenem Tag all ihre Kräfte gebündelt und alle Farben, die man bei Licht sehen kann, mit so viel Sonnenlicht aufgetankt, dass es bis ans Ende aller Zeiten reicht. Drei Tage hat dieser Prozess gedauert. In diesen zweiundsiebzig Stunden brach die Nacht nie herein. Es schien die Sonne und gleichzeitig hat es geregnet. Über ganz Transsilvanien war der schönste Regenbogen gemalt, den man sich nur vorstellen kann. Als am letzten Tag die Sonne unterging, lösten sich die einzelnen Farben nacheinander von dem Regenbogen. Sie leuchteten noch ein letztes Mal in voller Pracht auf, als wüssten sie, dass sie das Tageslicht nie wiedersehen würden. Jede Farbe bündelte sich und knallte wie ein Feuerwerkskörper auseinander. Die zwanzig Millionen Farbtropfen, die daraus hervorgingen, manifestierten sich zu Kristallen, als sie auf die Erde regneten. Als der letzte Farbtropfen vom Himmel fiel, machte meine Mutter ihren letzten Atemzug.

Mitfühlend blickte ich zu dem Vampirmädchen auf. Ihre Mutter war gestorben, um ihnen dieses besondere Vermächtnis zu hinterlassen.

Wie ging es dann für euch weiter?

Jeder Vampir hat einen Farbtropfen in Form eines Kristalls erhalten, um für immer vor den Menschen geschützt zu sein. Der Wert der Farbe wurde am gesellschaftlichen Rang eines Vampirs gemessen und entsprechend aufgeteilt. Der Farbstoff der Farbe Purpur ist beispielsweise sehr kostbar. Da ich wie Vlad zu den direkten Nachkommen des Königs gehöre, hat man sie mir beigemessen. Vlad, der zu diesem Zeitpunkt neunzehn Jahre alt und über den Verlust unserer Eltern selbst noch nicht hinweg war, wurde von den Vampiren gekrönt. Ab sofort war er Vlad Tepes, Erbgraf von Transsilvanien. Prinz der Dunkelheit. Fürst der Monde und der Sterne. Herrscher aller Farben. In jener Nacht verneigten sich alle übernatürlichen Geschöpfe vor ihm und er trat in die Fußstapfen von Dracula. Wir kehrten zur Burg Hohenzollern zurück und niemand ahnte dort, wer wir in Wahrheit waren. Als unser Großvater starb, bestieg Vlad auch den Menschenthron. Mit Verstand hat sich mein Bruder für eine Herrschaft nach den Charakterzügen unserer Eltern entschieden und nicht für die Methoden, für die unser blutrünstiger Onkel in der heutigen Literatur bekannt ist. Vlads Vision war, dass wir Vampire nach Einbruch der Dunkelheit Transsilvanien in der verdienten Freiheit genießen können. Dadurch musste er eine Lösung finden, dass unser Blutdurst in den Nächten keine menschlichen Opfer forderte. So entstand die Idee des Dracula Parks. Wir können uns unter den Menschen wie Vampire verhalten mit all den Facetten, denn sie glauben, es gehört zum Freizeitpark dazu.

Ich nickte anerkennend und rechnete Vlad sein Handeln hoch an. Immerhin hätten für die Menschen damals auch dunkle Zeiten anbrechen können, wenn er beschlossen hätte, alle für den Tod seiner Eltern büßen zu lassen. Ich deutete auf den Käfig.

Das klingt ja erst mal danach, als hätte die Geschichte eine gute Wendung genommen. Wie bist du dann in diesen Kerker gekommen?

Ich hatte meine Gefühle bei Weitem nicht so gut im Griff wie Vlad. Ich wollte, dass die Menschen die Dunkelheit in uns sehen und nachts Angst haben, ihre Augen zu schließen, weil sie sich fürchten, dass einer von uns durch ihr Fenster klettert und ihren Körper bis auf den letzten Blutstropfen leertrinkt. Als ich Vlad meinen Plan erzählte, versuchte er es mir auszureden. Jedoch konnte er mich nicht von meinem Entschluss abbringen und ließ mich deshalb einsperren. Ab diesem Zeitpunkt hasste ich die lebenden und auch die toten Geschöpfe. Ich hatte sehr lange Zeit über alles nachzudenken und bin froh, dass Vlad mich aufgehalten hat. Er wollte mich vor der Welt außerhalb Transsilvaniens schützen, damit ich nicht in die Fänge eines Menschen gerate und zum anderen sicherstellen, dass meine Farbe erhalten bleibt. Die oberste Regel ist, dass die Kristalle bis ans Ende aller Zeiten vor dem Sonnenlicht verborgen sein müssen, um die Kraft der Farbe darin nicht zu mindern. Vlad fürchtete, dass ich mich nicht daran halten und somit nicht nur mich, sondern unsere ganze Spezies in Gefahr bringen würde.

Felia schluchzte leise.

Auf meiner Flucht vor ein paar Tagen war die Sonne hinter der Wolkendecke, deshalb war ich sicher, dass sie dem Kristall nichts anhaben würde. Bei meiner Rückkehr stellte ich fest, dass die Beschichtung nur noch sehr dünn war. Ich habe das wirklich nicht mit Absicht getan. Und erinnerst du dich, als ich mich vor der Burg Hohenzollern in dem Baum verheddert habe, als Vlad aufgetaucht ist, um mich mitzunehmen? Da hat sich die Kette in den Ästen verfangen und als ich im Eifer des Gefechts daran gezogen habe, ist der Kristall kaputtgegangen.

Erschrocken hielt ich mir die Hand vor den Mund.

O je Felia, aber wie kommst du darauf, dass ich dir helfen kann?

Mit einem Tintenkuss kann die Farbe gerettet werden. Das ist ein magischer Prozess, für den man jemanden braucht, der sich draußen aufhalten kann, wenn die Sonne am höchsten steht. Jemand, dessen Bestimmung es ist, mit einer Feder Worte auf Papier zu zaubern. Bei dir trifft beides zu.

»Und du glaubst, dass ich das schaffen kann?«, fragte ich leise.

»Ich glaube es nicht nur. Ich bin davon überzeugt«, antwortete das Vampirmädchen.

18. Kapitel

Herzschläge lügen nicht

Im nächsten Atemzug schwang die schwere Eisentür knarzend auf und Vlad trat herein. Felia und ich zuckten gleichermaßen zusammen. Er hielt den Brief hoch.
»Du wolltest dich einem Menschen anvertrauen, aber mir verschweigen, was passiert ist?«, knurrte er und baute sich vor Felia auf. Im ersten Moment wich das Mädchen eingeschüchtert vor seiner Erscheinung zurück, doch dann erhob sie sich und sah ihm in die Augen.
»Weil ich ihr vertraue!«
In Vlads Augen tobte ein Sturm. »Dass ich nicht lache! Seit du vor hundertfünfundzwanzig Jahren zu einem Vampir geworden bist, versprühst du tiefe Verachtung gegenüber allen toten und lebendigen Geschöpfen dieser Welt. Und jetzt änderst du urplötzlich deine Meinung und freundest dich sogar mit einem staubgeborenen Mädchen an?«
Staubgeboren? Vermutlich war das die Bezeichnung für uns Sterbliche.
»Na und? Was willst du damit sagen?«, fauchte Felia zurück.
»Zsófia manipuliert dich. Dass eure Begegnung von ihr herbeigeführt wurde und sie deine Zuneigung gewinnen möchte, um uns Vampiren zu schaden.«
»Sag mal, hast du nicht mehr alle Eckzähne im Gebiss? Zsófia hat nichts damit zu tun, dass ich aus dem Verlies ausgebrochen bin! Ich bin ihr erst nach meiner *freiwilligen* Flucht mehr oder weniger in die Hände geflogen. Und zu deiner Info: Ich überlege mir schon seit über vierzig Jahren,

wie ich heimlich in die Freiheit zurückkehren kann. Allein wegen diesem Aspekt kannst du ihr nichts unterstellen, denn sie kann wohl kaum Pläne schmieden, ohne überhaupt geboren zu sein!«

Ungläubig starrte ich Vlad an und mischte mich in das Wortgefecht ein. »Haben jetzt eigentlich alle Buchseiten in meinem Leben einen Knick? Wie kommst du überhaupt auf so einen Unsinn?«

Vlads wandte sich zu mir um und kam mir gefährlich nah. »Weil du der einzige Mensch auf der Erde bist, bei dem eine hohe Wahrscheinlichkeit besteht, dass du die Details unserer Existenz kennst.« Er drehte sich wieder zu Felia und deutete mit dem Finger auf sie. »Und du wüsstest das, wenn du dein Schicksal akzeptiert hättest und nicht hier eingesperrt wärst. Zsófia ist die Tochter von Gáspár Szakay.«

An Felias fragender Miene erkannte ich, dass ihr der Name meines Vaters im Zusammenhang mit Vlad nichts sagte. Ebenso wenig wie mir. Ich nutzte die Gelegenheit, um es in Erfahrung zu bringen. Die Frage brannte mir schon seit der ersten Begegnung mit Vlad im *Edlen Tropfen* auf der Zunge.

»Woher kanntest du meinen Vater? Und warum bin ich in deinen Augen verdächtig, nur weil ich seine Tochter bin?«

»Du gibst nicht auf, oder? Vlad lehnte sich gegen die Mauer und verschränkte die Arme.

»Ich weiß es wirklich nicht!«

Felia stand mir bei. »Vlad, sie spricht die Wahrheit! Du weißt doch, wie Herzschläge klingen, wenn jemand lügt. Zsófias Herz schlägt vor Aufregung schneller, aber es ist nicht aus dem Takt geraten.«

»Vielleicht hat sie es trainiert?«, überlegte er laut. Ich schüttelte den Kopf.

»So kommen wir nicht weiter. Wie kann ich dir beweisen, dass ich nach Transsilvanien gereist bin, um einen Roman über Vampire zu schreiben und nicht mit dem Wissen, dass ich welchen begegnen werde? Ich bin zu allem bereit, wenn du mir anschließend verrätst, was mein Vater mit dir zu tun hatte.«

Er musterte mich eingehend, bevor er mir antwortete. »Dafür müsste ich dein Blut trinken, aber wenn die Antworten auf die drei Fragen der Richtigkeit entsprechen, die du bei der Bissbezahlung angegeben hast, werde ich das nicht tun.«

»Warum? Was hat das denn damit zu tun?« Ich wich aus und runzelte die Stirn. Mein Blick huschte zu Felia. Ich wollte ohne ihre Zustimmung nicht preisgeben, wie die Antworten zustande gekommen waren.

»Ich glaube, da bin ich dir eine Erklärung schuldig«, sagte Felia an ihren Bruder gewandt. »Und genau genommen, dir auch, liebe Zsófia«, fügte sie hinzu und sah mich entschuldigend an. Sie seufzte leise. »Ich wollte nicht, dass Zsófias Blut von den Vampiren ... verwendet wird.«

Mir fielen Vlads Worte ein, als Magnus sich im *Edlen Tropfen* nach den Nahrungsgewohnheiten erkundigt hatte. *Wie sich ein Vampir in der heutigen Zeit ernähren würde, weiß ich nicht, aber den Aufzeichnungen zufolge, die es über das älteste Vampirgeschlecht gibt, haben sie sich garantiert nicht von tierischem Blut ernährt.*

»Moment mal, was passiert wirklich mit dem Blut, das die Menschen für den Eintritt bezahlen?«, fragte ich, obwohl es mir nach Felias Offenbarung eigentlich schon klar war. Trotzdem wollte ich es aus seinem Mund hören.

»Wir trinken es selbst«, antworte Vlad, als wäre es die normalste Sache der Welt. Von wegen Spenden!

»Das weißt du und deshalb hast du verhindert, dass wir

dein Blut trinken«, fügte er hinzu und ließ seine Arme sinken.

»Nein, eben nicht. Ich habe ihr die Antworten vorgegeben, um sie zu schützen«, gab Felia zu.

»Du hast was? Und ich bin dadurch argwöhnisch geworden, denn niemals zuvor gab es einen menschlichen Besucher des Dracula Parks, dessen Blut so gar nicht zum Verzehr geeignet war.«

Also hatte ich gleich nach meiner Ankunft sein Misstrauen geweckt, ohne es zu wissen. Felia erklärte, welche Kriterien erfüllt werden mussten, damit das Blut ungenießbar wurde.

Erstens: Eine Krankheit. Der Mensch musste mindestens vierzehn Tage gesund und frei von Medikamenten sein. Laut Felia schadete es den Vampiren nicht, aber der Geschmack des Blutes wurde getrübt.

Zweitens: Ein Aufenthalt in einem Land, in dem die Temperaturen besonders heiß waren. Das Blut der Menschen blieb je nach Urlaubsgebiet noch eine gewisse Zeitspanne aufgeheizt und konnte bei den Vampiren im Mund- und Rachenbereich Verbrennungen verursachen. Deshalb hatte Felia für mich das außergewöhnliche Reiseziel gewählt.

Drittens: Der Verzehr von Knoblauch innerhalb der letzten vierundzwanzig Stunden. Da Vampire eine empfindliche Nase hatten und Knoblauch sehr geruchsintensiv war, war der Gestank für sie kaum zum Aushalten.

»Ich wollte auf Nummer sicher gehen, dass dein Blut vom Verzehr ausgeschlossen wird, deshalb habe ich alle drei Antworten für dich so formuliert, dass jeder Vampir einen Bogen darum macht. Jetzt sehe ich auch ein, dass es wohl übertrieben war«, fügte sie hinzu.

»Ich kann nicht glauben, dass du dir das ausgedacht hast,

Felia!« Vlad und warf ihr einen wütenden Blick zu. Anschließend wandte er sich an mich. Seine Stimme klang dabei eine Spur sanfter als zuvor. »Würdest du mir die Fragen bitte noch einmal beantworten?«

Ich sah Felia an und sie nickte. Ich holte Luft.

»Also gut. Ich bin selten krank, in den letzten Jahren habe ich mich ausschließlich in Bayern aufgehalten und Knoblauch habe ich lange nicht mehr gegessen. Mein Blut ist also bestens geeignet.«

Einen Wimpernschlag später stand Vlad nur noch einen halben Schritt von mir entfernt. »Gut. Wenn du erlaubst, würde ich dich nun beißen.« Er strich meine Haare nach hinten und legte meinen Hals frei.

»Äh ... warte mal.« Ich wich zurück. »Wie funktioniert das? Schmeckst du anhand meines Blutes, ob ich die Wahrheit sage?«

Vlad folgte mir und drängte mich an die Wand. Mit dem Rücken berührte ich das kalte Gemäuer.

»Entweder du hast tatsächlich keine Ahnung, oder du bist verdammt gut darin, so zu tun. Wenn ein Vampir Blut von einem Menschen trinkt, entsteht eine Verbindung. Diese Verbindung kann der Vampir kontrollieren. Er kann sie ignorieren und einfach dem Blutrausch verfallen, oder sie nutzen um tief in die Seele eines Menschen zu blicken.«

»Und ...«

Felia hob den Finger. »Und nicht zu vergessen. Vampire können Menschen dadurch in ihren Handlungen und Gedanken steuern. Ich habe verhindert, dass dein Blut getrunken wird, weil ich wollte, dass du nicht beeinflusst wirst.«

Es war, als würde ich eine Brille aufsetzen und nun alle Buchstaben auf dem Papier nicht mehr verschwommen sehen, sondern klar entziffern können. Ich sah zu Vlad auf.

»Das erklärt einiges. Als Wilhelmina den Tanz mit dir im *Edlen Tropfen* vergessen hat. Du wolltest das so, stimmt's?«
Vlad nickte schweigend. Mir fielen die punktförmigen Male an Wilhelminas Hals ein, die im Mondlicht geglänzt und ausgesehen hatten, als wäre frisches Blut daran.
»Warum hast du meine Freundin gebissen?«
»Dein Blut konnte ich ja schließlich nicht trinken. Deshalb wollte ich durch die selbsternannte Prinzessin in Erfahrung bringen, was du verbirgst.«
»Ich nehme an, du hattest keinen Erfolg. Jetzt beiß mich, dann kannst du dich endlich überzeugen, dass ich Felia niemals in Gefahr bringen wollte. Genauso wenig wie euch anderen, weil ich bis vor wenigen Minuten nicht einmal wusste, dass Vampire in Transsilvanien tatsächlich existieren.«
Auch wenn ich es mir immer gewünscht habe, fügte ich in Gedanken hinzu. Vlad hob eine Braue. O nein! Er hatte den letzten Teil gehört.
»Finden wir heraus, ob es wirklich das ist, was du dir *immer gewünscht* hast«, knurrte Vlad und fletschte die Zähne. Mein Blick blieb an seinen spitzen Eckzähnen hängen. Ich schluckte, als mir bewusst wurde, dass es sich nicht um ein künstliches Gebiss handelte, wie ich es die ganze Zeit angenommen hatte.
»Stopp!«, rief Felia. Überrascht, dass sie diejenige war, die für einen weiteren Aufschub sorgte, wandten wir uns zu ihr um.
»Bei Dracula! Was ist denn nun noch?«, wollte Vlad gereizt von seiner Schwester wissen.
»Versprich mir, dass du sie danach kein einziges Mal beeinflusst wie die anderen Staubgeborenen. Hältst du dich nicht daran, werde ich bis in alle Ewigkeit kein Wort mehr mit dir reden!«

Vlad verdrehte die Augen. »Das möchte ich natürlich nicht riskieren. Ich gebe dir mein Wort.«

Danach ging es schnell. Vlad legte den Kopf schief und näherte sich meiner Halsbeuge. Seine kalten Lippen berührten die Stelle, an der Răzvan die Bissmale gezeichnet hatte. Die Besucherinnen und Besucher des Dracula Parks empfanden die Bissmale als passendes Highlight nach der der Blutbezahlung, die sie sich gegenseitig stolz präsentierten. Niemand dieser Menschen ahnte, dass sie in den Nächten zu echten Bisswunden wurden und nun bekam ich selbst eine.

Vlad fasste mit einer Hand um meine Taille, als wollte er mich festhalten. Wie eine Beute, damit sie nicht davonlief. Mit der anderen Hand hielt er meinen Nacken fest in seinem Griff und ich lehnte automatisch den Kopf nach hinten. Ich schloss die Augen und spürte im nächsten Moment zwei die spitzen Eckzähne an meinem Hals. Schlagartig stachen sie durch die Haut. Es ging so schnell, dass ich nur einen kurzen Schmerz verspürte. Ähnlich wie bei der Nadel, die Răzvan mir für die Blutabnahme angelegt hatte. Vlad saugte an der Wunde und während er das Blut trank, verfiel ich in einen Rausch. In Bruchteilen von Sekunden sah ich mein Leben an mir vorbeiziehen, bis zu diesem Moment, in dem ich mich in diesem Burgverlies befand und von Draculas Neffen gebissen wurde.

Vlad ließ von mir ab und taumelte zurück. Meine Augen flatterten und ich sah mein Blut aus seinem Mund tropfen. Er hob den Blick, und als er meinen auffing, erkannte ich, dass seine steinerne Miene weicher war als zuvor. Er kannte nun all meine Geheimnisse und zum ersten Mal machte es mir nichts aus, dass jemand auch die dunkelsten Kapitel meines Lebens gelesen hatte …

19. Kapitel

Ein blutiges Abendessen

Ich hatte mit unzähligen Buchfiguren miterlebt, wie sie von einem Vampir gebissen wurden. Es war unbegreiflich, dass mir das nun selbst passiert war.

Vlad ergriff als erster das Wort. »Es ist ein merkwürdiger Zufall, dass meine Schwester ausgerechnet dir in die Hände geflogen ist, aber möglicherweise auch Schicksal. Ich möchte dich um Verzeihung bitten, Zsófia.«

Seine versöhnlichen Worte bedeuteten mir unendlich viel. Ich wäre untröstlich nach Hause gefahren, wenn er mit der Meinung zurückblieb, dass meine Absichten nicht aufrichtig waren.

»Eine Entschuldigung ist ja wohl das mindeste!«, ertönte es aus Felias Richtung, bevor ich mich dazu äußern konnte. Vlad pflichtete ihr bei.

»Ich und alle anderen Vampire werden dir bis in alle Ewigkeit unseren Dank zollen. Du hast Felia unversehrt zurück in den Dracula Park gebracht, obwohl du deine finanziellen Probleme mit einem Mal hättest lösen können, wenn du sie der Öffentlichkeit präsentiert hättest. Jedes paranormale Forschungszentrum hätte dich mit Geld überschüttet, wenn du ihnen meine Schwester zur Verfügung gestellt hättest.«

»Das ist mir kein einziges Mal in den Sinn gekommen«, beteuerte ich und Vlad nickte.

»Ich weiß, und nun halte ich mich umkehrt auch in die Abmachung und erzähle dir, was Gáspár und uns verbindet. Wenn du damit einverstanden bist, holen wir nun unser Treffen nach.«

»Ja.« Ich hielt meine Hände hoch, an denen immer noch die Ketten befestigt waren. »Befreist du mich bitte wieder?«

Vlad trat zu mir und fasste an mein Handgelenk. Mit Leichtigkeit, als wären es die dünnen Zweige einer jungen Eiche, entzweite er erst das eine Eisenband und dann das andere. Beeindruckt hob ich eine Braue, kommentierte es aber nicht. Danach klatschte Vlad in die Hände. Einen Herzschlag später flogen zwei eulengroße Fledermäuse in das Verlies, landeten vor Vlad und verbeugten sich.

»Ich werde jetzt mit Zsófia speisen. Richtet das Mahl im Speisezimmer an.«

»Sehr wohl, Hoheit«, erwiderte eines der Tiere und sie machten sich sogleich auf den Weg.

»Komm, gehen wir.« Vlad lief Richtung Ausgang. Ich hielt inne.

»Und was ist mit Felia?«

»Sie bleibt hier«, entgegnete Vlad in einem Ton, der keinen Widerspruch duldete. Felia nickte nur und erklärte es mir.

»Vlad wird mich nie freilassen. Er glaubt, dass ich auch nach über hundert Jahren noch jede Gelegenheit nutzen würde, um den Menschen und Vampiren absichtlich zu schaden.«

Vlad schnaubte. »Jetzt spiel aber mal nicht die unschuldige kleine Fledermaus! Wer ist kürzlich geflohen und war auf dem Weg, seine Farbe zu zerstören?«

Felia verdrehte die Augen.

»Das war ein Versehen!«

»Wer es glaubt ...«

Das Letzte, was ich hörte, bevor Vlad mich aus dem Verlies zog, war wie Felia mich in Gedanken anflehte, ihr zu helfen.

Ich verspreche dir, dass ich es versuchen werde, antwortete ich.

»Wir sprechen uns noch!«, knurrte er Felia zu, bevor die schwere Eisentür ins Schloss fiel und ich im Dunkeln stand. Augenblicklich vernahm ich Vlads Schritte, die sich entfernten.

»Äh, Vlad?«

Die Schritte verstummten. »Warum folgst du mir denn nicht?«

»Wie denn, wenn ich nichts sehen kann?«

»Oh, richtig, ich vergaß, dass du als Staubgeborene nicht über Fähigkeit verfügst, im Dunkeln zu sehen.«

Sein Ring funkelte und im nächsten Atemzug fing eine Fackel Feuer, die an der Wand hing. Er nahm sie aus der Halterung und lächelte amüsiert. »Du hättest soeben einen erschrockenen Gesichtsausdruck sehen sollen.«

»Freut mich, dass ich zu deiner Erheiterung beitragen konnte.«

Das Lächeln blieb in seinem Gesicht, während er mir mit einer Handbewegung bedeutete, ihm zu folgen.

Er leuchtete mir den Weg durch verwinkelte Gassen. Ich hielt mich dicht an seinen Fersen. Wir gelangten an eine schmale steinerne Treppe, deren Stufen steil nach oben führten. Im spärlichen Licht der Fackel erspähte ich am Ende eine Holztür. Vlad ging voraus und öffnete uns die Tür. Ein flackernder Lichtschimmer fiel durch den Spalt. Er hängte den Beleuchtungskörper, den er extra für mich entzündet hatte, an eine freie Halterung. Augenblicklich erlosch die Flamme, die ich nun nicht mehr benötigte.

»Und nun lernst du Burg Hohenzollern von seiner ansehnlichen Seite kennen. Keine Sorge, es wird genug Licht für dein menschliches Auge geben«, sagte der Vampir augenzwinkernd und ich trat neugierig über die Schwelle. Währenddessen ließ Vlad die Tür ins Schloss fallen und schob einen Riegel davor.

Ein weitläufiger Gang erstreckte sich vor uns. Der Boden war mit historischen Mosaikfliesen bedeckt. An den Wänden waren in regelmäßigen Abständen unterschiedlich hohe Kerzenhalter in der Steinmauer platziert. Auf jedem waren schmale und hohe Kerzen befestigt, dessen brennende Dochte für warmes Licht sorgten. Vlad führte mich den Gang entlang. Wir passierten Abzweigungen, dessen Torbögen mit blutroten Vorhängen geschmückt waren. Schließlich gingen wir durch einen dieser Bögen.

Der Anblick dahinter raubte mir den Atem. Wir befanden uns in einem düsteren, prunkvollen Treppenhaus. Umrahmt wurde es von einer reich verzierten Decke. An den Wänden hingen Gemälde. Während ich über den roten Teppich ging, entdeckte ich ein Porträt von Vlad. Es zeigte ihn anmutig auf einem Thron sitzend, der mit einem samtroten Bezug überzogen war und eine goldene Einfassung hatte. Er war darauf in einer königlichen Robe gekleidet. Vlad wandte sich zu mir um und fing meinen beeindruckten Blick auf.

»Die Geschichte, wie ich zum Erbgrafen Transsilvaniens wurde, kennst du ja bereits.«

»Ja.« Während ich antwortete, bemerkte ich, dass um mich herum ein emsiges Treiben herrschte. In dem Treppenhaus wimmelte es von Fledermäusen, die beschäftigt waren. Die einen entfernten Spinnweben, die sich an den Holzbalken an der Decke gebildet hatten, andere flatterten eifrig mit Gefäßen an uns vorbei.

»Zündet alle Kerzen an. Wir haben einen menschlichen Gast«, rief Vlad. Sogleich spürte ich einen sanften Luftzug und ein kleiner Schwarm Fledermäuse flog an mir vorbei. Sie steuerten die Kronleuchter an der Decke an und gehorchten ihrem erteilten Befehl.

Vlad loste mich die vielen Stufen nach oben in einen

Innenhof. An der linken und rechten Seite waren jeweils zwei goldglänzende Türen angebracht. Vlad führte mich zur rechten Seite und steuerte die erste Tür an. Zwei bedienstete Fledermäuse öffneten sie uns. Als wir eingetreten waren, wurde sie wieder verschlossen.

Wir befanden uns ein einem düsteren, ovalen Raum mit zwei bodentiefen Fenstern. Vlad setzte sich an das Ende einer langen Tafel. Der Tisch, mit den Stühlen das einzige Möbelstück in diesem Raum, war in eine schwarze Decke gehüllt. Man hatte ihn für zwei Personen mit goldenem Geschirr gedeckt. Die Dekoration bestand aus einem mittig positionierten schwarzen Blumenarrangement. Drum herum waren in Holzwolle vanillegelbe Kerzen platziert, die teilweise schon zur Hälfte abgebrannt waren, sodass das Wachs heraustropfte. Ein Schauder lief mir über den Rücken, als ich Skeletthände und Köpfe dazwischen erspähte.

»Keine Sorge, das sind keine Überbleibsel von Lebewesen, sondern künstlich angefertigte Skelettteile.«

Davon war ich nur halbherzig überzeugt.

»Setz dich.« Mit einer Geste deutete Vlad mir, Platz zu nehmen. Ich ließ mich gegenüber von ihm auf einem Stuhl mit einer weichen Polsterung nieder. Vlad hob kaum merklich die Hand, sogleich schwang die Tür auf. Eine Fledermaus flog herein. Sie verneigte sich vor Vlad. Im nächsten Moment färbten sich ihre dunklen Knopfaugen maigrün. Schillernder Rauch im selben Farbton trat hervor und umhüllte sie. Als er verpuffte, stand eine junge Frau vor uns. Sie war gekleidet wie eine Servicekraft in einem noblen Restaurant. In ihrem langen schwarzen Rock steckte eine weiße Bluse. Dazu eine schwarze Krawatte. Ihre bronzebraunen Haare hatte sie zu einem Zopf geflochten. Ihre Augen, die immer noch die außergewöhnliche Färbung hatten, musterten mich neugierig, bevor sie Vlad aus einer Weinflasche ein rotes dickflüssiges Getränk einschenkte.

»B+, Ihre liebste Blutgruppe, Hoheit. Abgezapft im Jahr 1992 von einer französischen, weiblichen Person.«

Angewidert blieb mein Blick an dem Blut hängen, dessen Herkunft ich nun kannte. Als das Glas voll war, wandte sie sich freundlich an mich. »Was möchtest du trinken?« Während sie sprach, entblößte sie ihre spitzen Eckzähne.

»Hauptsache, etwas anderes als Vlad, bitte.«

»Wie wäre es mit einem leckeren, frischen Traubensaft?«

»Ich möchte nicht unhöflich sein, aber hättest du auch ein Getränk ohne die Farbe Rot im Sortiment? Am liebsten wäre mir Wasser.«

Sie lächelte. »Ich verstehe. Das lässt sich natürlich einrichten.«

»Hast du Angst, dass wir überall menschliches Blut untermischen?«, ertönte es vom anderen Ende der Tafel. Ich sah zu Vlad hinüber, in dessen Augen das flackernde Licht der Kerzen tanzte.

»Ist es nicht so?«, fragte ich. Vlad schwieg und nippte genüsslich an seinem Getränk. Die Vampirfrau schenkte mir aus einem Krug Wasser ein. Danach stellte sie diesen auf einem Tablett ab, das sie soeben noch nicht in der Hand gehalten hatte. Sie griff nach einer kleinen Küchenzange und beförderte Zitronenscheiben und Heidelbeeren von einem Schälchen in mein Glas.

»Hä? Wo kommt das denn alles auf einmal her?«

»Ich war kurz in der Küche und habe es geholt.«

Verblüfft starrte ich sie an. »Was? Du warst doch die ganze Zeit hier neben mir.«

Sie steckte mir einen schwarz-weiß gestreiften Strohhalm in das Glas, an dem eine ausgestanzte Papierfledermaus befestigt war. »Bevor dein menschliches Auge die Bewegung registrieren konnte, war ich wieder da.«

Ungläubig schüttelte ich den Kopf. Umso länger ich mich unter den geouteten Vampiren befand, umso surrealer wurde die Situation. Mir ging es wie den Protagonisten in den Geschichten, die ich ihnen schrieb. Sie konnten sich nicht seitenlang über einzelne Begebenheiten wundern, weil das für die Leserin oder den Leser ziemlich langweilig sein würde. In der nächsten Zeile, mit dem nächsten Satz ging es weiter. Und so verhielt es sich auch in der Wirklichkeit. Die Zeit lässt einen kurz staunen, jedoch bleibt sie nicht stehen, sondern läuft weiter.

Als nächstes bat Vlad die Vampirfrau, die er übrigens mit dem Namen Tereza ansprach, mich das Gericht wählen zu lassen. Als erstes kamen mir die Spagetti in den Sinn, die ich mir im Restaurant vom Buffett genommen hatte und nicht aufgegessen hatte.

»Oh, die Spagetti mit Blutsoße wären ...« Meine Augen flogen auf, als ich über den Namen von dem Gericht mit meinem dazugewonnenen Wissen nachdachte. »Igitt! Sagt mir nicht, dass ich tatsächlich Blut gegessen habe!«

»Du kannst unbesorgt sein, wir teilen unsere *Spenden* ungern mit euch Menschen«, antwortete Vlad, doch ich blieb misstrauisch. Um auf Nummer sicher zu gehen, gab ich eine unbedenkliche Bestellung auf.

»Für mich bitte Nudeln *ohne* Soße.«

Tereza nickte und löste sich in Luft auf. Wahrscheinlich verabschiedete sie sich, öffnete die Tür, ging hinaus und schloss die Tür, aber ich konnte die Geschwindigkeit, in der es vonstattenging, mit meinen menschlichen Augen nicht sehen. Bevor ich das Gespräch auf meinen Vater lenken konnte, füllte Tereza auch schon schwarze Spagetti in meinen goldenen Teller und legte Vlad einen gefüllten Blutbeutel auf das edle Geschirr. Schon wieder Blut! Ich konnte nicht anders, als auf den Blutbeutel zu starren. Als

Tereza das Speisezimmer verließ, fing Vlad meinen ungläubigen Blick auf.

»Soll ich den Blutbeutel in einen Teller umfüllen, damit es wie eine Suppe aussieht?«

Er wollte das Blut löffeln wie eine Suppe? Es schüttelte mich, als er mit diesen Worten ein Bild in meinem Kopf erzeugte.

»Bei allen Schreibfedern dieser Welt, das macht es nicht besser. Ich versuche nicht hinzusehen.«

Vlad öffnete den Blutbeutel und betrachtete ihn nachdenklich. »Genau diesen Satz hat dein Vater einst auch zu mir gesagt.« Bei der Erinnerung daran grinste er. »Trotzdem hat er stets unauffällig zu mir herübergeschielt, während ich das Blut getrunken habe.«

Es hörte sich an, als wäre Vlad meinem Vater mehr als nur einmal begegnet. Es klang irgendwie sogar vertraut.

»Wie habt ihr euch kennengelernt?«, fragte ich und drehte schwarzen Spagetti auf meiner Gabel auf. Vlad biss in den Blutbeutel und saugte daran. Als er fertig war, wischte er sich mit dem Handrücken über den Mund.

»Ich habe Gáspár damals eingeladen.«

20. Kapitel

Die rechte Hand von Draculas Erben

»Warum?«

Vlad legte den Blutbeutel zurück auf den goldenen Teller und begann zu erzählen. »Ich habe eine menschliche rechte Hand gebraucht und er war am besten dafür geeignet. Durch die Berichte in den Medien bin ich auf deinen Vater aufmerksam geworden. Ich habe schnell erkannt, dass es ihm bei seinen Forschungen nicht um den Ruhm ging, sondern weil es seine große Leidenschaft war, alle Phänomene zu ergründen, für die die Wissenschaft keine Erklärung hatte. Zudem verfügte er über ein außergewöhnliches erzählerisches Talent, wie er der ganzen Welt mehrfach bewiesen hat. Was sozusagen ein weiteres Einstellungskriterium war. Also habe ich ihn eines Nachts in Ungarn besucht und ihm einen Handel vorgeschlagen. Er half mir bei Schreibtätigkeiten und durfte im Gegenzug, wann immer er es wollte, unter allerhöchster Geheimhaltung nach Transsilvanien reisen und unter uns Vampiren leben, solange es ihm beliebte. Es war gar nicht so leicht, ihn zu überzeugen, dass er wach war und nicht träumte. Als er sich von unserer wahrhaftigen Existenz überzeugt hatte, reichte er mir mit Aufregung seine Menschenhand. Bevor die Sonne am nächsten Morgen aufging, begleitete mich Gáspár bereits in mein Land. Das war im Jahr 1999. Er war im Forscherhimmel, als er mich und meine große Vampirfamilie näher kennenlernte. Nie betrachtete er uns bloß als Objekte. Das schätzten ich und wir alle an ihm. Er war der einzige Mensch, den wir im Laufe der Zeit als Freund bezeichneten.«

Still lauschte ich Vlads Worten, die eine warme Berührung auf meiner Seele hinterließen. Schon lange hatte mir niemand mehr von meinem Vater erzählt. Sein Tod war viel zu früh gekommen, daran änderte sich nichts, aber es spendete mir unglaublich viel Trost, dass es ein Kapitel in seinem Leben gab, das ihn über all die Vorstellungsmaße erfüllt haben musste. Das erklärte auch, warum die Vampire von Transsilvanien nie ein Thema seiner Forschungen gewesen waren.

»Und er war der einzige Mensch, der mit unsterblichen Geschöpfen befreundet war. Das war sein größter Erfolg und er hat ihn nie mit jemanden geteilt.«

Ich trank einen Schluck von meinem mit Obst bestückten Wasser.

»Du hast an seiner Aufrichtigkeit gezweifelt, als ich im Dracula Resort eingecheckt habe.«

Vlad atmete tief durch und nickte dann. »Ja, und das tut mir ehrlich leid. Für gewöhnlich habe ich an den Menschen kein Interesse. Ich betrachte euch als mein Essen. Weiter nichts. Ausgenommen natürlich meine verstorbene Mutter und deinen Vater.« Sein Blick ruhte auf mir. »Die Nachricht vom Tod deines Vaters hat uns alle erschüttert. Ich bin, nachdem die Sonne unterging, sofort nach China geflogen, aber es gelang mir nicht mehr, ihn zurück ins Leben zu holen. Als ich erfahren habe, dass die Tochter unseres alten Freundes meinen Dracula Park besucht, wollte ich sie unbedingt sehen. Ich kannte dich bis dahin nur von Gáspárs Erzählungen, Fotos und den Medienberichten. Aus dem Grund habe ich mich auch für das Treffen im *Edlen Tropfen* bereiterklärt. Ich hatte nicht vor diese fortzuführen, aber du hast dich von Anfang an merkwürdig verhalten, deshalb bin ich misstrauisch geworden und wollte, dass du weißt, mit wem du es zu tun hast. Ich war mir sicher, dass du über uns Vampire Bescheid weißt. Deine Verbundenheit mit Felia, die unserem Dasein schon vor langer Zeit abgeschworen hat, betrachtete ich als Indiz, dass du vorhast, die Schreibgabe, die du von Gáspár geerbt hast, kombiniert mit seinem preisgegebenen Wissen gegen uns einzusetzen.«

»Nun weißt du es hoffentlich besser, Vlad. Ich wusste von dieser Vergangenheit meines Vaters nichts. Er hat die Erlebnisse dieser Zeit nie aufgeschrieben und auch mit keinem Wort erwähnt. Ich höre diese Geschichte zum ersten Mal und verstehe nicht, wieso du mich als eine Bedrohung ansiehst. Als Mensch muss ich für dich doch das berühmte Reh zwischen einem Rudel voller hungriger Wölfe sein. Was kann ich gegen dich und deine Spezies schon ausrichten? Einen Zeitungsartikel über eure wahre Identität und die Hintergründe des Dracula Parks verfassen?«

Vlad drehte eine Weile an dem Ring an seinem Finger, bevor er darauf reagierte. »Zsófia, du weißt ohnehin schon viel mehr, als du wissen solltest. Wir sollten es dabei belassen. Stell erst einmal dein Schweigen unter Beweis.«

Ich erhob mich. »Das kann ich verstehen, aber eins lass dir gesagt sein. Ich würde nie etwas preisgeben, das meinem Vater so heilig war, dass er es mit ins Grab genommen hat!« Ich wartete seine Antwort nicht ab, drehte mich um und machte mich auf den Weg, um das Speisezimmer zu verlassen. Enttäuscht stellte ich fest, dass Vlad mich nicht aufhielt. Gerade als ich mit meiner Hand den Türgriff umschließen wollte, schwang die Tür auf und Răzvan stürmte herein. Vlads Miene verfinsterte sich.

»Du wagst es, mir heute Nacht noch einmal ungefragt unter die Augen zu treten?«

Răzvan überging die Bemerkung und kam direkt zum Punkt. »Verzeiht mir, dass ich euer Gespräch unbeabsichtigt belauscht habe. Doch du solltest deine Meinung überdenken, Vlad. Du *musst* Zsófia vertrauen. Wir haben ein Problem.«

Alarmiert richtete Vlad sich auf. »Wieso?«

»Alle Vampire, deren Kristalle Felias Farbe untergeordnet sind, die Nuancen zwischen Rot und Violett, können sich nicht mehr in eine Fledermaus verwandeln.«

Einen Wimpernschlag später stand Vlad vor Răzvan. »Was ist passiert?«

»In der Fledermaus-Grotte versammelten sich wie jeden Tag zahlreiche Besucher zur Fledermaus-Flugshow. Die Vampire, die unsere Gäste in Menschengestalt dorthin lotsen, genehmigen sich um drei Uhr immer ...« Er warf mir einen kurzen Blick zu und brauchte einen Atemzug, bis ihm ein passender Begriff einfiel, »... eine kleine *Trinkpause*, bevor sie mit der Fledermaus-Flugshow beginnen. Als sie sich nach der Stärkung gleichzeitig in die Tiere verwandeln wollten, hat es bei allen hundertvierundfünfzig Vampiren nicht funktioniert. Im gleichen Moment ist bei Felia ein Tropfen Farbe in der Größe eines Bissmals aus dem Kristall ausgelaufen. Vlad, das ist erst der Anfang«, sagte Răzvan eindringlich.

»Aber wodurch wurde das denn ausgelöst? Felia hat ihre Farbmagie nur einmal benutzt, nachdem der Kristall gerissen ist. Als ich sie in der Fledermausgestalt auf die Burg Hohenzollern zurückgebracht habe, hat sie sich in einen Menschen verwandelt. Das war vor ein paar Tagen. Da kann es keinen Zusammenhang geben.«

»Na ja. Es gab einen *Vorfall*.« Răzvan kaute nervös auf seiner Lippe herum. Vlad drängte ihn, mit der Sprache herauszurücken.

»Rede jetzt! Es ist nicht der Moment, um andere Vampire durch dein Schweigen zu schützen. Du weißt, was für uns alle auf dem Spiel steht.«

Und dann polterte es aus Răzvan heraus. »Felia hat sich heute Nacht zweimal verwandelt. Einmal in eine Fledermaus und dann wieder zurück in eine Menschengestalt. Das hat offenbar eine Kettenreaktion ausgelöst.«

»Das darf doch nicht wahr sein!« Vlad stöhnte und fuhr sich mit der Hand durch sein dichtes schwarzes Haar. Betreten blickte ich auf den Boden. Und das alles nur, weil Felia mir beweisen wollte, dass sie ein Vampir war.

»Bis zum Sonnenaufgang bleibt uns nicht viel Zeit«, sagte Vlad mehr zu sich selbst als zu uns.

»Was geschieht, wenn die Sonne aufgeht?«, fragte ich. Vlad wandte sich überrascht zu mir um, als hätte er an meine Anwesenheit im Speisezimmer vergessen. Trotzdem antwortete er mir.

»Die Farbe wird bei Felias Kristall vollständig auslaufen. Die Kristalle, die ihr untergeordnet sind, werden ebenfalls aufplatzen und ihren Inhalt verlieren. Und wenn die Farbe Purpur erst einmal für immer verschwindet, bleichen alle anderen Farben von uns ebenso aus, bis nur noch reine weiße Kristalle übrigbleiben.«

Zögerlich trat ich einen Schritt auf die beiden Vampire zu. »Und was bedeutet das konkret?«

Als ich auf die Antwort von Vlad wartete, machte sich eine Stille breit. Als würde ganz Transsilvanien den Atem anhalten, um das Ausmaß der kaputten Kristalle zu erfahren.

»Wenn die Sonne beim nächsten Mal untergeht, erlischt die Magie des Lichts und der Vorhang wird für uns alle fallen. Der fantastische Zauber, der über dem Dracula Park liegt, wird verschwinden. Eine düstere Kulisse wird übrigbleiben. Und wir, die Hauptdarsteller, werden dem Weltpublikum mit einem Aussehen gegenüberstehen, das unserem wahren Alter entspricht. Weder Schminke noch

Masken könnte unser schauriges Antlitz je überdecken. Und das werden wir dann auch nicht mehr wollen. Denn unsere einzige Begierde wird sein, unseren Blutdurst zu stillen, den wir dann nicht mehr kontrollieren können. Es wird ein Menschenopfer nach dem anderen geben. Die Sterblichen werden sich fürchten. Sie werden sich auch nicht kampflos ihrem Schicksal ergeben. Eines Morgens wird ein heldenhafter Mensch aufstehen, zum Van Helsing der heutigen Zeit werden und uns Vampire jagen. Im nächtlichen Duell sind wir unbezwingbar, dafür im Tageslicht angreifbar. Und diese Schwäche werden sie herausfinden. Es wird einen Krieg geben und wie in der Vergangenheit werden tiefe Wälder unser Zuhause sein. Răzvan berichtete gerade von den ersten Vampiren, die sich in keine Fledermäuse mehr verwandeln können. Das Schicksal wird uns alle ereilen. Somit geht eine wichtige Fähigkeit verloren, die uns im letzten Jahrhundert zum Vergnügen gedient hat, uns nun jedoch den einzigen Schutz bieten könnte.«

Vlad ging zum Fenster und sah angestrengt in die Nacht hinaus.

»Lasst mich einen Augenblick nachdenken. In weniger als zwei Stunden geht die Sonne auf. Bis dahin muss ich eine Entscheidung für uns alle treffen, die ich dann nicht mehr rückgängig machen kann.«

Răzvan senkte respektvoll das Haupt und sprach ehrerbietig im Namen aller Vampire. »Wir warten auf deine Anweisung.«

Er verließ den Raum. Kurz überlegte ich, ob ich Răzvan folgen sollte. Ich entschied mich zu bleiben. Felia war sich sicher, dass ich helfen konnte. Ich hatte ihr mein Wort gegeben. Das Versprechen wollte ich halten, auch um meinen Schuldanteil an der folgenschweren Lage zu begleichen.

Wenn ich Felia ohne zu zögern geglaubt hätte, wäre das alles nicht passiert.

»Was hast du denn für Möglichkeiten?«, fragte ich vorsichtig.

Er seufzte. »Entweder die Geschichte der Vampire wird so verlaufen, wie ich sie soeben geschildert habe, oder ich setze alles auf eine Karte. Auf dich. Es wäre hoch gepokert. Wir könnten dabei alles gewinnen oder alles verlieren. Dazwischen gibt es nichts.«

Ich näherte mich ihm. »Meinst du damit den Tintenkuss? Felia hat ihn kurz erwähnt. Sag mir, was genau ich tun muss, und ich gebe mein Bestes, um diese Aufgabe zu erfüllen.«

»Für eine Autorin wie dich erfordert der Tintenkuss im Grunde genommen keine besondere Anstrengung. Du bekommst von uns speziell dafür geeignetes Papier, ein Tintenfass und eine zugehörige Feder. Deine Aufgabe würde lediglich darin bestehen, damit zu schreiben, dass die Kette repariert werden soll. Der Rest geschieht praktisch von selbst.«

»Das war's? Und deshalb machst du so eine große Sache daraus?«, fragte ich irritiert. Vlad drehte sich zu mir und betrachtete mich eingehend. »Warum solltest du so leichtfertig dazu bereit sein? Was hättest du davon?«

»Warum soll ich denn etwas davon haben wollen? Ich mache das weder aus Berechnung noch erwarte ich eine Gegenleistung dafür. Vielleicht sind solche Verhaltensweisen unter euch Vampiren normal, eines lass dir aber gesagt sein, unter uns Menschen ist das nicht pauschal so.«

Vlad rang sichtlich mit sich, deshalb versuchte ich ihn weiter zu überzeugen. »Du hast mich gebissen und kennst mich dadurch besser als die meisten anderen Menschen. Ich verstehe, dass du das Schicksal der Vampire nicht in die Hände von irgendjemanden legen willst, aber es bleibt keine Zeit, dass ich mir dein Vertrauen noch durch zusätzliche Taten verdienen kann.«

Er nahm den Blutbeutel vom Tisch und trank ihn in einem Zug leer. »Malcolm Stevenson Forbes, ein amerikanischer Verleger, sagte einst: *Feder und Papier entzünden mehr Feuer als alle Streichhölzer der Welt.* Du wirst diese Macht haben, wenn ich dir zeige, wie du sie nutzen kannst.«

»Und du traust mir nicht zu, dass ich damit umgehen kann?«

Vlad legte den Blutbeutel ab und schüttelte kaum merklich den Kopf. Ich schnaubte.

»Okay, wenn du einen Plan B hast, dann nimmt mein Angebot eben nicht an. Ich werde jetzt abreisen und hoffen, dass ich rechtzeitig das Land verlassen kann, bevor eure Vampir-Ära einstürzt. Ich habe nämlich keine Lust, wie eine Capri-Sonne von einem blutrünstigen Vampir leergesaugt zu werden!«

Den nächsten Satz wollte ich seiner Schwester mittels der Gedanken übertragen, aber dann entschied ich mich dafür, ihn laut auszusprechen, damit ihn jeder hören konnte. Dabei sah ich Vlad in die Augen. »Felia, es tut mir leid. Dein Bruder kapiert einfach nicht, dass ich nicht euer Feind bin.«

Anschließend machte ich auf dem Absatz kehrt. Doch dieses Mal hielt Vlad mich zurück. Ich kam gerade einmal vier Schritte weit, da spürte ich seine kalte Hand an meiner Schulter.

»Zsófia. Bitte warte.«

Ehe ich mich versah, stand er vor mir. Er fuhr sich mit den Händen übers Gesicht. »Ich lebe schon sehr lange und ich bin es nicht gewohnt, dass jemand anderes für mich so entscheidende Dinge regelt. In diesem Fall muss ich mir eingestehen, dass ich es nicht schaffe, den Ablauf der Farbmagie aufzuhalten. Es ist gewagt, doch ich wäre ein Narr, wenn ich dich, unsere einzige Hoffnung, jetzt durch diese Tür gehen lassen würde. Natürlich bist du nicht irgendjemand. Du bist die Tochter von Gáspár Szalay. Wenn jemand dafür geeignet ist, spontan als unsere menschliche rechte Hand einzuspringen, dann du. Darf ich dich bitten, zu bleiben?«

21. Kapitel

Drága szivem – Mein teures Herz

Nachdem ich bejaht hatte, teilte mir Vlad mit, dass er mir die Einzelheiten erst erklären könnte, wenn es so weit war, denn es galt, keine Zeit zu verlieren. Danach ging alles sehr schnell. Vlad rief nach Răzvan. Der Vampir kam buchstäblich in Windeseile in das Speisezimmer.
»Bereiten wir den Tintenkuss vor.«
Als Vlad den Befehl gab, atmete Răzvan erleichtert aus und nickte dankbar in meine Richtung. Vlad ordnete an, dass die Vampire dafür sorgen sollten, dass die Besucherinnen und Besucher ins Bett gehen und wie immer den ganzen Tag schlafen sollen. Ich dachte an meinen ersten Tag im Dracula Park. Es war seltsam gewesen, als ich nach dem Frühstück plötzlich von Müdigkeit ergriffen worden war und Magnus mir am Abend berichtet hatte, dass es ihm auch so ging. Nun war ich mir sicher, dass das kein Zufall war. Wenn Vlad davon sprach, dass die Vampire *dafür sorgen* sollten, halfen sie gewiss mit schlaffördernden Mittelchen ein bisschen nach.
»Erhöht die Baldriandosis«, wies Vlad an und bestätigte damit meine Vermutung.
»Falls heute etwas schiefgeht, möchte ich, dass uns am Abend Zeit bleibt, um Vorkehrungen zu treffen, bevor die Menschen aufwachen.«
»Sehr wohl. Soll ich die Vampire des Kristallrats einberufen?«
»Ja, sie sollen sich unverzüglich hier im Speisezimmer versammeln.«

Als Răzvan sich nicht rührte, sah ihn Vlad fragend an.
»Răzvan, auf was wartest du noch?«
»Was ist mit Felia?«
»Ohne sie geht es nicht. Bring meine Schwester her, aber lass sie gefesselt.«
Ehe ich mich versah, war Răzvan verschwunden.
»Kann ich auch etwas tun?«, erkundigte ich mich, weil ich nicht tatenlos herumstehen wollte. Vlad überlegte kurz und entschied dann, dass wir die Stühle und den Tisch aus dem Raum tragen könnten, um uns mehr Platz zu verschaffen. Während ich den schweren goldenen Stuhl, auf dem ich beim Essen gesessen hatte, hinaus hievte, spürte ich einen Windstoß nach dem anderen. Vlad hatte in der Zwischenzeit die restlichen elf Stühle aus dem Speisezimmer getragen und entfernte abschließend den Tisch allein. Ich kommentierte es nicht, war jedoch trotzdem beeindruckt von seiner Geschwindigkeit und Stärke.
»Setz dich bitte dorthin«, sagte Vlad, als wir wenige Atemzüge später im leergeräumten Speisezimmer wieder aufeinandertrafen. Er deutete auf einen Platz am Boden in der Mitte des Raumes. Ich ließ mich dort auf die Knie sinken, mit dem Blick Richtung Fenster. In diesem Moment, als ich auf dem Boden saß, verließ mich plötzlich mein Mut.
Vlad ging neben mir in die Hocke. »Hey, Zsófia, was ist los? Dein Herzschlag hat sich verändert.«
»Ich frage mich gerade, ob du nicht doch auf den falschen Menschen setzt. Ich erfülle zwar eure Voraussetzungen für den Tintenkuss, doch was ist, wenn ich einen Fehler mache? Dann muss ich meinen Leben lang in Knoblauchöl baden, damit du mich vor Zorn nicht austrinkst.«
Ein sanfter Ausdruck trat auf Vlads Gesicht. »Vergiss nicht, die Badewanne in der heißesten Wüste der Erde aufzustellen. Damit gehst du auf Nummer sicher, dass ich

auf dein Blut verzichte, denn dann riechst du nicht nur widerlich, sondern ich würde mich auch an dir verbrennen.«
Ich lächelte, obwohl mir nicht danach zumute war. »Danke für den Tipp.«
Er strich mit seiner kalten Hand über meinen Arm. Ich spürte die Berührung noch, als er sie längst zurückgezogen hatte.
»Hab keine Angst. Ich werde bei dir bleiben und dich anleiten, bis die Sonne aufgeht. Und den Rest wirst du allein schaffen. Da bin ich mir sicher.«
»Okay«, flüsterte ich. Vlads Bestärkung, von der ich spürte, dass er sie ernst meinte, gab mir ein wenig den Glauben an mich selbst zurück. »Was kommt nun als nächstes?«
»Wir werden jetzt eine Schreibfeder für dich einweihen.«
In diesem Moment vernahm ich, wie Ketten klirrend über den Fußboden schleiften. Ich wandte mich um. Felia wurde von Răzvan in dem Raum geführt. Sie lächelte mich an.

Danke, hörte ich ihre Stimme in meinem Kopf sagen.

Dank mir erst, wenn die Sonne wieder untergeht, denn dann konnte ich euch hoffentlich vor eurem Schicksal bewahren, entgegnete ich in Gedanken.

Danach kamen vier weitere Vampire in das Speisezimmer, zwei männliche und zwei weibliche. Ich konnte ihre Gesichter nicht erkennen, weil die Kapuzen ihrer schwarzen Mäntel ihnen tief in die Stirn fielen und sie verdeckten. Einer der Vampire übergab Răzvan zwei Mäntel, die so aussahen wie die, die sie an ihren toten Körpern trugen.

»Zieht sie zum Schutz eurer Farben an«, befahl er und Răzvan zog ihn sich über. Danach half er Felia, die es mit ihren gefesselten Händen nicht allein schaffte. Vlad schloss währenddessen die Tür und wandte sich an eine der Vampirfrauen.

»Anastasia, reich mir nun die Feder, damit wir anfangen können.«

Unter ihrem Mantel zog sie ein Buch mit einem ledernen Umschlag hervor und hielt es Vlad hin. Die altertümliche Optik verriet, dass es sich um ein wertvolles Exemplar aus vergangener Zeit handeln musste. Vlad öffnete es. Erstaunt stellte ich fest, dass es sich nicht um ein Buch, sondern um ein Aufbewahrungskästchen handelte. Er nahm eine Schreibfeder heraus. Die Vampirfrau klappte das vermeintliche Buch wieder zu und verstaute es unter ihrem Mantel. Vlad begab sich währenddessen wieder an meine Seite.

»Forme deine Hände zu Schalen und halte sie nebeneinander.«

Als ich tat, was er sagte, überreichte er mir die Schreibfeder, die einen weißen Flaum hatte und in einem antiken silbernen Stiftkörper steckte. Ich betrachtete sie eingehend und war fasziniert von ihrer Schönheit.

»Hat mein Vater sie einst auch in den Händen gehalten?«, fragte ich und Vlad nickte.

»Ja, er war Letzte, der sie benutzt hat.«

Ich schloss andächtig die Augen, während ich an meinen Vater dachte. Was ihm wohl in diesem Augenblick durch den Kopf gegangen war? Mit einem Mal spürte ich die Nähe meines Vaters, als würde er neben mir sitzen. Ein sanfter Windstoß durchzog den Raum und ließ meine Lider auffliegen. Ein Vampir? An Vlads Augen, die das Speisezimmer durchsuchten, konnte ich erkennen, dass er nicht wusste, woher der Wind kam. Und plötzlich erfüllte eine Stimme den Raum, von der ich dachte, dass ich sie nie wieder hören würde.

»*Zsófia, drága szivem.*«

Das war ungarisch und bedeutete *mein teures Herz*. Nur

einer hatte mich je so genannt. Tränen sammelten sich in meinen Augen.

»Papa?«

Die Kerzen, die im Raum platziert waren, flackerten.

»Gáspár?«, fragte Vlad in die Stille des Raumes hinein.

»Hast du seine Stimme auch gehört?« Hoffnungsvoll blickte ich zu ihm auf und er nickte. Also hatte mir meine Fantasie keinen Streich gespielt. Zittrig hielt ich die Feder in der Hand. »Papa, bist du hier?«

»Ja, ihr könnt mich nicht sehen. All die Jahre habe ich versucht Kontakt mit euch aufzunehmen. Nie habe ich es geschafft, die Barriere zu durchbrechen. Ich bin so dankbar, dass es mir nun gelungen ist.«

Eine grübelnde Falte erschien auf Vlads Stirn. Schließlich blieb sein Blick auf der Feder hängen. »Gáspár, du hattest doch die Feder immer bei dir. War sie der letzte Gegenstand, den du vor dem Sprung in deinen Tod berührt hast?«

»Ja. Vermutest du einen Zusammenhang?«

»Die Verbindung zwischen Zsófia und dir wird dadurch gerade entstanden sein. Ich konnte selbst mit meiner Mutter einst dadurch in Kontakt treten. Es funktioniert aber nur einmal und auch nicht besonders lange. Wenn ihr euch etwas sagen wollt, dann jetzt.«

Wenn ich in Bayern am Grab meines Vaters stand und ihm gepflückte Blumen aus dem Garten auf die Erde legte, sprudelten die Worte an manchen Tagen nur so aus mir heraus und an anderen Tagen fehlten sie mir. So wie in diesem Moment. Ich war überwältigt und sprachlos.

»Papa, du fehlst mir so.« Ich schluchzte. Seine Stimme klang ebenso brüchig.

»Und du mir erst, mein kleines Mädchen. Kämpfe weiter so tapfer für deinen Traum. Es wird sich lohnen. Wie gern hätte ich es mit dir erlebt und dir den steinigen Weg dorthin erspart.«

Die Flamme einer Kerze erlosch. Vlad schien das als Zeichen zu deuten, dass die Verbindung jeden Augenblick abreißen würde. O nein!

»Das werde ich machen. Sag mir bitte noch, ob es dir gut geht dort, wo du jetzt bist?«

Die Flammen der noch brennenden Kerzen begannen zu rußen. Fest konzentrierte ich mich auf meinen Vater und betete, dass er mich noch kören konnte.

»*Ja, es geht mir gut. Du brauchst dir um mich keine Sorgen zu machen.*«

Erleichtert atmete ich aus. Er war noch da.

»*Vlad, ich dachte, mir bleibt noch so viel Zeit, um dir von meinen Plänen zu erzählen. Ich wollte dir vorschlagen, dass es in meiner Familie zur Tradition wird, dass es der oder die Erstgeborene der nächsten Generation zur menschlichen rechten Hand der Vampire wird. Wenn du es erlaubt hättest, hätte ich am Ende meines Lebens Zsófia in eure Existenz und die Aufgaben eingeweiht. Ich bin glücklich darüber, dass sich eure Wege nun von selbst gekreuzt haben. Eine bessere Nachfolgerin wirst du nicht finden.*« Die letzten Worte waren kaum noch zu hören. Als würde man mit dem Handy telefonieren und immer tiefer in einen Wald fahren. Es war die Zeit gekommen, um sich zu verabschieden.

»*Zsófia, du, Vlad und die Vampire waren die wichtigsten Geschöpfe in meinem Leben. Ich bin unendlich dankbar für alles, was ich mit euch erleben durfte. Eine schönere Zeit auf Erden hätte ich mir in meinem besten Roman für mich selbst nicht ausdenken können. Meine Geschichte ist nun zu Ende, aber eure wartet darauf, dass ihr sie weiterschreibt. Also nehmt den Stift in die Hand und legt los. Die Seiten warten darauf, dass ihr sie füllt.*« Kaum hatte er den letzten Satz ausgesprochen, lösten sich die Flammen der Kerzen und erhoben sich in die Luft. Sie vereinten sich und als eine warme Brise das Feuer forttrug, tropften Tränen aus meinen Augen, die brennend über meine Wange liefen.

»Leb wohl, Papa«, flüsterte ich, als wir im Dunkeln zurückblieben. Leise vernahm ich neben mir die Abschiedsworte von Vlad.

»Wir werden dich nie vergessen.«

Ich blinzelte ein paarmal. Und als ich das nächste Mal meine Augen öffnete, war Vlad dabei, mit einem brennenden Docht die Kerzen wieder anzuzünden. Auch wenn er weitermachte, als wäre nichts geschehen, sah ich an seinem Gesichtsausdruck, dass ihn dieses unerwartete Erlebnis auch ergriffen hatte.

»Uns bleiben nur noch fünfzig Minuten zum Sonnenaufgang«, drängte uns Răzvan und holte auch mich damit in die Wirklichkeit zurück. Wir hatten eine Aufgabe. Durch die Botschaft meines Vaters fühlte sich die Last, die ich seit Jahren auf meinen Schultern trug, mit einem Mal leichter an. Dass ich ihn noch ein letztes Mal hören durfte und erfahren hatte, dass es ihm gut ging, gab meiner Seele die Kraft, die ich brauchte. Mein Vater glaubte, dass ich eine gute Nachfolgerin wäre und das wollte ich nun mehr denn je beweisen. Ich atmete tief durch.

»Dann los.«

22. Kapitel

Sonnenaufgang in Transsilvanien

Vlad zündete die letzte Kerze an und positionierte sich neben mir.
»Wir werden die Feder jetzt mit Farbe vollgießen. Bleib einfach so, wie du bist.«

Ich nickte und legte meinen Fokus einzig und allein auf Vlads Stimme und die Feder in meiner Hand.

»Blau beginnt«, wies Vlad an und ich wartete gespannt, was geschehen würde. Kaum hatte er es ausgesprochen, vernahm ich hinter mir ein leises Pusten von einem Vampir. Wenige Wimpernschläge später sah ich aus den Augenwinkeln, wie ein blaues Pulver durch die Luft getragen wurde. Explosionsartig stob es in der Luft auseinander. Der Rauch, der dadurch entstand, war königsblau. Noch nie zuvor hatte ich die Farbe intensiver gesehen als in diesem Moment. Der Rauch bündelte sich und verschwand in der Spitze der Feder, als würde sie ihn aufsaugen. Einige der weißen Federäste färbten sich in dem malerischen Farbton.

»Jetzt grün«, bestimmte Vlad. Und die gleiche Prozedur geschah mit grünem Pulver, das in der schönsten Farbpracht maigrün schillerte, als es sich entfaltete. Diesen Farbton hatte ich auch schon bei Tereza gesehen. An der Farbe Purpur erkannte ich, dass Felia an der Reihe war. Ihrer Farbe folgten ein feuriges Orange und anschließend Rosenrot. Als das Farbspektakel vorüber war, hielt ich eine leuchtend bunte Feder in der Hand. Vlad ging neben mir in die Knie.

»Schwarz bildet das Ende.« Er hielt seine Handfläche nach

oben geöffnet und pustete hinein. Augenblicklich trat auf magische Weise schwarzes Pulver daraus hervor. Durch diese Methode musste es auch bei den anderen Vampiren hervorgetreten sein. Es zerstob wie die vorherigen Farben und umhüllte ebenfalls die Feder in meiner Hand. Als der tintenschwarze Rauch verpuffte, war die Feder vollständig schwarz gefärbt und hatte die anderen Farben verdeckt. Erstaunt betrachtete ich das Werk. Vlad warf ebenso einen kurzen Blick darauf.

»Sehr gut.« Er erhob sich und ging zu Felia. »Ich nehme mir jetzt deine Halskette.«

Widerstandslos ließ sich Felia von ihrem Bruder die Kette abnehmen. Währenddessen erkundigte er sich bei Răzvan nach der Uhrzeit.

»Es sind nur noch einundzwanzig Minuten bis zum Sonnenaufgang«, erwiderte dieser. Schweißperlen sammelten sich auf seiner Stirn.

»Okay. Anastasia, gibt mir das Buch und dann geht alle. Ihr habt euren Teil erfüllt. Ich bringe Zsófia zur Aussichtsplattform.«

Vlad nahm das Buch an sich und die Vampire verließen der Reihe nach das Speisezimmer. Felia wandte sich an ihren Bruder, bevor sie von Răzvan hinausgeleitet wurde. Reumütig senkte sie den Blick. »Ich wollte nicht, dass es so weit kommt.«

»Für eine Einsicht ist es jetzt ein bisschen zu spät, findest du nicht auch?«, herrschte er sie an. Felia tat mir leid. Ich glaubte ihr, dass sie ihre Farbe nicht absichtlich kaputtgemacht hatte. *Ich muss es einfach schaffen. Allein schon um sie zu retten*, dachte ich mir. *Die Vampire würden sonst bis in alle Ewigkeit einen Groll gegen sie hegen.*

Răzvan schob das Vampirmädchen sanft zum Ausgang. »Jetzt ist nicht der richtige Zeitpunkt für eine derartige

Unterhaltung.« Sie wünschte mir viel Glück und Răzvan schloss die Tür. Vlad nahm währenddessen die Feder und legte sie gemeinsam mit Felias Halskette in das Buch. Er verstaute es unter seinem Umhang und öffnete das Fenster. Mit einem Satz sprang er auf das schmale Fensterbrett. »Komm zu mir, Zsófia.«

Ich stand auf und ging zu ihm. Vorsichtig lugte ich durch das Fenster. Es ging mehrere Meter in die Tiefe. Ich schluckte.

»Soll ich aus dem Fenster springen?«

»Ja.«

Meine Augen weiteten sich und er reichte mir lächelnd seine Hand. »Aber nicht allein.« Vlad zog mich an sich und hielt mich auf seinen Armen wie ein Bräutigam, der seine Braut über eine Türschwelle trug. Ich klammerte mich mit den Armen um seinen Hals.

»Erschrick nicht, ich breite jetzt meine Flügel aus.«

»Was? Wie ...«

Die Frage nach dem *wie funktioniert das?*, die ich ohnehin nicht schaffte, vollständig auszusprechen, erübrigte sich. Staunend betrachtete ich, wie zwei riesige Fledermausflügel aus seinem Rücken wuchsen.

»Halt dich gut fest. Ich fliege jetzt los«, sagte Vlad, als sich seine Flügel in voller Größe entfaltet hatten. Und tatsächlich stieß er sich vom Fensterbrett ab. Mein Herz pochte wild gegen meine Brust. Ich schloss die Augen und kniff sie fest zusammen. Stellte mich auf einen harten Aufprall ein, der nicht kam. Stattdessen trug mich Vlad sanft auf seinen Armen durch die kühle Luft. Das ließ mich mutig die Augen wieder öffnen und die Welt von oben betrachten. Das Morgengrauen, das den beginnenden Tag ankündigte, verlieh den Baumkronen, über die wir hinweg glitten, und der imposanten Gebirgskette, die sich vor uns erstreckte, ein stimmungsvolles Ambiente. Ich versuchte die Tatsache zu ignorieren, dass wir uns in schwindelerlegener Höhe befanden, und fokussierte mich auf die unendliche Weite, die vor uns lag. Ein unbeschreibliches Gefühl der Freiheit breitete sich in mir aus, als wir über die vertraute Fledermaus-Achterbahn segelten.

»Wir sind gleich da.« Vlad steuerte das Riesenrad an. Wir glitten zwischen den Gondeln hindurch, die wie Knoblauchknollen aussahen.

»Siehst du den Felsvorsprung?« Er deute mit einer Kopfbewegung auf den Berg, den wir fast erreicht hatten. Dort ragte ein gewaltiger Felsvorsprung hervor. Vlad erklärte, dass es für die Besucherinnen und Besucher eine Aussichtsplattform war, zu der sie nachts, gespickt mit Grusel-Erlebnissen, wandern konnten.

»Und wir nutzen ihn jetzt für den Tintenkuss«, fügte er hinzu, als wir uns im Landeanflug befanden.

»Warum ausgerechnet hier?«

»Für den Tintenkuss eignet sich am besten ein Ort, der dem Himmel nah ist. Dieser Felsvorsprung ist für Menschen der höchstgelegene Platz des Dracula Parks. Noch weiter empor würdest du dich auf der mittleren Turmspitze der Burg Hohenzollern befinden, aber für jemanden ohne Flügel ist es undenkbar, von dort aus wieder herunter zu gelangen. Du müsstest bis zum Sonnenuntergang auf mich warten, bis ich dich wieder zur Erde bringen kann. Deshalb habe ich mich einst mit Gáspár für diesen Platz entschieden.«

Wir landeten auf dem Felsvorsprung und Vlad setzte mich ab. Als ich mit beiden Füßen den Boden berührte, holte er das Buch unter seinem Umhang hervor und überreichte es mir.

»Hör mir jetzt gut zu ...« Er erklärte mir, wie ich den

Tintenkuss durchführen musste. Währenddessen wartete bereits die Sonne zwischen den Berggipfeln darauf, die Natur aus dem nächtlichen Dornröschenschlaf zu erwecken. Aus Vlads Flügeln sprühten Funken und einzelne Stellen qualmten, aber er verzog keine Miene.

»Flieg jetzt bitte weg«, flehte ich, als ich verstanden hatte, was zu tun war. Ich konnte nicht mehr mit ansehen, wie die ersten Sonnenstrahlen des Tages ihn verwundeten. Die Grenze des aushaltbaren Schmerzes hatte er inzwischen auch erreicht, den seine menschliche Gestalt verpuffte unter tintenschwarzem Rauch. Nun flatterte er als Fledermaus vor mir und blickte sich schutzsuchend um. Er flog zu einem Baum, der in unserer Nähe in den Himmel ragte. Dort ließ er sich auf einem Ast nieder, dessen Blätterdach das brennende Licht vor ihm abschirmte.

»Bist du bereit?«, fragte er. Ich ließ mich auf die Knie sinken und öffnete das Buch.

»Ja, das bin ich. Leg dich jetzt in deinen Sarg und warte dort bis zum Abend. Sonst verbrennst du, bevor du erleben wirst, dass ich die Tinte nicht benutzen werde, um eine Geschichte zu schreiben, die den Vampiren schadet.«

Die Sonne lugte bereits hinter dem Gebirge hervor und war kurz davor, in den Himmel aufzusteigen und über dem Land in ihrer vollen Pracht zu scheinen. Vlad blieb keine Wahl mehr. Er musste wegfliegen, sonst würde ihn das Tageslicht verbrennen. Er flog unter dem Baum hervor und flatterte auf meiner Augenhöhe kurz vor mir in der Luft.

»Wenn du uns rettest, werde ich dir jeden Wunsch erfüllen, den du hast«, versprach er und brauste Richtung Burg Hohenzollern. Mit bloßem Auge hätte ich es nicht erkennen können, wenn er nicht von einem Funkenregen begleitet worden wäre. Ich hoffte, dass er unversehrt dort ankam und widmete mich mit Eifer meiner Aufgabe. Dabei rief ich mir Vlads Worte ins Gedächtnis. *In dem Buch befindet sich eine unbeschriebene Seite. Hol sie raus.*

Ich öffnete das Buch. Neben der Feder, der Halskette und einem Tintenfass befand sich ein altertümliches Stück Papier darin. Ich nahm es an mich und legte es vor mir auf den steinernen Boden.

Danach stellst du das Tintenfass daneben und schreibst mit der Feder folgenden Satz: Füll mich.

Ich erledigte das und schrieb mit zittriger Hand die zwei Wörter auf das Papier. Danach stellte ich die Feder in das Tintenfass und wartete mit angehaltenem Atem auf das Ergebnis. Vlad hatte mir eindringlich klargemacht, dass das, was als nächstes kam, nur funktionierte, wenn in meinen Adern statt Blut Tinte floss und ich eine wahrhafte Autorin war. Das war eine Art Sicherheitsvorkehrung, dass nur jemand die magische Kraft benutzen konnte, der wusste, wie man mit Worten umging. Wie durch Zauberhand lief Tinte aus der Spitze der Feder und das Gefäß füllte sich mit Flüssigkeit. Sie war transparent wie Wasser, aber dickflüssig wie Kleber. Das reflektierende Sonnenlicht ließ die Tinte wie Seifenblasenhaut in Regenbogenfarben schimmern. Nach diesem Prozess kehrten die Federäste wieder in ihren weißen Ursprungsfarbton zurück.

»Es hat geklappt!«, rief ich erleichtert aus. Nachdem ich die erste Probe überstanden hatte, ging ich nun zum schwierigsten Teil über. Ich musste eine Beschreibung formulieren, die reimende Elemente beinhaltete. Als Vlad mir vor wenigen Minuten davon erzählt hatte, konnte ich ihn nur abwartend anstarren. Ja, und *was soll ich schreiben?, hatte ich gefragt,* woraufhin er mir erklärte, dass er mir die Sätze nicht diktieren konnte, weil sie aus meiner Feder stammen mussten und nicht aus seiner. Das war auch so eine Art Sicherheitskram. *Dir wird schon etwas einfallen, du bist doch*

Autorin, hatte er noch gesagt. Woraufhin ich ihm entsetzt entgegen schleuderte, dass ich aber keine Dichterin war. Er meinte dann, dass es so schwer nicht sein konnte und ich schließlich nicht zur weiblichen Version von Johann Wolfgang von Goethe mutieren musste. Lediglich ein paar reimende Worte sollte ich mit einfließen lassen. Grübelnd ließ ich meinen Blick über den Dracula Park wandern.

»Okay. So schwer kann das doch wirklich nicht sein«, sagte ich schließlich zu mir selbst. Plötzlich erinnerte ich mich an eine Situation im Deutschunterricht in der sechsten Klasse. Wir hatten ein eigenes Gedicht verfassen müssen. Die Lehrerin, die ihre Brille immer viel zu tief auf der Nase trug, dass wir Schüler in jeder Unterrichtsstunde befürchteten, dass sie herunterfallen würde, ging durch die Reihen und las sich jedes Ergebnis durch. Bei mir warf sie einen Blick drauf und drehte das Blatt hin und her. *Das ist alles?*, wollte sie wissen. Vorsichtig zitierte ich William Shakespeare aus seinem Stück Hamlet: *In der Kürze liegt die Würze*. Die Lehrerin meinte daraufhin nur: »Dann trau dich und würze beim nächsten Mal deine Zeilen noch etwas mehr.«

Diesen Rat versuchte ich nun zu beherzigen. *Kurz und gew*ürzt *will ich schreiben. Wie fange ich bloß an?* Schließlich kam mir eine Idee und ich hielt sie auf meinem gedanklichen Notizzettel fest.

Purpur - die Farbe,
*tr*ägt *seit der Begegnung mit Sonnenlicht eine Narbe.*

O ja! Das konnte ich verwenden. Wie sollte es weitergehen?

*Verleih zur*ück *ihr, ihren Glanz,*

Was reimte sich auf Glanz? Bauchtanz?

Dann führen wir auf einen Bauchtanz.

Nein, so konnte ich das auf keinen Fall stehen lassen. Obwohl mich der Gedanke zugegebenermaßen amüsierte, strich ich den Satz aus meinem Kopf. Vlad und die anderen Vampire würden mir alle gleichzeitig einen Gebissabdruck verpassen, wenn sie heute Abend aus ihren Särgen stiegen und erst mal einen Bauchtanz aufführen mussten.

~~Verleih zurück ihr, ihren Glanz,~~
~~dann führen wir auf einen Bauchtanz.~~

Du musst sie heilen.

Was reimte sich auf heilen? Eilen. Mitteilen. Hm ... Verweilen? Ja, verweilen war das passende Reimwort!

Damit die Vampire können auf der Erde weiterhin in Frieden verweilen.

Euphorisch tunkte ich die Feder mehrmals in die Flüssigkeit und hielt die finale Version auf dem Papier fest.

Purpur - die Farbe,
   trägt seit der Begegnung mit Sonnenlicht eine Narbe.
   Du musst sie heilen.
   Damit die Vampire können auf der Erde weiterhin in Frieden verweilen.

23. Kapitel

Bissgeschick zur Mittagszeit

Elly sagte mir oft, dass es vorkommt, dass man sich im Leben manchmal zu früh freut. Und ausgerechnet an diesem Tag passierte es mir. Ich war auf der Zielgeraden. Der letzte Schritt war zum Greifen nahe. Ich wartete, bis die Zeiger meiner Handy-Uhr zwölf anzeigten. Vlad sagte mir, dass die Sonne um diese Zeit sechzig Grad hochstand. Etwa anderthalb Stunden später würde sie am höchsten stehen, auf vierundsechzig Grad. Um den allerspätesten Zeitpunkt unter keinen Umständen zu verpassen, riet Vlad mir deshalb, die finalen Vorbereitungen schon um zwölf Uhr zu treffen.

Es waren nur wenige Sekunden, in denen ich mich umdrehte, um Felias Kette aus dem Buch zu holen, damit ich sie auf das Schriftstück legen konnte, so wie Vlad es mir Vorfeld eingebläut hatte. Doch dazu kam ich nicht. Ich war so konzentriert, dass ich alle Geräusche um mich herum ausblendete und nicht mitbekam, dass die Blätter der umstehenden Bäume raschelten. Erst als ein Windhauch mein Haar nach hinten streifte, fuhr ich erschrocken herum. Doch da hatte sich das wertvolle Papier bereits vom Boden erhoben und der Wind trug es fort über den Felsvorsprung. Ich sprang auf, um danach zu greifen, aber es segelte bereits in die Tiefe.

»NEIN!« Ich schrie so laut, dass sogar Vlad erwachte, der sich tief unter der Erde in einem Sarg befand. Prompt vernahm seine alarmierte Stimme in meinem Kopf.

Was ist los?

Einen Moment stand ich völlig regungslos da. Dann tastete ich mich vorsichtig an den Rand des Felsvorsprungs. Auf dem Erdboden, der einige Höhenmeter weit entfernt war, sah ich das Papier liegen. Es war noch da! Ich musste dorthin!

Zsófia! Sprich mit mir.

Hastig packte ich alle Utensilien in das Buch. So schnell mich meine Füße trugen, rannte ich los. Währenddessen erzählte ich Vlad von dem Missgeschick.

Bei Dracula!

Ich sah ihn förmlich vor mir, wie er die spitzen Eckzähne zusammenbeißen musste, um einen Schwall an vorwurfsvollen Worten zurückzuhalten. Er entschied sich, die wertvolle Zeit nicht damit zu verschwenden, sondern lotste mich, anhand meiner Beschreibungen und so gut er es von der Entfernung konnte, über den Berg nach unten. Während ich über Baumwurzeln sprang, betete ich zu allen Göttern, die mir einfielen, dass ich das Papier noch rechtzeitig finden würde und es wieder zurück auf den Felsvorsprung schaffte.

Du gelangst jetzt zum Eingang des Dracula Parks. Du bist gleich dort. Geh danach zum Friedhof der wilden Tiere ...

Der letzte Satz klang, als wäre er kurz vorm Einschlafen.

Und dann?, fragte ich panisch.

Ich ...

Vlad?

Kurz darauf vernahm ich ein leises Schnarchen und dann war die Verbindung weg. Fassungslos hielt ich inne.

»Bist du eingeschlafen? Wie kannst du nur in dieser Extremsituation einschlafen? Hallo?« Keuchend kam ich zum Stehen. Es blieb still in meinem Kopf. Dafür hörte ich plötzlich jemand anderen laut und deutlich mit mir sprechen.

»Mit wem redest du?«

Erschrocken riss ich die Augen auf. Wilhelmina stand vor dem Kassenhäuschen. Warum schlief sie nicht tief und fest?

»Was machst du denn hier?«, frage ich sie. Nervös trat sie von einem Fuß auf den anderen.

»Das gleiche könnte ich dich fragen. Kommst du erst jetzt von deinem Treffen mit Vlad zurück?«

»Ja ... Gewissermaßen.«

Sie lächelte. »Da bin ich jetzt aber auf die Einzelheiten gespannt.«

»Wilhelmina, ich kann nicht.«

Die Zeit, die mit jeder Minute die verging knapper wurde, hing wie eine Sanduhr über meinem Haupt, dessen Schüttgut unaufhaltsam nach unten rieselte. Bevor Wilhelmina darauf reagieren konnte, bekamen wir einen unerwarteten Gast, der eine Frage hatte. Magnus trat hinter dem angrenzenden Gestein des höhlenartigen Eingangs hervor, durch den wir vor einigen Tagen gekommen waren. Ich verdrehte die Augen. Der hatte mir gerade noch gefehlt! Warum war auch er wach? Die Vampire hatten doch dafür sorgen wollen, dass alle Menschen tief und fest in ihren Hotelsärgen schlummerten?

»Warum hast du es so eilig? Und was trägst du da für ein außergewöhnliches Buch bei dir? In der Kiste der Tintenwelt, die für jeden von uns gleich bestückt war, habe ich so ein Exemplar jedenfalls nicht gesehen.«

Ich wusste, worauf Magnus mit seiner gekünstelt-säuselnden Stimme anspielte. Er betrachtete es als ein weiteres Indiz für seine Verschwörungstheorie. Ehe ich mich versah, blendete mich ein Blitzlicht. Magnus schoss ein Foto von mir.

»Sag mal, spinnst du? Hat Vlad dir das nicht deutlich genug verboten?«

»Dein Vlad ist aber gerade nicht hier. Und wie ich höre, hast du dich wieder mit dem Besitzer des Dracula Parks getroffen, ja?«

»Oh, da ist aber jemand eifersüchtig«, kommentierte Wilhelmina und er rümpfte die Nase.

»Zsófia«, begann er und betonte meinen Namen übertrieben im ungarischen Dialekt, »ist für mich inzwischen wie Knoblauch.«

Er hasste Knoblauch. Das hatte er Răzvan bei der Blutbezahlung verraten. Ich schluckte.

»Ich muss jetzt gehen.«

»Nur zu«, sagte Magnus und lehnte sich hämisch grinsend an das Gestein. Er hielt seine Kamera demonstrativ in die Höhe. »Dich stört es doch sicher nicht, wenn ich mitkomme, oder?«

Ich dachte an das Blatt, das er Wind mittlerweile bis Timbuktu getragen haben könnte. Ich musste schleunigst aufbrechen und zumindest versuchen, es zu finden. Wenn Magnus mich begleitete und am Ende auch noch den Tintenkuss fotografierte, mochte ich mir gar nicht ausmalen, was geschah. So ein Mist! Der ganze Plan konnte doch jetzt nicht an Magnus scheitern. Fieberhaft überlegte ich, wie ich ihn von mir fernhalten konnte. Die Einzige, die ich um Beistand bitten konnte, war Wilhelmina. Ich winkte sie zu mir. Wir traten ein paar Schritte zur Seite, sodass wir uns aus der Hörweite von Magnus befanden.

»Ich habe es wirklich sehr eilig. Wir werden alle diesen Dracula Park nicht lebend verlassen, wenn ich nicht gleich versuche ein Unglück zu verhindern. Das klingt jetzt als hätte ich zu viele Fantasy-Romane gelesen, aber ich bitte dich, vertrau mir.«

Ob es die Verzweiflung in meiner Stimme war und sie um ihr Leben fürchtete oder die Tatsache, dass zwischen uns ein Freundschaftsband bestand, konnte ich nicht einordnen, jedenfalls spitzte sie die Ohren wie eine abenteuerbereite Romanfigur.

»Okay, sag mir, wie ich dir dabei helfen kann.«

»Halte Magnus für mindestens eine Stunde von mir fern. Am besten zwei. Kriegst du das hin?«

Sie nickte siegessicher. »Du kannst dich auf mich verlassen. Dann kann ich endlich die Taktiken anwenden, die ich bei meinem lästigen Selbstverteidigung-Kurs gelernt habe.«

Eigentlich war es die zahnharte Aufgabe ihres Bodyguards, sie im Notfall zu beschützen, aber Wilhelmina schaffte es durch geschickte Ablenkungsmanöver hin und wieder, auf sich allein gestellt zu sein. Deshalb bestanden ihre Eltern darauf, dass sie zweimal in der Woche ein Selbstverteidigungstraining absolvierte. Wilhelmina trickste nämlich nicht nur ihn, sondern regelmäßig den gesamten Hofstaat aus, um Dinge zu tun, die sich für eine wohlerzogenes, adeliges Mädchen nicht gehörten. Ich erinnerte mich, dass sie einst ihren privaten Musiklehrer an der Nase herumgeführt hatte, um anstatt zu seinem Geigenunterricht zu gehen, heimlich in die Stadt zu fahren und dort E-Gitarre zu lernen. Alles flog auf, als Wilhelminas Mutter bei einem Nachmittagstee, zu dem sie eine vornehme Damengesellschaft eingeladen hatte, darauf bestand, ihr Instrument vorzuführen. Den Frauen war fast das wertvolle königliche Porzellan aus den Händen gefallen, als Wilhelmina lautstark ein fetziges Stück zum Besten gegeben und dabei den Kopf im Takt bewegt hatte. Es war Wilhelminas Lieblingsbeschäftigung, das Adelshaus aufzumischen und der Ärger, den sie sich dafür eingefangen hatte, war nun unser Ass im Ärmel. Dankbar fiel ich ihr um den Hals. »Eine Prinzessin ist einfach die beste Komplizin die man sich nur wünschen kann.«

Wir ließen voneinander ab und Wilhelmina umkreiste ihr Ziel wie ein Adler seine Beute. Zunächst machte sich Magnus darüber lustig. Sein triumphierendes Lachen verschwand, als sich Wilhelmina kampflustig auf ihn gestürzte.

»Hey, was soll das?« Magnus wich ihr aus, doch ehe er sich versah, hatte ihn Wilhelmina mit einem geschickten Griff auf dem Boden geworfen. Magnus wand sich unter ihr, aber er hatte keine Chance zu entkommen. Vergnügt blickte meine Freundin zu mir auf. »Dank mir später.«

»Das werde ich.«

Magnus strampelte unterdessen weiter, aber es nützte ihm nichts.

»Seid ihr von allen guten Geistern verlassen? Lasst mich frei!«

»Nein, wir *sind* nicht von allen guten Geistern verlassen, wenn wir dich nicht aufhalten, *werden wir* von allen guten Vampiren verlassen sein!«, erwiderte ich und rannte los. Ich blendete alles um mich herum aus und lief zum Friedhof der wilden Tiere. Im Tageslicht, ohne den ganzen Nebel, konnte ich mich in dem Park schnell orientieren. Ich erreichte die Karusselltür und schlängelte mich hindurch. Der Bereich war wie leergefegt. Kein einziges Wildtier war zu sehen. Um diese Tageszeit verkrochen sie sich bestimmt in den Tiefen der Wälder. Ich ließ meinen Blick über die Grabsteine schweifen, die von gespenstischer Stille umhüllt wurden.

»Irgendwo hier muss ich zu dem Bereich unter dem Felsvorsprung gelangen«, murmelte ich und ging los. Als sich der Weg gabelte, entschied ich mich zunächst, in der Richtung der linken Abzweigung zu suchen. Ein luftzerreißendes Bärengebrüll ließ mich innehalten. Meine Augen weiteten sich. Das Bärengehege? Düster erinnerte ich mich an dessen Beschaffenheit. Ja, da waren Berge. Mit einem Mal war ich mir sicher, dass ich an diesem Ort finden würde, wonach sich suchte. Ich drehte mich um die eigene Achse und preschte los.

Schwer atmend hielt ich mich an den Gitterstäben fest, als ich das Gehege erreichte. Mit Freude erspähte ich in der Ferne das Gebirge und den Felsvorsprung. Diese verschwand gleich wieder, als mir bewusst wurde, was das bedeutete. Ich musste das Gehege betreten und meine Ängste überwinden. Die Displayanzeige von meinem Handy zeigte zwölf Uhr fünfunddreißig. Mir blieben nur noch vierzig Minuten Zeit, bis die Sonne am höchsten stand. O nein!

Mit rasendem Puls betrat ich das Gehege und betrachtete eingehend das idyllische Terrain. Das Wasser ließ sich glitzernd vom Sonnenlicht durch den Fluss treiben. Die steinige Ebene, die vor mir lag, ging über in eine saftig-grüne waldbedeckte Wiese, die sich bis zur abschließenden Gebirgskette erstreckte. Die Bäume schränkten mein Sichtfeld ein, aber zumindest konnte ich auf den ersten Blick keinen Bären entdecken. Mit zittrigen Knien ging ich einen Schritt nach dem anderen. Mit den Augen suchte ich den Boden nach dem Papier ab und prüfte, ob sich ein tierischer Bewohner in der Nähe befand. Auf der einen Seite des Flusses war von beidem keine Spur zu sehen. Verzweifelt hielt ich mir das Buch auf den Kopf. Es war wie die Suche nach der berühmten Nadel im Heuhaufen. Ich wollte nicht aufgeben, doch meine Hoffnung schrumpfte von einem Roman auf eine Kurzgeschichte.

»Es hilft nichts. Ich muss auf die andere Seite des Flusses«, murmelte ich und visierte die breiten Steine an, die aus dem Wasser ragten. Plötzlich knackte ein Ast. Ich warf einen vorsichtigen Blick unter meinen Schuh. Dort war kein Ast. Mit klopfenden Herzen hob ich den Kopf und nahm hinter einem naheliegenden Baumstumpf eine Bewegung war. Mit angehaltenem Atem fokussierte ich ihn und bewegte mich langsam rückwärts. Dieses Mal würde mich Vlad nicht vor den Raubtieren retten, soviel stand fest. Als unter meinen Schuhen Steine knirschten, lugten die kleinen Bärenjungen neugierig mit ihren niedlichen Knopfaugen hinter dem Baumstamm hervor. Obwohl ich die Kraft der beiden nicht unterschätzte, war ich froh, dass es sich um kein ausgewachsenes Tier handelte.

»Ach, ihr zwei seid das«, begrüßte ich sie und beiden tapsten aufgeregt zu mir. Ich vermied jede Bewegung und ließ sie an meinen Beinen schnüffeln. Als ein inbrünstiges Bärengebrüll erschallte, zuckte ich zusammen. Die Bärenkinder hielten inne, sahen einander an und liefen zum Fluss. Dort hopsten sie geschickt Stein für Stein darüber, bis sie auf der anderen Seite angelangt waren. Abwartend blickten sie zu mir und gaben mir mit einer Kopfbewegung zu verstehen, dass ich ihnen folgen sollte. Zunächst dachte ich, dass ich es mir nur einbildete, doch dann wiederholten sie es immer wieder. Bis schließlich einer der beiden zu mir zurückkam. Sanft biss er in meinen Schuh und zog daran.

»Wahrscheinlich ist es eigenartig, wenn ich euch jetzt eine Frage stelle. Aber nach allem, was ich im Dracula Park erlebt habe, halte ich es nicht für ausgeschlossen: Könnt ihr sprechen?«

24. Kapitel

Tintenküsse

Die Bärenkinder schüttelten ihre flauschigen Köpfe. Ich ließ mich auf die Knie sinken, sodass ich mich auf ihrer Augenhöhe befand.
»Aber ihr könnt mich verstehen?«
Beide nickten. Meine Furcht vor den Tieren schrumpfte und ließ meine Hoffnung auf die Größe eines Taschenbuchs wachsen.
»Wisst ihr, warum ich hier bin? Befindet sich das Papier noch im Gehege? Soll ich mit euch mitgehen, weil ihr mich dorthin bringen wollt?«
Abermals nickten sie.
»Dann lauft los.«
Aufgeregt folgte ich meinen tierischen Gefährten. Auf der anderen Seite des Flusses lotsten sie mich zu einer sonnendurchfluteten Lichtung im Wald. Die Bärendame, mit der ich vor Kurzem unbeabsichtigt Bekanntschaft gemacht hatte, erwartete mich dort bereits. Mit ihrer linken vorderen Tatze hielt sie das Papier fest. Eine Träne der Erleichterung lief mir über die Wange. Die Bärendame trat zur Seite und ich näherte mich ihr vorsichtig. Mit einer langsamen Bewegung hob ich das Blatt auf. Trotz des Wissens, dass mir die Raubtiere unterstützend zur Seite standen, wollte ich vermeiden, sie zu erschrecken.
»Danke, Sharai«, flüsterte ich und sie senkte ehrerbietig ihr Haupt. Mutig trat ich vor sie und streichelte ihr über das Fell.
Als ich das Gehege verließ, wusste ich, dass ich diesen

romanreifen Moment mit dem Raubtier inmitten seiner Natur niemals vergessen würde. Ich verstaute das Papier sicher im Buch und lieferte mir einen Wettlauf gegen die Zeit.

Es war zwölf Uhr siebenundfünfzig, als ich am Eingang des Dracula Parks vorbeifegte. Wilhelmina hatte ganze Arbeit geleistet. Magnus war mit einem Seil an einer Laterne gefesselt und funkelte mich fuchsteufelswild an. Auf dem Mund klebte ein Stück schwarzes Klebeband, das ihn daran hinderte, sich lautstark bemerkbar zu machen. Wobei es ihm im Dracula Park tagsüber auch nichts nützen würde, wenn er um Hilfe rufen konnte, doch das wusste Wilhelmina natürlich nicht. Wo war sie überhaupt? Ich suchte mit dem Blick schnell den Eingangsbereich hab, konnte sie aber nirgends entdecken.

»Wenn ich wieder zurückkomme, lassen wir dich frei«, rief ich Magnus zu und rannte zur Abzweigung die auf den Berg führte. Mir blieben noch achtzehn Minuten Zeit, um auf den Felsvorsprung zu gelangen und ich schaffte es buchstäblich in letzter Minute.

Um dreizehn Uhr vierzehn kam ich völlig aus der Puste dort an. Hektisch öffnete ich das Buch und legte das Papier auf den steinigen Boden. Dieses Mal hielt ich es mit einer Hand fest. Es wehte zwar kein Wind, trotzdem wollte ich kein Risiko mehr eingehen. Schnell holte ich Felias Kette heraus und platzierte sie auf dem Papier. Prachtvoll funkelte der Kristall im Antlitz der Sonne. Er platzte auf und hinterließ einen purpurfarbenen Farbklecks auf dem Papier. Um Punkt viertel nach eins zeigte sich ein paar Zentimeter über dem Papier eine kleine, dunkle Regenwolke. Die Wassertropfen fielen auf das Blatt. Als das weiße Sonnenlicht sie berührte, spannte sich über dem Papier ein leuchtender Regenbogen. Von Sekunde zu Sekunde wurde das Leuchten kräftiger. Ich blinzelte, weil es blendete. Die Regenwolke verpuffte und der Farbstrahl des Regenbogens wurde von Felias Farbe auf dem Papier eingesogen. Ich hob die Kette vorsichtig auf und legte sie in das Buch. Danach nahm ich das Papier, faltete es zu einem Trichter und schüttete die Farbe in den gebrochenen Kristall. Als der letzte Tropfen aus dem Blatt fiel, beobachtete ich mit angehaltenem Atem, wie sich der Kristall wieder verschloss. Schnell verstaute ich das Papier im Buch und klappte es zu.

»Geschafft«, hauchte ich und ließ mich erschöpft, aber glücklich auf den Boden sinken. Tausend Knoblauchknollen fielen mir vom Herzen. Es war mir gelungen! Ich hatte die Vampire gerettet! Wie Vlad am Abend wohl reagieren würde? Und Felia?

Ich rappelte mich auf und spazierte stolz zum Eingang zurück. Dort fand ich weder Magnus noch Wilhelmina vor. Ich vermutete, dass Wilhelmina Magnus befreit hatte und sie nun in ihren Särgen schlummerten. Da mich die Müdigkeit allmählich auch ummantelte, beschloss ich, zur Burg Hohenzollern zu gehen um mich dort bis zum Abend hinzulegen. Im Treppenhaus entdeckte ich eine blutrote Couch, auf der ich es mir gemütlich machte. Ich umklammerte das Buch fest in meinen Händen und schlief ein ...

»Da ist sie.«
»Sie wird wach.«
Die Stimmen klangen entfernt und ich konnte nicht einordnen, woher sie kamen. Kalte Hände berührten mich an den Schultern und rüttelten mich sanft aus dem Schlaf.
»Zsófia?«
Das hörte sich eindeutig nach Vlad an. Ich blinzelte und blickte in die Augen von Draculas Neffen. Er sah aus wie ein Krieger nach einer gewonnenen Schlacht.

»Dir ist der Tintenkuss gelungen! Du hast uns gerettet!«
Ich strahlte, als die Erinnerungen des Tages auf mich einströmten.

»Ja!«

Răzvan führte Felia zu mir und ich erhob mich. Sogleich fiel sie mir um den Hals, soweit es mit ihren Ketten möglich war. Ich öffnete das Buch und gab Felia die Kette zurück. Plötzlich ertönte Jubel und tosender Beifall von allen Seiten. Ich ließ meinen Blick durch die Reihen schweifen. Das ganze Treppenhaus war mit Vampiren gefüllt. Nach einer Weile hob Felia die Hand und sie verstummten. Tränen sammelten sich in ihren Augen, als sie sich an mich wandte.

»Liebste Zsófia, ich finde, dass ein einfaches *Danke* für deine selbstlose Tat nicht ausreicht, auch wenn es bis in alle Ewigkeit gilt. Deswegen möchte ich dich mit der Kraft meiner Farbe segnen.«

Das Vampirmädchen hob die Hand und schleifte dabei die Ketten klirrend über den Boden. »Dein ganzes Leben lang soll die Farbe Purpur dir Kreativität und Weisheit geben.« Felia pustete in ihre Handfläche, purpurfarbener Staub tanzte durch die Luft und regnete auf mich herab. Fasziniert betrachtete ich das Spektakel.

»Danke«, flüsterte ich.

Eine Frau trat aus der Vampirmasse hinter Felia hervor. Ich erinnerte mich an sie. Es war Narcisa vom Kristallrat. Sie streifte sich den schwarzen Mantel ab, unter dem ein feenhaftes grünes Kleid zum Vorschein kam.

»Ich möchte mich Felia anschließen. Dein ganzes Leben lang soll die Farbe Grün dir Gesundheit und Frieden geben.«

Nachdem Narcisa mich mit ihrer Farbe gesegnet hatte, schloss sich auch der restliche Kristallrat an. Von Rot bekam ich Liebe und Energie, von Orange Fröhlichkeit und

Selbstvertrauen, von Gelb Wärme und Optimismus und von Răzvans blauer Farbe Vertrauen und Freiheit. Am Ende kniete sich Vlad vor mich und alle anderen Vampire taten es ihm gleich, indem sie sich vor mir verneigten.

»Dein ganzes Leben lang soll die Farbe Schwarz dir Schutz und Wahrheit geben.«

Gerührt blickte ich auf den herabrieselnden schwarzen Staub. Auf wundersame Weise hinterließ keine der Farben eine Spur auf meiner Haut und meiner Kleidung. Vlad erhob sich als Erstes wieder. Er stellte sich neben mich und heizte die Vampire an: »Heute Nacht feiern wir und stoßen auf Zsófia an!«

Während die Meute um uns herum tobte, wandte er sich an mich. »Und du bist mein Ehrengast.«

Verlegen senkte ich den Blick. »Das ist ein schönes Ende für einen Tag, an dem ich beinahe der Inhalt eurer Gläser gewesen wäre.«

Vlad lachte und dabei blitzten seine spitzen Eckzähne hervor. »Das war wirklich knapp.«

Neckend boxte ich ihm in die Seite. »Und du bist einfach eingeschlafen, als ich deine Hilfe am dringendsten gebraucht hätte!«

»Glaub mir, von dem erholsamsten Schlaf des Jahrhunderts kann ich auch nicht sprechen. Ich habe mit aller Macht gegen die Müdigkeit angekämpft. Es war unmöglich, wach zu bleiben.«

Ich zuckte mit den Schultern. »Dafür hatte ich tatkräftige Unterstützung von einem Menschen und einem Bären. Ohne Wilhelmina und Sharai hätte ich es nicht geschafft. Euer Dank sollte auch ihnen gelten und nicht nur mir. Apropos, hast du eine Erklärung, warum Wilhelmina und Magnus nicht geschlafen haben?«

Vlad schüttelte den Kopf. »Sie müssen beide nicht gefrühstückt haben, doch welche Ziele sie verfolgt haben, weiß ich nicht.«

»Hm, komisch.«

Bevor ich weiter darüber nachdenken konnte, unterbrach mich Felias Räuspern. »Vlad, ich möchte dich noch einmal um Verzeihung bitten. Meine Rachegedanken haben meinen Verstand vernebelt. Dass ich uns alle ernsthaft in Gefahr gebracht habe, hat mir klare Sicht verschafft. Ich möchte den Menschen, die heutzutage leben, nichts mehr heimzahlen, wofür ihre Vorfahren verantwortlich waren. Zum einen können sie wirklich nichts mehr dafür und es ist es mir nicht wert, im Gegenzug dich und alle anderen Vampire zu verlieren. Bitte lass mich wieder am Nachtleben teilhaben.«

Die Vampire verstummten und alle hielten den Atem an, während wir gespannt auf Vlads Reaktion warteten. Sein Blick ruhte eine Weile auf Felia, bevor er antwortete. »Ich glaube dir, dass die Entschuldigung von deinem toten Herzen kommt. Es bedeutet mir viel, dass ich dich wieder in unserer Mitte aufnehmen kann.« Vlad schritt zu seiner Schwester und befreite sie höchstpersönlich von ihren Fesseln. Danach fielen sich die Geschwister in die Arme. Ich freute mich sehr für die beiden und auch für die Vampire gab es diese Nacht somit noch ein Grund mehr zu feiern. Als Vlad von ihr abließ, wischte er sich hastig eine Träne aus den Augen.

»So, und jetzt genug der Rührseligkeiten! Lasst uns ein Fest vorbereiten!«

Die Vampire schwärmten in Mensch- und Fledermausgestalten in alle Himmelsrichtungen aus. Ehe ich meine Hilfe anbieten konnte, wurden Girlanden mit Lampions an der Decke angebracht, die in einem gedämpft roten Licht leuchteten. Ein Musik-Pult wurde aufgebaut und dazugehörige Sound-Anlangen im Treppenhaus verteilt. Răzvan trug mit anderen Vampiren fünf Weinfässer mit der Aufschrift *Edler Tropfen* herein. Ich rümpfte die Nase.

»Ich nehme an, das ist alles Blut?«

Vlad zwinkerte mir zu. »Ja, aber keine Sorge, für dich organisieren wir eine Auswahl an menschenfreundlichen Getränken.«

»Sehr aufmerksam.«

»Ich werde mich gleich selbst darum kümmern«, sagte er und verschaffte mir damit einen Augenblick allein mit Felia.

»Es ist schön, dich nun in Freiheit und vereint mit deinem Bruder zu sehen.«

Das Vampirmädchen strahlte. Ihr Grinsen wurde noch breiter, als Răzvan neben ihr auftauchte. Ich erfuhr, dass Vlad ihm sein geheimes Bündnis mit Felia vergeben hatte und er in Transsilvanien bleiben durfte. Anschließend fragte er Felia, ob sie ihn zur Blut-Bar begleiten wollte. Sie schüttelte den Kopf.

»Ich möchte Zsófia hier nicht allein lassen.«

Ich winkte ab. »Geh ruhig mit ihm mit. Vlad müsste …« Bevor ich den Satz beenden konnte, war Vlad auch schon zurück und hielt mir ein Glas mit schwarzen Spinnenaufdruck entgegen, das mit leuchtend blauen Saftgemisch gefüllt war.

»Ah, hier ist er ja. Danke.«

»Darf ich dich um einen Tanz bitten?«, fragte Vlad, als er mir das Getränk überreichte. Überrascht blickte ich zu ihm auf und nickte. Ich nippte an dem Glas. Ein süßlicher Geschmack breitete sich auf meiner Zunge aus. Vlad nahm mir das Glas ab und gab es einem Vampir, der mit einem Tablett an uns vorbeiging. Er reichte mir die Hand und führte mich in die Mitte der Tanzfläche. Der Vampir-DJ drehte die Musik auf. Vlad führte mich mit geübten Bewegungen und ließ mich meine Welt mit allen Sorgen für eine Nacht vergessen. Wir tanzten, lachten und feierten in einer ausgelassenen Stimmung bis zum Morgengrauen.

25. Kapitel

Eine unerwartete Abreise

Immer wenn ich ein Buch zuklappte, nahm ich mir ein paar Atemzüge Zeit, um wieder aus den hineingelesenen Welten aufzutauchen. Und genauso kostete ich die Zeit aus, als ich am nächsten Abend mit einer ungewohnten Leichtigkeit zurück ins Hotel ging. Leise summte ich die Melodien der vergangenen Nacht. Nach den übernatürlichen Erlebnissen und dem Happy End für die Vampire war es Zeit für mich, in meine Welt zurückzukehren. Als erstes wollte ich Wilhelmina aufsuchen, doch die Suche nach ihr erübrigte sich. Sie stand mit verschränkten Armen und einem gepackten Koffer vor dem Eingang des Dracula Resorts. Neben ihr entdeckte ich die Leiterin der Tintenwelt, die mit ernster Miene auf sie einredete. Ich blieb wie angewurzelt stehen.

»Frau Gmeiner? Was macht sie denn hier?«

»Sie holt Wilhelmina ab und die nächste wirst du sein.«

Ich fuhr herum. Magnus lehnte unweit von mir entfernt an einem Baum. Süffisant betrachtete er das Geschehen. Und da war ich wieder. In der Realität. Deutlich schneller, als mir lieb war.

»Was hast du getan, Magnus?«, fuhr ich ihn an. In diesem Moment blickten Wilhelmina und Frau Gmeiner in unsere Richtung. Erschöpft nahm sich die Leiterin der Tintenwelt die Brille von der Nase und winkte uns zu sich.

»Schön, dass ich dich auch noch sehe, Sofia. Wir müssen gleich los, weil der Vampirexpress in fünfzehn Minuten abfährt«, begann sie, als wir die beiden erreichten. »Wilhelmina scheidet mit sofortiger Wirkung vom Wettbewerb aus. Eigentlich hätten wir euch für das Verfassen der letzten Aufgabe einen Laptop zur Verfügung gestellt, aber damit ein erneuter Betrug ausgeschlossen werden kann, verlangen wir eine handschriftliche Ausfertigung. Ich habe ein Notizbuch mit leeren Seiten in eure Zimmer bringen lassen. Und noch eines zur Reserve.«

Ungläubig starrte ich Frau Gmeiner an. »Betrug? Was ist passiert?«

Beschämt blickte Wilhelmina zu mir auf. Gewiss war das eine gemeine Täuschung von Magnus. Bevor mein innerer Topf zu brodeln begann, schüttelte meine Schreibfreundin den Kopf, als hätte sie meine Gedanken gelesen und darauf geantwortet.

»Ich habe euch all die Jahre angelogen. Ich lese Bücher nicht gern und schreiben mag ich sie schon gleich dreimal nicht. Für mich ist es natürlich unglücklich gelaufen, dass diese Wahrheit kurz vorm Ziel aufgeflogen ist.« Dabei warf sie Magnus einen grimmigen Blick zu. »Aber im Grunde genommen euch gegenüber auch fair. Wenn ich gewonnen hätte, hätte ich einem von euch den Sieg genommen, der es wirklich will.«

»Das Wort Fairness ist im Hinblick auf die Gesamtsituation äußerst unpassend, Wilhelmina«, tadelte Frau Gmeiner. »Entschuldigt mich kurz. Ich hole uns noch Snacks für die Fahrt.«

Während Frau Gmeiner sich an einem nahegelegenen Kiosk in die Menschenschlange einreihte, bestätigte Wilhelmina, was wir scherzend schon oft vermutet hatten: Sie bezahlte einen diskreten Profi, der in ihrem Auftrag die verlangten Texte schrieb. Durch den mangelnden Empfang in Transsilvanien war eine heimliche Kontaktaufnahme mit der Person, dessen Name sie nicht verraten wollte, von ihrem Mobiltelefon aus nicht möglich gewesen. Aus diesem Grund musste sie über die Hotel-Rezeption telefonieren. Trotz aller Behutsamkeit hatte Magnus das mitbekommen und belauscht, dass Wilhelmina ein geheimes Treffen arrangiert hatte.

»Darum bin ich Wilhelmina gestern vor dem Frühstück unauffällig gefolgt«, fuhr Magnus fort und lieferte mir damit auch eine Erklärung, warum die beiden nicht geschlafen hatten. Denn ohne die Einnahme der präparierten Mahlzeit waren sie auch nicht in einen tiefen Schlaf gefallen. Magnus deutete mit dem Zeigefinger auf mich und bohrte ihn in meine Schulter.

»Wilhelmina und ich waren wohl gleichermaßen überrascht, *dich* bei Tageslicht ebenso anzutreffen. Es kam ihr äußerst gelegen, dass du sie darum gebeten hast, mich für eine Weile aus dem Verkehr zu ziehen. Hast du dich nicht gewundert, warum sie deine Pläne nicht hinterfragt hat? Ganz einfach, weil sie ihre eigenen Ziele verfolgte! Nachdem Wilhelmina mich festgebunden hat, hatte sie es äußerst eilig, den Dracula Park zu verlassen.«

Deshalb hatte ich Wilhelmina auch nirgends entdecken können, als ich zurück auf den Berg gelaufen war. Kurz nachdem ich Magnus an diesem Tag zum zweiten Mal begegnete, war es ihm gelungen, sich zu befreien. Er hatte sich entscheiden müssen, wem von uns beiden er hinterherlief. Obwohl es Magnus brennend interessiert hätte, was ich vorhatte, wollte er sich den Schnappschuss von Wilhelmina nicht entgehen lassen.

»Und den habe ich auch bekommen. Ich kam gerade noch rechtzeitig und habe den Augenblick festgehalten, wie Wilhelmina und eine blonde Frau mit Sonnenbrille Unterlagen ausgetauscht haben.«

»Ja, es ist wahr. Ich war mit der Person verabredet, die

für mich arbeitet, aber ich habe Sofia nicht nur deshalb geholfen. Sie ist meine Freundin und sie hat dringend meine Hilfe gebraucht!«, fauchte sie ihn an. Milder gestimmt wandte sie sich an mich.

»Das musst du mir bitte glauben.«

Ich nickte und schickte Magnus weg. »Kannst du bitte woanders schadenfroh sein? Ich würde mich gern von Wilhelmina verabschieden. Allein!«

Magnus schnaubte und stapfte zum Hotel. Als sich die Glastür bei seinem Näherkommen automatisch öffnete, wandte er sich noch einmal zu mir um. »Ich werde auch noch dafür sorgen, dass du vom Wettbewerb ausgeschlossen wirst. Verlass dich drauf!«

»Was stimmt denn mit dem nicht!«, zischte Wilhelmina und schüttelte den Kopf. »Ob er mit der gleichen Verbissenheit seinen Roman schreibt, wie er versucht uns der Reihe nach loszuwerden?«

Seufzend zuckte ich mit den Schultern. »Das weiß ich nicht, aber es tut mir leid, dass er bei dir damit Erfolg hatte. Darf ich dich etwas fragen?«

»Ja, natürlich.«

»Warum hast du überhaupt einen Fuß in die Bücherwelt gesetzt, wenn du sie nicht leiden kannst?«

Nachdenklich senkte Wilhelmina ihren Blick. »Lesen und Bücher schreiben sind eben vorzeigbare Freizeitbeschäftigungen. Du weißt, ich bin alles andere als die wohlerzogene Tochter, die sich meine Eltern vorgestellt haben. Ich wollte wenigstens einmal ihrem Idealbild entsprechen und sie mit Stolz erfüllen. Übrigens hast du mich erst auf die Idee gebracht.«

Verblüfft blickte ich zu ihr auf. »Ich?«

»Meine Mutter hat dich immer so bewundernd angesehen«, erzählte sie.

»Mich?«

»Sie war ein großer Fan von deinem Vater und hat keinen der Zeitungsberichte oder Fernsehinterviews verpasst. Einmal wurde ein Familienportrait im Fernsehen ausgestrahlt und ich bin zufällig im Wohnzimmer vorbeigekommen, als sie mit meinem Vater darüber gesprochen hat. Sie hat so von dir geschwärmt. Besonders hat sie dein Interesse an der Literatur hervorgehoben. *Schau, Luitpold, hat sie gesagt, es gibt auch anständige junge Mädchen, die ihre Freizeit sinnvoll verbringen. Wilhelmina ist im gleichen Alter. Ich wünschte, unsere Tochter würde auch einem vernünftigen Hobby nachgehen, statt sich den ganzen Tag damit zu beschäftigen, eine Regel nach der anderen zu brechen. Nur um uns bloßzustellen.*«

»Dieser Vergleich muss dich sehr verletzt haben«, sagte ich mitfühlend.

»Ja. Es tut weh, mit eigenen Ohren zu hören, dass man so eine Enttäuschung für die eigene Mutter ist. Ich habe mich danach in meinem Zimmer verkrochen und die ganze Nacht geweint. Am nächsten Morgen hatte ich entsetzlich verquollene Augen, aber ich bin aufgestanden und habe mir die berühmte imaginäre Krone aufgesetzt. Ab diesem Zeitpunkt habe ich mir vorgenommen, so zu sein wie du. Einerseits war ich wütend auf Magnus, dass mein Versuch durch seine detektivische Spürnase gescheitert ist. Andererseits hat es sich unbeschreiblich befreiend angefühlt, nicht mehr in dieser Rolle eingezwängt zu sein. Eine Rolle, von der es falsch war, sie überhaupt zu spielen. Jetzt kann ich wieder ich sein.«

»Und das ist gut so. Du bist eben nicht die Prinzessin aus dem 18. Jahrhundert, die geboren wurde, um eine verstaubte Etikette zu erfüllen. Und das sollten deine Eltern endlich akzeptieren. Zum einen ist dieses Jahrhundert längst vorbei und zum anderen bist du in deiner Einzigartigkeit perfekt, so wie du bist.«

»Wow. Dieser Absatz könnte in einem Roman stehen«, scherzte Wilhelmina und ich war froh, sie wieder lachen zu sehen. Ich nahm sie in den Arm.

»Ich meine es ernst. Du willst Geschichten eben nicht auf dem Papier erleben, sondern sie im echten Leben genießen. Und ist in Ordnung. Schließlich müssen wir Autorinnen und Autoren auch von jemanden inspiriert werden. Sei mutig und rede mit deinen Eltern.«

Wir ließen voneinander ab.

»Danke, Sofia.«

»Wofür denn?«

»Dass du mich wegen der Lüge nicht verurteilst. Ich hätte es verstanden, wenn du es getan hättest.«

Ich bin die Letzte die ein Recht hat, jemanden wegen einer verbogenen Wahrheit zu verurteilen, dachte ich und es traf mich eine Erkenntnis: Nur weil die Buchumschläge des Lebens der anderen Schreibstudentinnen und -studenten vergoldet waren, bedeutete das noch lange nicht, dass jede Seite darin es auch war. Wilhelmina blendete die Außenwelt mit ihrem Reichtum, sodass es niemanden in den Sinn kam, dass sie Probleme hatte, die sie mit ihrem vererbten Geld nicht lösen konnte. Wie würde es sich nun verhalten, wenn meine Freundin erfuhr, dass ich auch meine Geschichte umschreiben musste? Zum ersten Mal in unserer langjährigen Freundschaft hatte ich die Hoffnung, dass sie es verstehen würde. Ich schätzte Wilhelmina durch ihr Verhalten oft oberflächlich ein. Es war ihr Schutzschild, damit niemand in die Tiefe dahinter blicken konnte. Aus Angst, dass derjenige darin die Wahrheit erkannte. Im Grunde waren wir uns ähnlicher, als ich gedacht hatte. Wahrscheinlich hatten wir uns deshalb bei unserem ersten Aufeinandertreffen in der Tintenwelt auf Anhieb so gut verstanden.

»Es ist ja niemand zu Schaden gekommen. Es entschuldigt keine Lüge, doch manchmal wird man zu einem Opfer der Umstände und dann ist man gezwungen, sich die Wahrheit zurechtzubiegen. Ich spreche aus Erfahrung, weil ...« Ich holte Luft, um die Worte auszusprechen, die ich so lange für mich behalten hatte. In diesem Moment kam Frau Gmeiner mit einem sargförmigen Gebäck zurück und drängte zum Aufbruch. Wilhelmina sah mich entschuldigend an.

»Ich muss jetzt gehen. Rufst du mich an, wenn du wieder in Bayern bist? Dann können wir weiterreden. Lass dich von Magnus nicht unterkriegen. Und gib alles. Ich glaube an dich. Schließlich soll das erste Buch, das ich lese, von dir sein!«

Ich winkte Wilhelmina hinterher, bis sie sich aus meinem Sichtfeld entfernt hatte, um mit Frau Gmeiner zum Ausgang zu gelangen. Als ich mich umdrehte, stand Vlad wie aus dem Nichts vor mir. Erschrocken wich ich zurück und legte mir die Hand auf mein klopfendes Herz.

»Guten Abend, Zsófia.«

»Oh, hallo, Vlad. Ich habe gar nicht bemerkt, dass du gekommen bist. Was machst du denn hier?«

»Ich wollte dich fragen, was deine Pläne für die Nacht sind?«

Erstaunt blickte ich zu ihm auf. »Warum? Willst du sie mit mir verbringen?«

Er nickte. Ich hoffte, dass er im Licht der Laternen nicht sah, wie ich errötete.

»Wenn du möchtest, kann ich dir eine persönliche Führung durch den Dracula Park anbieten.«

Das Angebot klang verlockend. Zumal mir die Vorstellung gefiel, mit Vlad durch seinen Freizeitpark zu spazieren.

»Anscheinend ist dir langweilig, jetzt, wo du mich nicht mehr beschatten musst. Aber warum bevorzugst du ausgerechnet meine Gesellschaft? Ich dachte, dich interessieren Menschen nicht? Oder brauchst du nur eine lebende Begleitung als Getränk?«

Die Vorstellung amüsierte Vlad offenbar und ich hob abwartend eine Braue.

»Also habe ich recht?«

»Na ja, es wäre schon praktisch, wenn ich so einen Menschen zur Verfügung hätte.«

»Wenn das so ist, dann habe ich keine Zeit.« Ich setzte eine gespielt empörte Miene auf und machte auf dem Absatz kehrt. Vlad hielt mich mit seiner kalten Hand am Arm zurück.

»Hey, warte. Ich habe dir noch nicht deine ganzen Fragen beantwortet.« Als er sicher war, dass ich stehen blieb, fuhr er fort und überraschte mich mit einem Geständnis: »Nachdem ich heute Nacht aufgestanden bin und du schon fort warst, hat mir ehrlicherweise etwas gefehlt. Du hast mir gefehlt. Für mich ist das auch neu. Für gewöhnlich betrachte ich euch Menschen als mein – wie du es nennst – lebendes Getränk, aber bei dir ist das anders. Als wir uns zum ersten Mal im *Edlen Tropfen* begegnet sind, habe ich nicht den Drang verspürt, meinen Gebissabdruck in deinem Hals zu hinterlassen, sondern ich wollte dich kennenlernen. Das ist mir in den letzten hundert Jahren nicht passiert. Als ich glaubte, dass du eine Intrige gegen uns planst, habe ich schon an meinem Vampirverstand gezweifelt.«

Es schmeichelte mir, dass er ausgerechnet in mir einen besonderen Menschen sah. So wie ich in ihm einen besonderen jungen Mann mit totem Herzen sah.

»Zum Glück ist das geklärt. Also, wie sieht es aus? Hast du Lust auf ein Date mit einem Vampir?«, hakte er nach.

»Nichts lieber als das, aber ich muss endlich meine Schreibaufgabe anfangen. Mir fehlt leider schon die komplette erste Woche. Sonst war alles umsonst.«

Vlad erkundigte sich, ob er mir dabei behilflich sein konnte. Ich überlegte.

»Hm ... wäre ein Zimmerwechsel möglich? Kann ich in einen anderen Stock ziehen? Ich wohne direkt neben Magnus. Er wartet nur darauf, dass ich einen Fehler mache. Da kann ich mich unmöglich konzentrieren.«

»Das ist das Mindeste, was ich tun kann. Ich werde dafür sorgen, dass du deine Schreibaufgabe ungestört erfüllen kannst. Was hältst du statt einem Zimmerwechsel von einem ganzen Unterkunftstausch? Auf Burg Hohenzollern ist noch ein Sarg frei und die Bibliothek eignet sich hervorragend zum Arbeiten.« Er streckte die Hand aus. »Komm mit.«

Ich strahlte ihn dankbar an und wir spazierten Hand in Hand zur Burg Hohenzollern. Vor ein paar Tagen hatte ich mir ausgemalt, wie es sein würde, ihn an meiner Seite zu haben. Und es war noch viel schöner, als ich es mir vorgestellt hatte ...

26. Kapitel

Ein Pflock durch mein Bücherherz

Die nächsten drei Wochen vergingen wie im Fledermausflug. Vlad hatte sein Versprechen gehalten und mich von allem abgeschirmt, was mich vom Schreiben abhielt. Ganz besonders von Magnus. Er selbst hatte mir jede Nacht Gesellschaft geleistet. Es sparte mir unglaublich viel Zeit, dass ich die Bücher, die die Tintenwelt für Recherchezwecke zur Verfügung gestellt hatte, nicht selbst lesen musste, sondern ganz einfach Vlad befragen konnte. Wenn ich etwas über längst verstorbene Persönlichkeiten des Landes in Erfahrung bringen wollte, konnte er mir als Zeitzeuge eine bessere Auskunft liefern als so mache Schriftstücke es getan hätten.

Nach und nach festigte sich eine Idee für eine Geschichte und ich arbeitete den Entwurf aus. Nacht für Nacht schrieb ich im Kerzenlicht an der Leseprobe. Anschließend gab ich Vlad und Felia, die sich auch gern zu uns gesellte, die einzelnen Kapitel zum Lesen. Anschließend philosophierten wir gemeinsam über mögliche Wendepunkte und Ereignisse, die ich noch mit einfließen lassen konnte. Die stundenlangen inspirierenden Gespräche ließen meine Geschichte wachsen und reifen.

Kurz vor meiner Abreise erreichte ich das vorgegebene Wortziel. Die letzte Nacht in Transsilvanien verbrachte ich mit den Vampirgeschwistern. Vlad erinnerte mich noch an das Versprechen, das er mir gegeben hatte, als vor dem Tintenkuss die Sonne aufging. Dass er mir jeden Wunsch erfüllen würde, wenn ich die Vampire rettete. Doch mir fiel kein materieller Gegenstand oder etwas Vergleichbares ein. Ich wünschte mir nur, dass am Ende alles gut werden würde, wie in den Büchern, die ich bisher gelesen hatte. Da Vlad nicht der Autor meines Lebens war, konnte er mir das natürlich nicht erfüllen, aber das verlangte ich auch gar nicht. Ich war dankbar für das Abenteuer, das ich erleben durfte und Draculas Verwandte meine Freunde nennen zu können, so wie einst mein Vater. Entsprechend schwer fiel mir der Abschied auf Burg Hohenzollern in den frühen Morgenstunden. Ich zögerte es so lange hinaus, bis die Sonne bereits hinten den Karpaten hervorlugte und der Tag hereinbrach. Felias Lider senkten sich vor Müdigkeit. Nur mit Mühe konnte das Vampirmädchen sie wieder anheben.

»O nein, ich schlafe gleich ein!«

Auch Vlad kämpfte schon mit dem Ende der Nacht. Gähnend entblößte er seine spitzen Eckzähne. »Ich werde mich auch nicht mehr lange wachhalten können.«

Nach der gemeinsam verlebten Zeit stimmte es mich traurig, die beiden zu verlassen. Vlad strich mit seiner kalten Hand über meine Wangen und wischte die Tränen fort.

»Morgen Abend sehen wir uns wieder, okay? Ich komme zu deiner Abschlussfeier.«

Ich strahlte ihn an. »Du willst für mich bis nach Bayern fliegen?«

»Ich kann es mir doch nicht entgehen lassen, wie alle Menschen deiner atemberaubenden Geschichte verfallen werden.«

Dankbar lächelte ihn an. Ich wünschte mir nichts sehnlicher, als dass sich all die Nächte gelohnt hatten und ich die Tinten-Kommission von meiner Einreichung ebenso überzeugen konnte wie die Vampirgeschwister.

»Ich möchte auch so gern dabei sein.«, beteuerte Felia

und taumelte zu mir. Ihre Augen waren nur noch einen Spalt weit offen. »Für so eine weite Strecke fehlt mir noch die Kraft in den Flügeln. Wie du es bei deiner Anreise miterlebt hast, schaffe es nicht einmal über die Wälder von Transsilvanien hinaus ...«

»Du brauchst dich nicht entschuldigen«, ermunterte ich sie und wir umarmten uns. »Sobald es möglich ist, besuche ich einfach dich.«

Als wir voneinander abließen, bildete sich der vertraute purpurfarbene Rauch.

»Darauf freue ich mich.« Kaum hatte sie das ausgesprochen, verpuffte der Rauch und Felia flatterte als Fledermaus vor mir. Sie umkreiste mich ein paar Runden und flog dann fort in ihren Sarg. Nun war Vlad an der Reihe. Der Vampir umschloss meine Hände mit seinen. Mein Herz klopfte, als er mit seiner kalten Stirn meine berührte.

»Der einzige Grund, warum ich dir eine Frage nicht gestellt habe, war der, weil ich dich nicht vom Schreiben abhalten wollte. Nun ist der richte Augenblick dafür gekommen. Ich hätte nie gedacht, dass ich sie jemals an einen Menschen richte: Möchtest du mit mir zusammen sein? Ich weiß, es ist gewagt. Du bist ein Mensch und ich ein Vampir, doch wollen wir es versuchen?«

Überwältigt nickte ich. Ich war unfähig, aus meinem Autorinnen-Wortschatz, der riesig war, auch nur einen Buchstaben hervorzubringen. Manchmal gab es Momente im Leben, da brauchte man auch keine Worte. Das war so einer davon. Vlad beugte sich zu mir. Seine Lippen berührten meine und wir küssten uns.

»Außerdem wollte ich dich im Namen aller Vampire fragen, ob du unsere menschliche rechte Hand werden möchtest.«

»Nichts lieber als das«, flüsterte ich und war froh, wieder

Zugriff auf mein Vokabular zu haben. Ich konnte in die Fußstapfen meines Vaters treten, auf eine Art, die ich nie für möglich gehalten hätte.

Ich hielt die Hand des Vampirs, bis der tintenschwarze Rauch seine menschliche Gestalt auflöste. Als Fledermaus begleitete Vlad mich zum Ausgang. Er flog im Schatten meines Koffers entlang, den ich hinter mir herzog, damit das Sonnenlicht ihn nicht verbrennen konnte. Magnus wartete dort bereits mit seinem Gepäck auf mich. Mit mürrischer Miene musterte er mich.

»Sieht man dich auch mal wieder? Ich dachte, du wärst schon nach Hause gefahren.«

Ich war froh, dass er mir nichts Fieses entgegen schleuderte. Durch die Distanz der vergangenen Wochen schöpfte ich Hoffnung, dass er davon Abstand nehmen würde, mir Schaden zufügen zu wollen. Vielleicht hatte er eingesehen, dass es völliger Unsinn war, dass ich mit der Tintenwelt unter einem Papierdach steckte?

»Ich habe dir doch gesagt, dass ich mich nicht vertreiben lasse«, erwiderte ich und ließ mir meine Fröhlichkeit nicht verderben. Wortlos wandte er sich ab. Ich nutzte die Gelegenheit, um mich endgültig von Vlad zu verabschieden.

»Bis morgen«, flüsterte ich. Vlad flatterte hinter dem Koffer hervor. In dem Augenblick blickte Magnus zurück, um zu sehen, wo ich blieb. Erschrocken wich er zurück.

»Pass auf!«, warnte er mich. »Da ist eine Halloween-Amsel!«

Vlad knurrte, aber so leise, dass nur ich es hören konnte. Offenbar gefiel ihm diese Bezeichnung nicht.

»Beruhige dich. Das ist doch nur eine kleine Fledermaus. Ich war mit Bären in einem Käfig gefangen, schon vergessen? Vor der kleinen Fledermaus fürchte ich mich nicht«, sagte ich besänftigend und schmunzelte, als ich mit ihm durch den Ausgang ging. Ich drehte mich noch einmal um und winkte Vlad, der die Geste mit seinen Flügeln erwiderte.

Einige Kilometer später auf der Rückfahrt irgendwo zwischen Transsilvanien und dem bayerischen Starnberger See

Mit Fledermäusen im Bauch saß ich auf dem Beifahrersitz, während Magnus den Wagen der Tintenwelt lenkte. Während ich aus der Scheibe blickte und die Landschaft an mir vorbeizog, konnte ich es kaum erwarten, Vlad bei der Abschlussfeier wiederzusehen.

Mit einem Räuspern machte Magnus auf sich aufmerksam. »Wo warst du denn in den letzten drei Wochen?«

»Ich habe mich zurückgezogen«, antworte ich und hoffte, dass er nicht weiter nachforschte. Natürlich ließ er nicht locker.

»Lass mich raten, du warst bei diesem Möchtegern-Vampir?«

Wenn du wüsstest, dass dieser Möchtegern-Vampir auch in Wirklichkeit einer ist.

Magnus krallte seine Hände um das Lenkrad. So fest, dass die Knöchel hervortraten. Ich entschied, nichts auf seine richtige Vermutung zu erwidern. Es würde nur für einen erneuten Streit sorgen und wenn ich eines kurz vorm Ende des Wettbewerbs nicht gebrauchen konnte, dann das.

»Wir brauchen eine Tankstelle«, sagte er und brach damit nach einer Weile das Schweigen. »Schnellstmöglich«, fügte er hinzu, als ich nichts darauf sagte. Wir befanden uns mitten in der Pampa. Vor uns lag eine Straße, die bis zum Horizont reichte, umgeben von großflächigen Wiesen und Feldern. Es machte nicht den Anschein, als würden demnächst Häuser in unserem Sichtfeld erscheinen, geschweige denn eine Tankstelle.

»Und das fällt dir jetzt auf? Ich bin zwar noch nicht im Besitz eines Führerscheins und kenne mich entsprechend wenig mit Autos aus, doch ist es nicht so, dass es eine entsprechende Anzeige zum Tankstand gibt, auf die man ab und zu einen Blick werfen kann?«, fragte ich feindselig. Nervös trommelte er mit den Fingern gegen das Lenkrad.

»Ja, die existiert. Ich habe das rote Warnlicht übersehen, weil ...« Magnus bremste das Fahrzeug und brachte es zum Stehen. Überrascht wandte ich mich zu ihm um. Er starte durch die Frontscheibe, als würde er angestrengt über etwas nachdenken. »Weil ich nicht begreife, was du an ihm findest!« Er lehnte sich schwer ausatmend in den Sitz zurück. Ich ließ mich ebenso in den Sitz fallen. Da saßen wir. Nebeneinander in einem Auto mitten im Nirgendwo. Als wir von dieser Reise erfahren hatten, legte ich viel Hoffnung in die gemeinsame Rückfahrt. Ich dachte, wenn Magnus und ich allein waren und er nicht die Möglichkeit hatte, vor einem Gespräch zu fliehen, würden sich all die Dinge zwischen uns klären. Doch nun, wo der Zeitpunkt gekommen war, wusste ich nicht, was ich sagen konnte, um Magnus nicht wieder zu kränken. Sowohl in Bayern als auch in Transsilvanien hatte ich ihm offenbart, wie es um meine Gefühle zu ihm stand. Daran hatte sich nichts geändert. Ich senkte den Blick.

»Es tut mir so leid, aber ...«

Er mahlte mit seinem Kiefer und schnitt mir das Wort ab. »Also hat sich an deinen Empfindungen für mich nichts geändert?«

Ich brachte es nicht über mein Herz, die Antwort ein drittes Mal auszusprechen. Kaum merklich schüttelte ich den Kopf und wagte es nicht, Magnus dabei anzusehen. Er schluckte.

»Los, fahren wir und bringen den Wettbewerb hinter uns. Ich bin froh, wenn ich dich danach nie wiedersehen muss.«

Seine Worte stießen mir einen Pflock in mein Bücherherz. Ich wollte ihn nicht als Freund verlieren! In Transsilvanien war viel passiert, aber ich wäre bereit gewesen, ihm irgendwann zu verzeihen. Seine Handlungen waren gemein gewesen, aber so falsch, wie er sich die Dinge zusammengereimt hatte, auch nachvollziehbar.

»Meinst du, wenn Buchstaben über die Sache geschrieben sind, dass ...«

Er lachte auf. »Dass wir *Freunde* bleiben können? Hm, lass mich kurz nachdenken – nein!«

Ich blinzelte und kämpfte mit den Tränen. »Okay, und wie kommen wir jetzt an Benzin?«

Magnus und ich stiegen aus dem Wagen. Er schloss ab, deshalb ließ ich meine Tasche mit dem Notizbuch darin.

»Wir waren beide in Gedanken. Vielleicht sind wir an einer Tankstelle vorbeigefahren? Teilen wir uns auf: Geh du den Weg zurück und ich laufe vorwärts die Straße entlang«, schlug er vor.

Es war die einzige Möglichkeit, die wir hatten, deshalb stimmte ich zu.

Eilig entfernten wir uns in die entgegengesetzten Richtungen. *Vielleicht haben wir Glück und einem von uns kommt ein Auto entgegen. Dann könnten wir den Fahrer um Hilfe bitten,* dachte ich und hing meinen Gedanken wegen der verlorenen Freundschaft zu Magnus nach. Die Sonne stand bereits hoch am Himmel und wärmte mein Gesicht. Ein sanfter Windhauch trug mir plötzlich das Geräusch von knisterndem Feuer ans Ohr. Ich hielt inne. Vor mir war weit und breit nichts zu sehen. Was anschließend geschah, kam mir im Nachhinein vor, als wäre es in Zeitlupe geschehen. Das Schlimmste ahnend, drehte mich um meine eigene Achse und was ich da sah, stieß zum zweiten Mal an diesem Tag einen Pflock durch mein Bücherherz. Doch dieses Mal noch tiefer. Magnus hielt mein Notizbuch aufgeschlagen in der Hand. Angezündet.

»NEEEIIINNNNN!«

Ich rannte zu ihm, aber es war zu spät. All die Worte, die ich hingebungsvoll auf das Papier geschrieben hatte, waren verbrannt. Jedes einzelne. Von den Seiten war nur noch schwarz gefärbte Reste übrig. Hinter den Rauchsäulen, die in den Himmel stiegen, blickte mich Magnus düster an.

Er klappte das Buch zu und warf es mir vor die Füße. Wie zur Salzsäule erstarrt, stand in der Asche meiner Zukunft.

»Warum hast du das getan?«, schrie ich, während mir die Tränen unaufhaltsam über die Wangen liefen.

»Damit du weißt, wie es sich anfühlt, verletzt zu werden!«

Seine Worte erschütterten mich zutiefst. Magnus hatte mir meinen großen Büchertraum verbrannt, weil ich seine Gefühle nicht erwiderte? Ich schleuderte ihm Worte entgegen, von denen ich wusste, dass sie die Wirkung nicht verfehlen würden. »Ich bin dankbar, dass ich mich nicht in jemanden verliebt habe, der zu solchen barbarischen Taten fähig ist!«

Magnus ließ schweigend seinen Blick auf mir ruhen. Ich stieg über die Asche meines zerstörten Werks und gab ihm eine schallende Ohrfeige. Er hielt sich die Hand an die Wange und seine Miene verfinsterte sich.

»Das bringt dir dein Manuskript auch nicht wieder zurück!«

Ich schnaubte verächtlich. Als ich an Magnus vorbeigehen wollte, packte er mich am Arm und hielt mich zurück.

»Leider gibt es keinen Beweis für das, was soeben geschehen ist, Fräulein Szalay.«

»Wie kann man nur so abgrundtief böse sein?« Ich riss mich von ihm los und stieg auf dem Rücksitz des Wagens ein. Auf keinen Fall wollte ich bei ihm vorne sitzen, weil ich seine Nähe nicht ertrug.

Magnus holte einen vollen Benzinkanister aus dem Kofferraum und füllte damit den Tank. Er hatte die Tankstellen-Suche nur erfunden, um mich vom Auto wegzulocken. Ich schüttelte den Kopf und wusste nicht, was ich darauf noch erwidern sollte.

Magnus stieg in das Auto und nahm meinen Platzwechsel kommentarlos zur Kenntnis. Er setzte sich auf den Fahrersitz und startete den Motor. »Du brauchst nicht auf die Idee zu kommen, der Tintenwelt-Kommission von dem Vorfall zu berichten.«

»Sonst was?«, feuerte ich ihm entgegen und funkelte ihn über den Rückspiegel an.

»Sonst werde ich dafür sorgen, dass sie glauben, dass du dich nicht dem Projekt gewidmet hast, sondern in den letzten drei Wochen durch deinen neuen Schwarm abgelenkt warst. Isabell kann bezeugen, dass wir dich in dieser Zeit kein einziges Mal gesehen haben«, antwortete er und spielte damit seine letzte Triumphkarte aus. Ich starrte ihn an. Dann stand Aussage gegen Aussage. Die Tatsache, er eine Zeugin hatte, minderte meine Chancen auf Gerechtigkeit.

Magnus befestigte sein Handy in einer dafür vorgesehenen Halterung am Armaturenbrett, als wäre nichts gewesen. Er öffnete das Navigationssystem, das glücklicherweise ein Signal empfang. *Sechs Stunden und siebenundvierzig Minuten bis zum Ziel*, las ich auf der Displayanzeige. Wenn die zeitliche Erfassung der Route recht behielt, würden wir bereits am späten Abend zu Hause ankommen. Ich hatte die Wahl: Entweder grämend auf der Rückbank sitzen, oder die Zeit nutzen und zumindest versuchen, das Unmögliche möglich zu machen. Ich brauchte nicht lange überlegen und mein Kampfgeist erwachte. Ich kramte das Ersatznotizbuch von Frau Gmeiner aus meiner Tasche hervor. Magnus betrachtete mich spöttisch.

»Niemals wirst du es auch nur ansatzweise schaffen, das Wortziel zu erreichen, bis wir in der Tintenwelt ankommen.« Dann drückte er das Gaspedal durch und fuhr schneller als erlaubt war, nur um meine die ohnehin schon knappe Zeit noch weiter zu reduzieren. Ich zwang mich, nicht panisch zu werden, sondern fokussierte mich einzig und allein auf meine Aufgabe. Die Regel besagte, dass die Texte in der Tintenwelt abgegeben werden mussten, sobald wir in Bayern ankamen. Wir durften vorher nicht nach Hause fahren. Damit wurde sichergestellt, dass wir keine externe Hilfe mehr nutzen konnten. Ich atmete tief durch und begann noch einmal ganz von vorne mit dem ersten Buchstaben ...

27. Kapitel

Mein zerplatzter Büchertraum

Um einundzwanzig Uhr vierunddreißig lenkte Magnus den Wagen in die Einfahrt der Tintenwelt. Er behielt recht. Ich schaffte es nicht. Ich brauchte die handgeschriebenen Wörter nicht nachzählen, um zu wissen, dass sie nicht einmal in die Nähe der geforderten zehntausend Wörter kamen. Elly erinnerte mich oft daran, dass das Alphabet nicht nur aus dem A bestand, wenn es um Pläne ging. Funktionierte Plan A nicht, kam Plan B zum Einsatz und so weiter. Doch die Möglichkeiten aller Buchstaben waren ausgeschöpft.

Ich legte den Stift aus der Hand, klappte das Notizbuch zu und wurde von dem Gefühl der Machtlosigkeit eingeholt. Im Nachhinein fühlte es sich an wie ein Traum, an den ich mich nur noch in Bruchstücken erinnerte.

Frau Gmeiner klopfte an die Autoscheibe. Die Leiterin der Tintenwelt stand dort in einem hellblau geblümten Kimono und begrüßte uns freudig. Sie erzählte uns, dass Isabell in den Mittagsstunden in München gelandet war und sie ihr Manuskript bereits geprüft hatte. Magnus überreichte ihr siegessicher sein Werk und ich gab ihr meines wortlos. *Wenn sie feststellt, dass ich die Aufgabe nicht vollständig erfüllt haben, werde ich vom Wettbewerb ausscheiden.*

Ich schluchzte und war unfähig, in Worte zu fassen, was geschehen war. Ihre Miene veränderte sich schlagartig, als sie mein tränenüberströmtes Gesicht sah. Frau Gmeiner blickte mir besorgt hinterher, als Magnus den Wagen aus der Einfahrt lenkte. Er fuhr mich nach Hause und es war mir gleichgültig, ob er dabei einen Blick auf mein Leben erhaschte. Ich sammelte meine Sachen zusammen und stieg aus dem Wagen.

»Das war's mit meiner Einreichung. Ich hoffe, es fühlt sich für dich genauso gut an, wie du es dir gewünscht hast!«, schleuderte ich ihm entgegen und knallte die Autotür zu. Ich nahm mein Gepäck und stapfte damit ins Haus.

Die Dämmerung war an diesem lauen Sommerabend schon weit fortgeschritten, aber es war noch nicht vollständig dunkel, sodass ich den Weg erkennen konnte. Ich öffnete die Terrassentür und blickte in das erstaunte Gesicht von Elly, die in diesem Moment das Wohnzimmer betrat.

»Sofia, Liebes, habe ich doch richtig gehört, dass ein Auto hergefahren ist.« Sie knipste eine kleine Stehlampe an. Als sie mich genauer betrachtete, erstarb ihr Lächeln. »Was ist passiert?«

Ich ließ meinen Koffer und meine Tasche fallen und lief zu ihr. Sie umschloss mich tröstend mit ihren Armen und ich weinte. Ich wusste nicht, wie viel Zeit vergangen war, als ich mich von ihr löste, weil ich hörte, wie meine Mutter singend die Treppen herunterstolzierte. Als meine Mutter das Wohnzimmer betrat, war sie ähnlich aufgedonnert wie jemand, der einer Oscar-Verleihung in Hollywood beiwohnte. Sie trug ein schwarzes Kleid mit breiten Trägern, einem Herzausschnitt und floralen Stickereien. Elly pfiff anerkennend.

»Wow! Viktória, du siehst atemberaubend aus!«

»Ich weiß«, erwiderte sie und trat zu mir. Ihre hohen Absatzschuhe erzeugten dabei ein hallendes Geräusch auf dem weißen Marmorboden. Sie küsste mich links und rechts auf die Wange. »Ich habe mir eine Kleiderauswahl für die Abschlussfeier zukommen lassen. Setzt euch doch auf die Couch, dann führe ich sie euch vor und wir können abstimmen, worin ich am schönsten aussehe.« Grübelnd hielt sie sich einen Finger an den Mund. »Halt, stopp. Das Letzte muss ich zurücknehmen. Ihr müsst mir beim Ankleiden helfen. Sobald wir das finale Outfit beschlossen haben, probieren wir noch Frisuren und Make-Up aus. Ich will nichts dem Zufall überlassen. Friedrich von Falkenstein wird schließlich auch auf der Abschlussfeier sein.«

In ihrer Überschwänglichkeit fiel ihr die bedrückte Stimmung nicht auf, die im Wohnzimmer herrschte. Sie bemerkte auch meine verweinten Augen nicht. Schluchzend hielt ich mir die Hände vors Gesicht.

»An die Abschlussfeier will ich gerade gar nicht denken!«

»Zsófia, du verhältst dich wirklich sehr dramatisch. Warum denn nicht?«

Ich fasste meinen Aufenthalt in Transsilvanien zusammen. Den Vampir-Anteil der Geschichte ließ ich dabei aus. Zu meiner Verwunderung unterbrach sie mich kein einziges Mal, sondern ließ mich ausreden. Als ich am Ende meines Berichts angelangt war, atmete meine Mutter hörbar aus. Sie ließ sich auf der hochwertigen Couch nieder, die mit smaragdgrünem Samt überzogen war, und bedeutete mir mit einer Geste, dass ich Platz nehmen sollte. Bebend setzte ich mich neben sie.

»Zsófia, ich habe es dir doch gesagt, dass du es dir mit Magnus nicht verderben sollst.«

Ich verdrehte die Augen. Noch bevor ich ihre Aussage kommentieren konnte, nahm sie meine Hand und umschloss sie fest mit ihrer. »Wir gehen da morgen hin. Wir halten die Fassade aufrecht, damit niemand einen Verdacht schöpft. Du darfst jetzt nicht nur an dich denken. Weißt du, Friedrich war in den letzten Wochen mit einer Leiche beschäftigt.«

Meine Augen weiteten sich und sie winkte ab. »Er ist

Rechtsmediziner. Noch dazu ein äußerst erfolgreicher. Das würdest du wissen, wenn du Magnus ...«

Ich kniff wütend meine Augen zusammen und sie sprach den Satz nicht zu Ende. »Na ja, jedenfalls konnte ich Friedrich nur einmal telefonisch erreichen. Wir haben uns für die Abschlussfeier verabredet. Ich will ihn zumindest einmal treffen, bevor wir nach Ungarn zurückkehren. Ich beauftrage einen Makler, der das Haus verkauft. Mit dem Erlös bezahlen wir die Rechnungen der Tintenwelt und haben ein Kapital für einen Neuanfang.«

»Wir?«, fragte ich und erneut sammelten sich Tränen in meinen Augen.

»Ja, wenn du möchtest kannst du mitkommen.«

Und was war mit den Erinnerungen an meinen Vater, die in Bayern hingen? Man konnte sie doch nicht einfach wie ein gelesenes Buch aus dem Regal nehmen und in einem anderen Land einräumen. Ich war in Bayern verwurzelt und konnte es mir nicht vorstellen, wie eine Topfblume umgepflanzt zu werden, aber mir blieb keine Wahl. Ich heulte wie ein Schlosshund. Ich war noch minderjährig und konnte schließlich nicht allein hierbleiben. Schon gleich dreimal nicht, wenn ich kein Dach über dem Kopf hatte. Die Villa musste so oder so verkauft werden. Nachdem ich zugestimmt hatte, wandte sich meine Mutter an Elly.

»Und dich möchte ich bitten, mit uns nach Ungarn zu ziehen. Ich muss meine eigenen Probleme in den Griff bekommen und eine Therapie wegen der Alkoholsucht machen. Ich schaffe es nicht, mich um Zsófia zu kümmern. Du hast das all die Jahre so viel besser gemacht als ich. Ich verspreche dir, dass ich an meinem Verhalten arbeiten werde. Ich werde dir mit dem Respekt gegenübertreten, den du verdient hast. Und ich werde dich regelmäßig für deine Arbeit entlohnen, so wie es sich gehört.«

Hoffnungsvoll wartete ich auf Ellys Antwort. Sie war ebenso überrascht wie ich, aber sie strahlte. »Es wäre mir eine Ehre.«

Danach fielen wir uns alle drei in die Arme. Ich war glücklich, dass unser Verhältnis eine Aussicht auf Normalität hatte. Es würde eine Weile dauern, bis ich meiner Mutter ihr Verhalten verzeihen konnte, jedoch rechnete ich ihr hoch an, dass sie ihre Fehler eingestanden hatte und sich Mühe gab, wieder zu ihrer alten Persönlichkeit zurückzukehren. Erschöpft ging ich an diesem Abend ins Bett und fiel in einen tiefen Schlaf.

28. Kapitel

Herzgeflatter vor der Abschlussfeier

Am nächsten Morgen weckte mich Elly und mir war wehmütig zumute, als wir all die Dinge, die wir mit nach Ungarn nehmen wollten, in Kisten verstauten und die Kleidung in Koffern packten. In Ellys Auto war die Kapazität begrenzt, deshalb luden wir nur das Allernötigste dort ein. Für den Rest würden wir ein Umzugsunternehmen beauftragen, sobald wir Geld zur Verfügung hatten. Es war für uns alle ungewohnt, dass meine Mutter wieder offener zu uns war. Einschließlich ihr selbst. Als sich beispielsweise eine Verschnaufpause vom Kisten schleppen gönnte, wollte sie schon nach Elly rufen, damit diese ihr einen Kaffee aufsetzte und servierte. Sie hielt dann inne und tat es selbst. Gewohnheiten kann konnte man nun mal nicht von heute auf morgen einfach in einem Regal verstauen wie ein gelesenes Buch. Aber wir waren nachsichtig mit ihr, solange sie sich dabei nicht so rücksichtslos verhielt wie in der Vergangenheit.

Als es draußen dämmerte, unsere Villa sich mit gestapelten und beschrifteten Kisten füllte und wir die Räume gründlich geputzt hatten, war es Zeit, sich für die Abschlussfeier fertig zu machen. Den ganzen Tag über hatte ich die Gedanken an sie beiseitegeschoben. Am liebsten würde ich zu Hause bleiben, aber das erlaubte meine Mutter nicht. Mir graute es davor, mit Fragen wegen meiner mangelhaften Einreichung konfrontiert zu werden. Die Tintenwelt hatte uns allen ausreichend Zeit für die Erfüllung der Aufgabe zur Verfügung gestellt. Welche Erklärung sollte ich Frau Gmeiner dafür liefern, dass meine

Geschichte nicht fertig war? Ich atmete laut aus. Mir fiel nichts ein. Hinzu kam noch, dass ich nicht wusste, wie ich Magnus gegenübertreten sollte. Vor meinem geistigen Auge tauchte er mit meinem brennenden Notizbuch in der Hand auf. Schnell verhängte ich die schmerzhafte Erinnerung und ging ins Bad. Ich duschte mir die Tränen von meinem verlorenen Traum und den Staub des Tages ab. Danach föhnte ich mir die Haare und ließ sie mir von Elly frisieren und hochstecken. Während ich mich schminkte, klopfte meine Mutter an der Tür des Badezimmers und überreichte mir ein Kleid.

»Das habe ich vor einer Weile versehentlich zwei Größen zu klein gekauft. Wenn du willst, kannst du es haben.«

Sie öffnete den Reißverschluss der weißen Schutztasche und ein olivfarbener Tüll kam zum Vorschein. Ich holte das Kleid heraus.

»Das ist wunderschön. Danke, Mama.«

Vorsichtig schlüpfte ich hinein und lief in mein Zimmer, um mich vor dem Spiegel zu begutachten. Ich stellte mich vor den Standspiegel mit der silbernen aufwändig verzierten Fassung und musterte mich von Kopf bis Fuß. Das bodenlange Abendkleid hatte einen Beinschlitz. An der Oberwarte war es mit Pailletten und anderen Applikationen übersät, die sich ab der eng geschnittenen Taille dezent auf dem unteren Teil des Kleides verteilten. Ich drehte mich zu allen Seiten und fühlte mich darin wie eine Märchenprinzessin. Plötzlich spürte ich einen sanften Windhauch. Ich drehte mich um meine eigene Achse. Eine Fledermaus flatterte durch mein offenes Fenster. Ehe ich mich versah, wurde sie von tintenschwarzem Rauch eingehüllt, und als er verpuffte stand Vlad vor mir.

»Das Fenster war offen, deshalb bin ich einfach hereingeflogen.«

»Vlad!«, rief ich überrascht und fiel ihm um den Hals.
Als wir voneinander abließen, nahm er meine Hand und ließ mich einmal im Kreis drehen. Wie bei einem Tanz.
»Du siehst zum Anbeißen schön aus«, beteuerte er und ich errötete bei dem Kompliment.
»Danke.«
»Bist du schon aufgeregt?«, wollte er wissen, während er weiter meine Hand hielt. Ein Schatten huschte über mein Gesicht. Vlad bemerkte ihn. »Was ist passiert?«
Ich berichtete ihm von der Heimreise. Vlad knurrte.
»Ich werde Magnus höchstpersönlich beißen und austrinken!«
Ich hielt ihn am Arm zurück. »Das bringt mir mein Manuskript auch nicht wieder.«
Vom unteren Geschoss rief meine Mutter zu mir in den ersten Stock hoch. »Zsófia, wir müssen los. Wir sind schon spät dran.«
»Ja, ich komme gleich.« Ich warf Vlad einen flehenden Blick zu. »Bitte, Vlad, tu ihm nichts. Ich will einfach nur diese Abschlussfeier hinter mich bringen. Es fällt mir ohnehin schon schwer genug, auf den Scherben meines zerplatzten Traums zu tanzen. Machen wir es nicht schlimmer, als es schon ist. Du würdest mir viel mehr helfen, wenn du mich begleitest.«
Vlad musste mir versichern, dass er sich Mühe geben würde, Magnus am Leben zu lassen. Es kostete ihn Überwindung, doch schließlich willigte er ein.
»Gut, gehen wir.« Vlad streckte mir den Arm entgegen, dass ich mich bei ihm einhaken konnte. Wir schritten gemeinsam die Treppe hinunter. Meiner Mutter und Elly blieb gleichermaßen der Mund offenstehen, als sie bemerkten, dass ich nicht allein war. Vlad reichte ihnen höflich die Hand, um sich vorzustellen. Ich war erleichtert, als sie

keine Fragen zu seinem plötzlichen Auftauchen stellten. Ich glaubte, in einer Familie, in der so ein *übernatürlicher Kram*, wie meine Mutter es gern betitelte, normal war, hört man irgendwann auf, sich zu wundern.

Wir quetschten uns alle in Ellys schrottplatzreifen Ford Fiesta und tuckerten damit auf einen abgeschiedenen Parkplatz, der sich in gebührenden Abstand zur Tintenwelt befand. Danach stiegen wir aus und eilten über den Asphalt. Um Punkt neunzehn Uhr dreißig betraten wir den Saal der Tintenwelt.

Er war ähnlich wie ein Kino aufgebaut. Gemütliche nachtblaue Sessel reihten sich aneinander, auf denen bereits zahlreiche elegant gekleidete Gäste saßen. Alle waren in die gleiche Sitzrichtung mit Blick auf die Bühne platziert, die sich im vorderen Bereich aus dem Boden erhob. Der rote Theatervorhang war noch verschlossen, was darauf hindeutete, dass wir rechtzeitig kamen. Es musste aber jeden Moment losgehen, denn das Licht war gedimmt und die Scheinwerfer auf die Bühne gerichtet. Leise begaben wir uns in die hinterste Reihe, in der noch Plätze frei waren. Kurz ärgerte sich meine Mutter, dass Sitzgelegenheiten neben Friedrich von Falkenstein bereits besetzt waren. »Das haben wir jetzt davon, weil du so lange gebraucht hast, um dich fertig zu machen.«

Ich ignorierte den Vorwurf, wenn in diesem Moment tönte aus den Lautsprechern: »Herzlich willkommen in der Tintenwelt!«

Wir ließen uns nieder und die Gäste im Saal verstummten. Ich entdeckte Wilhelmina, Isabell und Magnus in den Reihen vor mir.

»Bitte begeben Sie sich auf Ihre Plätze. Wir beginnen den Abend mit einer kurzen Lesung von dem Siegertitel des letzten Jahres, der mittlerweile einen festen Platz auf den

SPIEGEL-Bestsellerlisten hat. Begrüßen Sie den erfolgreichen Newcomer am Autorenhimmel: Christian Lichtenstein.«

Die Gäste applaudierten. Als der Vorhang aufging und ein junger Mann Anfang zwanzig auf die Bühne trat, bemerkte ich, wie sich Frau Gmeiner in den Saal schlich. Sie ließ den Blick durch den Saal schweifen und blieb an mir hängen. Leise bahnte sie sich den Weg zu mir, an Elly, meiner Mutter und Vlad vorbei. Sie setzte sich neben mich.

»Was war denn bei dir los, liebe Sofia?«

Ehe ich dazu kam, ihr eine Erklärung für meine mangelhafte Einreichung zu liefern, wurde sie von Christian Lichtenstein auf die Bühne gerufen. Frau Gmeiner erhob sich und winkte den Gästen zu, dir ihr zur Begrüßung zuklatschten.

»Deine Präsentation muss ich jetzt deutlich von den anderen abheben, weil in deine Gesamtbewertung natürlich miteinfließt, dass du den Entwurf mit nur rund fünftausend Wörter der Leseprobe eingereicht hast«, riet sie mir so leise, dass nur ich es hören konnte.

»Präsentation?«, presste ich entgeistert hervor, doch Frau Gmeiner hörte mich schon nicht mehr. Die Leiterin der Tintenwelt ging auf die Bühne und übernahm die Moderation. Fassungslos starrte ich ihr hinterher. Meine Einreichung war noch nicht in der Papiermülltonne gelandet?

Nachdem Christian Lichtenstein seine Lesung beendet hatte, ergriff Frau Gmeiner das Wort. »Es ist der Moment, auf den Sie alle gewartet haben, besonders unsere drei Finalisten. Isabell, Sofia und Magnus. Dieses Jahr war für die Studierenden alles anders, weil wir kurzfristig ein Zusatz-Seminar eingeführt haben. Wie Sie wissen, hat dies passend zu den Vorgaben im Rahmen eines vierwöchigen Aufenthalts im sagenumwobenen Dracula Park in Transsilvanien stattgefunden. Ich habe mit den Studierenden regelmäßig über den Postweg kommuniziert. In einem Brief habe ich ihnen mitgeteilt, dass wir uns überlegt haben, dass sie ihre Buch-Idee auf der Abschlussfeier selbst präsentieren dürfen. Denn auch in Zukunft – sofern sie in der Branche bleiben – werden sie ihre Einfälle anderen vorstellen und verkaufen müssen. Sei es an Literaturagenturen, Verlegern und vielen mehr. Und nicht zu vergessen: Am Ende muss das fertige Produkt dem Publikum unterbreitet werden. Heute Abend übernehmen Sie den Part der potentiellen Leserinnen und Leser. In meinem Brief habe ich es den Teilnehmenden folgendermaßen formuliert: *Setzt euch als Ziel, dass den Gästen eure Buch-Idee in Erinnerung bleibt. Wenn sie an diesem Abend nach Hause gehen, sollen sie den Wunsch haben, dieses Buch unbedingt lesen zu wollen.* Und nun möchte ich uns alle nicht länger auf die Folter spannen. Ich bin genauso gespannt wie Sie auf die Auftritte. Am Ende werde ich Ihnen, nach einer kurzen Absprache mit meinen Kolleginnen und Kollegen, die Auswertung mitteilen. Wir fangen mit Magnus an, anschließend kommt Isabell und dann Sofia.«

Ungläubig lauschte ich den Worten und wurde mit jeder Sekunde panischer. Ich schickte Vlad meine Gedanken.

Von welcher Post spricht sie? Nachdem Wilhelmina aus dem Wettbewerb ausgeschieden ist, kam keine Post mehr an, oder? Du hast doch regelmäßig für mich an der Rezeption nachgefragt.

Da war auch nichts, versicherte mir Vlad. Magnus wurde mit Applaus begleitet, als er von seinem Sitzplatz aufstand. Er grinste mir zu, während er auf seine Krawatte von seinem schicken schwarzen Anzug zurechtrückte und zur Bühne ging.

»Na klar. Magnus steckt dahinter. Er hat die Post abgefangen«, stellte ich ernüchtert fest. Vlad fletschte die Zähne.

»Ich weiß nicht, wie lange ich noch dafür garantieren kann, dass ich ihn nicht beiße!«

Der Vorhang ging auf und dahinter kam eine Leinwand zum Vorschein. Magnus betätigte die Knöpfe einer Fernbedienung und ein Beamer sprang an. Die Scheinwerfer gingen aus und auf dem Bildschirm wurde der Titel *Van Helsings Rache* eingeblendet.

»Ich habe für Sie einen Buchtrailer gedreht«, begann Magnus. Während er sein Bestes gab, um sein Werk überzeugend mit einem spannend gedrehten Kurzfilm zu präsentieren, suchte ich fieberhaft nach einer Möglichkeit, wie ich meine Idee wirkungsvoll präsentieren konnte. *Was kann ich nur tun, ohne mich darauf vorbereitet zu haben?*

In der Zwischenzeit wurde Isabell auf die Bühne gerufen. Sie performte den Inhalt ihres Buches in Form eines selbst komponierten Songs. Ein Klavier wurde auf die Bühne getragen. Sie setzte sich an den schwarzen Flügel und sang ein Lied zu ihrem Titel *Die Ewigkeit mit dir*.

Und dann wurde auch schon ich auf die Bühne gerufen. Verzweifelt blickte ich Vlad an.

Geh, Zsófia., ermutigte er mich. *Du hast die Vampire vor einem schlimmen Schicksal bewahrt und die Menschen vor einer blutigen Zukunft. Mir ist nun etwas eingefallen, wie ich mich dafür revanchieren kann.*

»Was hast du vor?«, frage ich und ging nach vorne. *Vlad, sag es mir bitte,* flehte ich ihn in meinem Kopf an. Ich vernahm ein leises Lachen.

Beim Tintenkuss musste ich mich voll und ganz auf dich verlassen. Jetzt bist du umgekehrt an der Reihe. Seit dem Tod deines Vaters willst du allein die Autorin deines Lebensromans sein. Aber weißt du, was die eigene Geschichte erst so richtig spannend macht? Wenn du es zulässt, dass andere Leute mitschreiben. Und jetzt trau dich und gib mir deinen Stift.

Frau Gmeiner drückte mir augenzwinkernd ein Mikrofon in die Hand. Mir bleib keine Wahl, ich musste mich auf Vlad verlassen.

Schweißperlen sammelten sich auf meiner Stirn, als ich in die erwartungsvollen Gesichter des Publikums blickte. Wilhelmina gab mir ein Zeichen, dass sie mir die Daumen drückte. Magnus, der in der Reihe hinter ihr saß, verschränkte die Arme vor der Brust und schaute genüsslich zu mir empor. Ich schluckte. Frau Gmeiner strich mir über die Schulter.

»Hat da jemand Lampenfieber? Man ist schließlich nicht alle Tage auf so einer Bühne, stimmt's? Verrate doch zunächst den Gästen deinen Buchtitel.«

»*Tintenküsse*«, sagte ich und wurde mutiger, nachdem Frau Gmeiner äußerte, wie gut gelungen sie die Titelwahl fand.

»Dann freuen wir uns nun auf deine Präsentation.« Frau Gmeiner verließ die Bühne und die Scheinwerfer im Saal waren alle auf mich gerichtet.

29. Kapitel

Interview mit einem Vampir

Streck deinen rechten Arm aus, wies mich Vlad über meine Gedanken an. Ich folgte seiner Anweisung. Ohne dass es einer der Gäste mitbekam, verwandelte er sich in eine Fledermaus und flog durch den Raum. Ein Raunen ging durch die Menge, als die das Tier erblickten. Währenddessen erklärte mir Vlad seinem genialen Einfall.

»Meine Damen und Herren, ich stelle Ihnen heute Abend den Protagonisten meiner Geschichte live vor«, teilte ich den Zuschauern mit und Vlad landete auf meinem Arm. »Kennen Sie den Mythos, dass Vampire sich in Fledermäuse verwandeln können? Die Vampire in meinen Büchern haben diese Fähigkeit. Es erleichtert uns allen jedoch die Kommunikation, wenn er nun eine menschliche Gestalt annimmt.« Ich wandte mich Vlad zu. »Bist du breit, dich dem Publikum zu zeigen?«

Sein Kopf, der in der Hülle einer Fledermaus steckte, nickte. Überraschter Applaus ertönte. Danach hüllte uns Vlad in tintenschwarzen Rauch. Ich vernahm, wie jemand aus dem Publikum den Einsatz von Pyrotechnik lobte. *Wenn derjenige wüsste, dass es Magie ist*, dachte ich mir.

Als er Rauch verpuffte und Vlad in Menschengestalt an meiner Seite stand, sah ich in erstaunte Gesichter. In der ersten Reihe flüsterte jemanden, dass er es unglaublich fand, was mit Showeffekten heutzutage alles möglich war. Vlad und ich holten hinter dem Vorhang zwei Stühle hervor und setzten uns.

»Magst du dich den Gästen kurz vorstellen?«, fragte ich.

»Es ist mein Vergnügen. Mein Name ist Vlad Tepes. Erbgraf von Transsilvanien. Prinz der Dunkelheit. Fürst der Monde und der Sterne. Herrscher aller Farben. Und der gutaussehende Romanvampir aus Zsófias Buch.« Letzteres fügte er grinsend hinzu. Ich lächelte verlegen.

»Das ist richtig. Ich möchte an dieser Stelle zunächst hervorheben, dass Vlad der Herrscher aller Farben ist. Es wird ein zentrales Thema in meinem Buch sein, wie jemand der in der Dunkelheit lebt, etwas besitzen kann, das dem Licht gehört. Und was passiert, wenn die Gefahr droht, dass ihm das genommen wird.«

Frau Gmeiner hatte uns immer geraten, über Dinge zu schreiben, die wir kannten und deshalb war mir in Transsilvanien die zündende Idee gekommen, meine übernatürlichen Erlebnisse in die Handlung miteinzuflechten, von denen jeder denken würde, dass sie nur meiner Fantasie entsprangen.

»Vorneweg kann ich schon einmal verraten, dass ihm nur ein Mensch dabei helfen kann. Deshalb wird er ein Menschenmädchen kennenlernen. Aus der Sicht dieses Mädchens ist auch das Buch geschrieben. Es beginnt damit, dass ihre Eltern sich getrennt haben und sie zu ihrem Vater nach Transsilvanien ziehen muss«, erzählte ich und lud anschließend die Gäste ein, mit mir gemeinsam den Vampir zu interviewen. Es kamen zahlreiche Wortmeldungen aus dem Publikum. Die Leute amüsierten sich prächtig mit den Fragen und den Antworten, die Vlad ihnen lieferte. Die Fragen ähnelten denen, die wir ihm bei unserem ersten Treffen im *Edlen Tropfen* gestellt hatten.

Am Ende bedankte ich mich für die Aufmerksamkeit und wir erhielten einen Beifall, der ein kleines bisschen länger anhielt als der von meinen Konkurrenten. Frau Gmeiner kam auf die Bühne.

»Das war eine außergewöhnliche Präsentation. Danke für die tolle Show. Möchtest du abschießend noch etwas sagen, Sofia?«

Einen Herzschlag lang überlegte ich, ob ich die Taten von Magnus offenbaren sollte, doch ich zögerte. Er blickte mir mahnend entgegen und ich schüttelte den Kopf. Die Leiterin der Tintenwelt bat die anderen Kandidaten auf die Bühne.

»Ich bin gleich wieder da und verkünde unseren diesjährigen Gewinner des Schreibwettbewerbs«, sagte sie und verschwand hinter dem Vorhang.

Vlad verließ ebenfalls die Bühne und setzte sich wieder zu meiner Mutter und Elly. Die Minuten, bis Frau Gmeiner zurückkehrte, fühlten sich an wie eine Ewigkeit. Auch im Saal war die Stimmung angespannt. Isabell und Magnus stellten sich jeweils links und rechts neben mich. Da wir uns vor dem Publikum befanden, verkniff sich Magnus mir gegenüber einen Kommentar.

Frau Gmeiner kam endlich zurück und der Saal verstummte. Mein Herz hämmerte wild gegen meine Brust, als sie das Mikrofon an ihren Mund hielt. »Ich ziehe die Platzierung nicht unnötig in die Länge, versprochen. Den dritten Platz belegt ...«

Wir hielten alle den Atem an. *Bitte nicht ich ...*

»Isabell.«

Ich riss die Augen auf. Nicht ich? In meinen Ohren rauschte es. Nur am Rande bekam ich mit, dass Frau Gmeiner die Entscheidung damit begründete, dass bei Isabells Werk der übernatürliche Anteil unterm Strich zu gering war.

»Den zweiten Platz belegt ...«, sie nahm sich eine kurze Verschnaufpause und fuhr mit der Platzierung fort, »Sofia. Und damit ist der diesjährige Gewinner Magnus!«

Aus dem Publikum kam tosender Beifall. Völlig regungslos stand ich neben dem Sieger. Frau Gmeiner hob die Hände und signalisierte damit, dass sie das Wort noch einmal ergreifen wollte. Sie zwinkerte Magnus zu, als im Saal Stille eingekehrt war.

»Das war dein Applaus! Deine Einreichung war eine Spur zu blutig, aber darüber konnten wir hinwegsehen. Die Worte sind ja zum Glück nicht in Stein gemeißelt und können an den entsprechenden Stellen geändert werden.« Die Leiterin der Tintenwelt drückte ihm eine Flasche Knoblauch-Öl in die Hand. Ich brachte es nicht über mich, ihm in die Augen zu sehen.

»Falls du die Vampire mal von dir fernhalten willst, kannst du deinen Hals mit Knoblauch-Öl einreiben. Im Namen aller Mitarbeitenden der Tintenwelt möchte ich dir hiermit herzlich gratulieren.« Sie wandte sich wieder an die Gäste. »Bevor Sie noch einmal unseren drei Finalisten für ihre großartigen Leistungen applaudieren können, möchte ich Sofias Werk hervorheben.«

Betrübt blickte ich zu ihr auf.

»Deine Einreichung hat uns am meisten überzeugt. Leider umfasste die Leseprobe nur fünftausend Wörter. Am Ende mussten wir das werten, weil ...«

»Stopp!«, rief Magnus plötzlich und riss Frau Gmeiner das Mikrofon aus der Hand. »Ich ertrage es nicht länger!«

Im Saal hätte man eine Stecknadel fallen hören können, so still war es. Mein Herz klopfte. Was hatte Magnus vor? Er wandte sich zu mir und sprach mich direkt an.

»Du hast mich gestern gefragt, ob ich mich gut so fühle, wie ich es mir vorgestellt habe.«

Die Scheinwerfer blendeten mich. Ich schluckte. »Und?«

Tränen sammelten sich in seinen hellgrünen Augen und tropften ihm die Wangen hinab. »Jetzt nicht mehr.«

Er wandte sich an Frau Gmeiner. »Ich habe den Sieg nicht verdient. Sofia hatte nur knapp sieben Stunden für die Erfüllung der Aufgabe Zeit, weil ich auf der Rückfahrt ihr Notizbuch verbrannt habe. Sie ist die wahre Gewinnerin des Wettbewerbs.«

Ich traute meinen Ohren kaum. Er hat seine Tat vor allen Leuten gestanden? Frau Gmeiner wurde bleich.

»Wie bitte? Warum hast du das getan?«

Magnus holte Luft, aber ich kam ihm zuvor.

»Weil ich ein Geheimnis habe und mich bisher nicht getraut habe, es zu erzählen. Dadurch ist Magnus nämlich erst misstrauisch geworden.« Ich nahm meinen Mut zusammen und erzählte den Menschen die Wahrheit. Es fühlte sich unglaublich befreiend an und gleichzeitig hatte ich auch Angst, wie sie die Welt, in die ich sie freigelassen hatte, aufnehmen würden. Ich spürte die Augen aller Anwesenden im Saal auf mir ruhen. Die meisten hatten natürlich nicht die geringste Ahnung, was hinter den Kulissen passiert war.

»Ich habe den Sieg mit meinen Lügen im Grunde genommen genauso wenig verdient wie Magnus«, fügte ich abschließend hinzu und senkte den Blick. Frau Gmeiner ergriff als erste das Wort.

»Sofia, bei allen Schreibfedern dieser Welt, warum hast du mir das nicht erzählt? Die Anmeldegebühr hat dein Vater bezahlt und für die Abschlussgebühr hätten wir gemeinsam eine Lösung gefunden. Die im Übrigen jetzt nicht mehr anfällt. Ich würde sagen, nun hast du dir dieses Einzelstudium erst recht verdient. Niemand hat so dafür gekämpft wie du.« Sie schloss mich in ihre Arme. Als ich von ihr abließ, hielt ich mir die Hände vors Gesicht. Ich hatte gewonnen und wusste gar nicht, wie mir geschah. Wilhelmina, Vlad, meine Mutter und Elly sprangen auf und jubelten mir zu. Das Publikum klatschte. Von der Decke regnete es Buchstaben-Konfetti. Zwischen all den bunten Papierschnipseln fing ich den zustimmenden Blick von Magnus auf. Er lächelte.

Danke, formte ich mit den Lippen und wir fielen uns in die Arme. Ich schlug die Augen auf und sah zu Wilhelmina. Sie stürmte auf die Bühne. Als sie die Stufen empor stapfte, hob sie ihr altrosafarbenes Kleid an, das mit zarter Spitze besetzt war, und funkelte mich zornig an. Ich löste mich aus der Umarmung.

»Es tut mir von Herzen leid. Ich habe befürchtet, dass du nicht mehr mit mir befreundet sein möchtet, wenn ...«

Sie unterbrach mich. »Ich bin nicht sauer, weil du arm bist, sondern weil du mir nichts gesagt hast! Aber ich habe dir verschwiegen, dass ich Bücher nicht leiden kann und deshalb sind wir quitt.«

Gerührt blickte ich zu ihr auf.

»Und jetzt lass uns feiern! Die Aftershow-Party findet bei mir im Schloss statt. Meine Ball-Nacht wird heute nachgeholt!«

Danach baute sie sich vor Magnus auf. Bevor sie ihn für die Verbrennung meines Notizbuchs Vorwürfe machen konnte, wurde sie von dem ohrenbetäubenden pfeifenden Ton des Mikrofons unterbrochen.

»Wir haben noch ein Buffett aufgebaut, bedienen Sie sich gern. Es entspricht ganz dem Vampirmotto«, teilte Frau Gmeiner den Gästen mit und versuchte damit die Stimmung aufzulockern.

Es dauerte eine Weile, aber schließlich konnten die Gäste nach der aufwühlenden Siegerehrung wieder in Gespräche übergehen und den Abend genießen. Nachdem ich allen anwesenden Pressevertreterinnen und -vertretern ein Interview gegeben hatte, warteten bereits Vlad und

Wilhelmina auf mich. Vlad löffelte Granatapfelkerne, die verdächtig rot aussahen, und Wilhelmina nippte an einer roten Flüssigkeit, die in einen Blutbeutel gefüllt war. Als sie mich erblickte, drückte sie Vlad ihr Getränk in die Hand.

»Ah, Sofia, da bist du ja! Komm, lass uns diesen Moment für meine Follower festhalten. Schon bald wirst du eine berühmte Autorin sein und dann will ich diejenige sein, die ein Foto mit dir hat.«

Wilhelmina kramte ihr Smartphone aus der Handtasche, hielt den ausstreckten Arm in die Höhe und posierte neben mir. Meine Freundin drückte ein paarmal ab, bis sie mit dem Ergebnis zufrieden war.

»Weißt du, was seltsam ist? Die Bilder, die wir mit dem Vampir in Transsilvanien gemacht haben, sind verschwunden. Ich habe meine ganze digitale Galerie abgesucht, aber sie sind alle weg. Man sagt, dass man Vampire nicht auf Fotos sehen kann, weil sie ja schon längst tot sind. Wahrscheinlich war das ein echter Vampir und er hat die Bilder gelöscht.« Sie amüsierte sich bei der Vorstellung und lud das Bild in den sozialen Netzwerken hoch.

»Wer weiß«, sagte ich und Vlad und ich lächelten uns an.

30. Kapitel

Noch ein Brief von Zsófia Szalay für Dich

Liebe Leserin, lieber Leser,
für Buchfiguren ist die Geschichte nach dem letzten geschriebenen Satz zu Ende, aber für uns ging es nach der Abschlussfeier weiter und wie das bei uns war, wollte ich dir noch kurz schreiben.

Nach dem offiziellen Teil der Abschlussfeier wurden wir von Wilhelminas Chauffeur abgeholt und zu ihrem Ball gefahren. Dort tanzten wir ausgelassen bis weit nach Mitternacht. Vlad flog mich nach Hause und dann kehrte er nach Transsilvanien zurück, damit er dort ankam, bevor die Sonne aufging.

Die Umstände hatten sich durch meinen Sieg geändert. Wir packten unsere Koffer wieder aus und blieben in unserer Villa am Starnberger See wohnen. Meine Mutter war ein paar Tage lang nicht gut auf mich zu sprechen, weil ich unsere Armut auf der Siegerehrung angesprochen hatte. Sie befürchtete, vor Friedrich von Falkenstein nun nicht mehr in einem goldenen Licht zu erscheinen. Ihn störte das aber nicht. Im Gegenteil, er wollte sich trotzdem mit ihr verabreden. Nach seiner Einladung verzieh mir meine Mutter. Ich akzeptierte, dass sie sich diesbezüglich wohl nie ändern würde und für sie ein reicher Mann das wichtigste im Leben war. Sie beteuerte allerdings, dass bei Friedrich alles anders ist und sie ihn wie meinen Vater liebt.

Vlad besuchte mich regelmäßig in den Nächten und wir verbrachten Zeit miteinander. Das praktische an meinem Beruf ist, dass erfundene Welten in ein Notizbuch oder einen Laptop passen und man sie überall hin mitnehmen kann, deshalb hielt ich mich in den Semesterferien von meinem Einzelstudium bei meinen Vampirfreunden in Transsilvanien auf und arbeitete von dort aus. Die kreativen Pausen nutzte ich mit Vlad. Wir holten die private Tour durch den Dracula Park nach, für die ich während der Recherche-Reise keine Gelegenheit mehr gehabt hatte. Besser, ich zähle an dieser Stelle nicht all die dunklen, phänomenalen Dinge auf, die es dort noch zu entdecken gibt. Du weißt doch, dass den Menschen die Erinnerung an die Attraktionen wieder genommen wird. Und ich habe dir versprochen, dass du nicht gebissen wirst und das möchte ich auch einhalten.

Felia begleite ich regelmäßig zu ihren Flug-Trainingsstunden, die ihr übrigens Răzvan gibt. Die beiden sind ineinander verliebt. Das sieht jede blinde Fledermaus. Die beiden streiten es noch ab. Ich glaube, dass es nicht mehr lange dauern wird, bis sie sich ihre Gefühle eingestehen und bis in alle Ewigkeit glücklich werden. Die Kraft von Felias Flügel wird von Vollmond zu Vollmond stärker. Einmal hat sie es sogar geschafft, nach Bayern zu fliegen.

Du fragst dich sicher, wie es für Wilhelmina, Isabell und Magnus weiterging. Magnus ist nach seinem Geständnis auf der Abschlussfeier ziemlich schnell verschwunden. Wahrscheinlich hatte er Angst von den Leuten, vor allem von der Presse, mit der Verbrennung meines Notizbuches konfrontiert zu werden. Mittlerweile pflegen wir wieder ein freundschaftliches Verhältnis zueinander. Bei unserem letzten gemeinsamen Abendessen mit unseren Eltern hat er erzählt, dass er gerade an einem Krimi schreibt. Magnus hat Vlad in der Zwischenzeit auch halbwegs akzeptiert, obwohl er ihn hin und wieder noch als Möchtegern-Vampir bezeichnet.

Von Isabell weiß ich, dass sie ihren Roman in ein Drehbuch umgeschrieben und es bei einem Fernsehsender eingereicht hat. Es könnte sein, dass ihre Geschichte verfilmt wird.

Und last but not least zu meiner besten Freundin Wilhelmina: Sie machte um die Worte einen hohen Bogen, die sie mit ihren

Eltern besprechen sollte, weil sie sich nicht traute. Ich habe selbst erfahren, wie es war, etwas mit sich herumzutragen, das von Tag zu Tag eine größere Last wurde. Deshalb verwendete ich den Tintenkuss in ihrem Sinne. Ich wollte mich ohnehin bei Wilhelmina für ihren Einsatz während meiner Rettung der Vampire bedanken, deshalb schickte ich ihr eine Portion Mut, die auch ihre Wirkung zeigte. Wilhelmina konnte sich überwinden und sich mit ihren Eltern einigen. Ihre Bedingung dafür, dass sie ihre Interessen ausleben konnte war, wenn sie diese öffentlich nicht permanent in Szene setzte, nur um den Hofstaat aufzumischen. Damit konnte sich Wilhelmina gut arrangieren. Im gleichen Reim sendete ich übrigens Sharai eine Extra-Futterration mit Wurzeln, Gras, Beeren und Nüssen.

Habe ich noch etwas vergessen? Ach ja, meine Aufgaben als menschliche rechte Hand der Vampire beschränken sich auf die Durchführung von Tintenküssen. Mit der magischen Methode stocke ich in regelmäßigen Abständen die Blutreserven auf. Falls das abgezapfte Blut der Besucherinnen und Besucher des Dracula Parks nicht ausreicht, kann man auf diese zurückgreifen. Oder ich sorge mit dem Tintenkuss für eine neue Attraktion, die sich ein Vampir-Komitee ausgedacht hat. So spart man sich Bauarbeiten und es steht schnellstmöglich zur Verfügung. Quasi über Tag. Das war es übrigens auch, was mein Vater für seinen Teil der Vereinbarung mit Vlad erfüllen musste.

Eine Sache fällt mir noch ein: Natürlich sprachen Vlad und ich auch über die Unsterblichkeit. Momentan genieße ich es, ein Mensch zu sein, aber wer weiß, wenn ich ein paar Jahre älter werde, lasse ich mich vielleicht beißen, damit ich für immer bei ihm bleiben kann. Ich würde sagen die Wahrscheinlichkeit besteht zu 99,9 % ...

Und nun tippe ich die vier Buchstaben auf meine Tastatur, die für jede Autorin und jeden Autor am Ende eines Buches ein zauberhafter Moment sind, ganz ohne übernatürliche Hilfsmittel:

Ein paar Abschlussworte von mir für Dich:
Wie schön, dass du bis(s) zur letzten Seite hier im Buch geblieben bist. Wie hat dir »Tintenküsse« gefallen? Kontaktiere mich gern. Ich freue mich immer über Rückmeldungen zu meinen Büchern. Auch ›öffentliche‹ Meinungsäußerungen (zum Beispiel in Form einer Rezension auf einer oder mehreren Medienplattformen) sind für uns Autor*innen unglaublich wichtig. Wenn du Zeit und Lust hast, eine Bewertung zu verfassen, würden Zsófia, Felia, Vlad, ich und alle anderen lebenden und toten Geschöpfe aus diesem Buch dir wahnsinnig dankbar sein. Als Dank sichern dir die unsterblichen Bewohnerinnen und Bewohner Transsilvaniens zu, dass sie dich niemals beißen werden, wenn du ihr Land besuchst.

Für Neuigkeiten fliege gern auf meine Seite in den sozialen Netzwerken und folge mir dort:
Instagram: anna.matheis

Bis(s) zum nächsten Mal
Deine Anna Matheis

PS: Kennst du schon meine Debüt-Trilogie *Die magische Feder*? Die Abenteuer drehen sich dort rund um die bayerische Hexe Helena. Blättere gern mal rein. Hier eine Auflistung der Titel mit dem Veröffentlichungsjahr:

Band 1: Die magische Feder (2018)

Band 2: Die magische Feder –
Die Reise zum ewigen Moor (2018)

Band 3: Die magische Feder –
Das Geheimnis der schwarzen Rose (2020)

Danksagung

Stell dir vor, dass dieses Buch auf einer Bühne präsentiert wird. Das Cover wird auf eine Leinwand projiziert und nun geht der Vorhang auf. Alle Menschen sind dort versammelt, die an der Entstehung von »Tintenküsse« beteiligt waren. Als Autorin bin ich dort nämlich nicht allein, sondern viele talentierte Menschen stehen neben mir. Ich möchte nun die Gelegenheit nutzen, um mich bei einigen zu bedanken:

Verehrtes Leser-Publikum, begrüßt mit Standing Ovations Mira Manager von *herzgestein*. Sie hat »Tintenküsse« lektoriert, korrigiert und den Klappentext entworfen. Liebe Mira, ich danke dir von ganzem Herzen für deine Arbeit. Durch deine Hinweise, die mindestens genauso wertvoll sind, wie die Kristalle in der Geschichte, habe ich noch einmal gründlich an den Buchstaben geschliffen. Gemeinsam mit dir wurde die Rohfassung zum Glänzen gebracht. Vielen Dank!

Weiter gehts mit Christin Thomas. Ein tosender Beifall und laute Jubelrufe für Christin von Giessel Design. Von ihr stammt das Zitat ganz am Anfang der Geschichte und sie hat das Cover für »Tintenküsse« entworfen. Christin, du hast jede meiner Erwartungen bei weitem übertroffen. Das Cover ist perfekt. Ich liebe es. DANKE!

Weiter gehts mit Bianca Post. In der Widmung habe ich sie schon erwähnt, aber auch an dieser Stelle noch ein riesiger Applaus für dich. Die Illustrationen sind wunderschön geworden. Ich danke dir für deine Zeit!

Und bitte noch einmal kräftig klatschen für Irmgard, die immer ein offenes Ohr hat, wenn ich meine Buchfiguren und ich mal nicht mehr weiterwissen. Danke, dass es dich gibt! Wir wüssten nicht, was wir ohne dich machen würden. :-)

Danke auch an Hannah Staudt, meine Ansprechpartnerin bei TWENTYSIX. Danke für die stets freundliche Kommunikation und kompetente Betreuung meiner Buchprojekte.

Und ich möchte mich abschließend bei allen bedanken, die mich nach der Veröffentlichung unterstützen. Meine Familie, Freunde, die regionale Presse, Buchhandlungen/Bibliotheken, Buchblogger - und vor allem dir lieber Leser. Danke, dass du »Tintenküsse« gelesen hast. Ich freue mich, wenn wir uns in einem anderen Buch wiedersehen bzw. wiederlesen.

Auf den nächsten Seiten stelle ich dir noch das neue Buch meiner Lieblingskollegin Laura Misellie vor. Es erscheint im August 2022. Zum Kennenlernen gibt es das Cover von *Royal Darkness und* ein paar Worte der Protagonistin:

Ich – Frau mit Gendefekt, der mich in einer Welt voller männlicher Magier zu einer Hexe gemacht hat (danke dafür, Universum) - suche dich. Wenn du unvoreingenommen bist und Lust hast, die Privilegien einer Hofdame zu genießen, dann begleite mich nach Myrgar. Sei an meiner Seite, wenn ich mich unter den Kyrenen bewegen muss (dem königlichen Geschlecht von Kyr) und während wir vor allem auf eine Sache achten müssen – sie hat oberste Priorität. Die Magier der Königin dürfen auf keinen Fall erfahren, WAS ich bin. Niemand darf das, sonst verliere ich meinen Kopf. Unser Gesetz und vor allem die Entschlossenheit der Thane in diesen Dingen sind ... nun, sagen wir mal, nicht besonders höflich. Ach ja und dann wäre es echt toll, wenn du mir hilfst, diesen ganzen heiratswütigen Lords aus dem Weg zu gehen, denn sind wir mal ehrlich – ich bin im richtigen Alter dafür. Allerdings macht mich diese Sache mit den Genen nicht unbedingt ... geeignet, wenn du verstehst. Ich sollte wirklich nicht riskieren eines Tages Kinder auf die Welt zu bringen, die so sind wie ich. Und die einzigen in Kyr, die ebenfalls keine Kinder kriegen dürfen, sind die Thane. Und ehrlich ... Ich bin ja nicht bescheuert^^ Habe ich eigentlich schon erwähnt, dass mein Geheimnis zu wahren echt schwer wird, weil irgendein Vollidiot – der nicht mal den Mumm hat, sich zu zeigen – die Königin vom Thron stürzen will? Ich KÖNNTE sie beschützen – hey, eine Hexe zu sein ist schon irgendwie cool - aber da ist ja diese Sache mit meinem Kopf ... Na ja, vielleicht willst du ja als meine Freundin am Ende vor dem Schafott stehen und mich anlächeln, wenn sie ihn mir abschlagen. Dann wird es vielleicht nicht ganz so grauenhaft sein, wenn das alles hier verdammt mies läuft.

Mit verfluchten, magischen Grüßen, deine Rinee (übrigens eine Lady aus Ulendra, aber wen interessiert das schon? Sie schreiben es sicherlich nicht auf meinen Grabstein.)

Übrigens ist Laura auch als Buchbloggerin aktiv und bietet freiberufliche Dienste als Lektorin und Korrektorin an. Wenn du keine News von Laura verpassen möchtest, findest du sie auf folgenden Seiten:

www.lauramisellie.de

www.instagram.com/lauramisellieautorin

www.facebook.com/dasweltenarchiv

www.instagram.com/primsweltenarchiv

Anna Matheis, die Autorin wäre auch gern Studentin der Schreibakademie. Leider geht das nicht, weil sie die Tintenwelt für diese Geschichte nur erfunden hat. Dafür existiert der Starnberger See, an dem sie im Buch zu finden ist, tatsächlich. Übrigens ist Anna 1993 ganz in der Nähe geborgen und lebt dort immer noch. »Tintenküsse« ist ihr viertes Buch, das sie veröffentlicht hat.